KB180493

중국 고전시의 해학과 웃음

이 저서는 2018년 대한민국 교육부와 한국연구재단의 지원을 받아 수행된 연구임
(NRF-2018S1A6A4A01031204)

중국 고전시의
해학과 웃음

강민호

역락

머리말

　중국 고전시(古典詩)는 일반적으로 전아하고 엄숙한 풍격 속에 격조를 추구하는 것으로 이해되어 왔다. 기존의 연구도 주로 이러한 방향으로 진행되었다. 하지만 중국 고전시에는 해학과 유머가 담겨있는 작품도 많다. 이러한 해학이 작품의 수준을 떨어뜨리는 것이 아니라 시의 맛과 격조를 한층 높여주고 있다. 예전의 시인들과 독자들은 이를 굳이 논하지 않아도 충분히 느꼈기에 함께 박장대소하거나 혼자서 웃고 넘어갔다. 이른바 '笑而不論心自閑(소이불론심자한)', 웃으며 논하지 않으니 마음이 절로 한가롭다고나 할까? 그러나 여러 가지로 상황이 다른 현대에는 한시(漢詩)의 이러한 해학을 느끼기 쉽지 않은 것 같다. 한시를 전공하는 사람으로서 그냥 웃고 넘어가지니 마음이 편하지 않았고 늘 아쉬움이 남았다. 그것이 이 책을 쓰게 된 이유 중의 하나이다.

　우스우면 그냥 웃고 넘어갈 일이지, 이것이 왜 우스운지 논하는 것은 그다지 즐거운 일이 아니다. 시에 발현된 해학은 더욱 그러하다. 또한 필자는 그다지 유머 감각이 있는 사람이 아니고, 평소 잘 웃는 사람도 아니다. 그럼에도 불구하고 이 책을 쓰게 된 또 하나의 이유는 한국연구재단의 저술출판 지원사업에 선정이 되어 지원을 받았기 때문이다. 국민의 세금으로 지원을 받은 만큼, 이 책을 읽는 독자들이 조금이라도 한시에 대한 이해를 넓히면서 웃고 스트레스를 풀 수 기회가 되었으면 하는 바람을 가져본다.

　해학적으로 느끼고 웃는 것은 시대와 사람에 따라 다를 수 있다. 과거에는 해학적으로 느꼈을지라도 지금은 해학적으로 느껴지지 않을 수 있고, 나에게 웃음을 주는 시가 다른 사람에게도 웃음을 준다는 보장이 없다. 그래서 해학성을 객관적으로 논하는 것이 어렵고 무모한 일 같기도 하다. 어쨌든 필자가 평소에 해학적이라고 느꼈던 시인들과 그 작품을 중심으로 다루면서, 역대의 평자들이 그 시의 해학성에 대해 언급한 것이 있으면 같이 수록하여 나름대로 객관성을 확보하려고 노력하였다.

　중국 고전시에서 가장 주된 유머의 소재는 바로 자기 자신, 즉 자신의 서툰 삶이다. 처세에 서툴고 어리석은 자신, 만족할 줄 모르고 늘 흔들리는 자신, 후회하면서 고쳐지지 않는 자신, 술도 끊지 못하는 자신, 게을러지는 자신 등등. 이런 자신을 자책하지만 말고 귀엽게 봐주며 웃어줄 필요가 있다. 어쩌면 사람은 누구나 서툴게 살고 있다. 그 서툰 삶 속에 웃음이 있고 시가 있다. 필자는 두보(杜甫)「광부(狂夫)」시의 "自笑狂夫老更狂(자소광부로갱광)" 즉, "미치광이가 늙어갈수록 더욱 미쳐감에 절로 웃는다"는 구절을 좋아한다. 두보와 같은 열정과 광기는 없지만, 늙어서도 철이 안 드는 자신을 그저 웃으며 받아들이는 것이 좋게 느껴졌다. 소동파(蘇東坡)로 더 잘 알려진 소식(蘇軾)의 시에도 스스로에 대해 웃는 '自笑(자소)'라는 표현이 자주 등장한다. 그래서 필자의 연구실 이름을 '自笑齋(자소재)'로 정하고는, 인터넷에서 초서 글자체를 찾아 짜깁기하여 책상 옆에 써 붙여 놓았다. 초서라서 적당히 알아보기 힘든 것이 왠지 더 폼이 나는 것 같아 혼자 보면서 씩 웃기도 한다. 내 연구실에 들르는 분들 중에 가끔 그 의미를 묻는 분이 있으면 좀 머쓱하게 웃으며 설명해주기도 했다.

중국 고전시에서 해학성을 띠고 있는 작품은 매우 많지만, 이 책에서는 도연명(陶淵明), 이백(李白), 두보, 백거이(白居易), 소식, 황정견(黃庭堅) 등 역대의 유명한 시인들의 작품을 위주로 언급하였다. 해학적인 시라고 해서 결코 가볍게 쓴 것은 아니다. 시인들이 정성을 들여 썼으며 그 속에 삶에 대한 통찰과 철학이 담겨있다. 그중에는 시인의 대표작으로 꼽히며 인구에 회자되는 시도 적지 않다. 그래서 가급적 이러한 작품을 중심으로 언급하며 해학성을 논하였다. 필자는 일찍이 두보 시의 유머(공저, 「杜詩에 나타난 비애 속의 유머에 대한 고찰」, 『중국문학』 제37집, 2002)와 소식 시의 해학성(「蘇軾 詩의 諧謔과 웃음」, 『중국문학』 제96집, 2018)에 대한 논문을 발표한 바가 있다. 이 책에서 두보와 소식 시를 언급하면서 이 논문들에 실린 시들을 다소 참조하여 교양서에 맞게 그 체재와 내용을 수정 보완하였다.

　　시는 번역하면 사라지는 것이라는 말이 있듯이, 제대로 번역하기가 참으로 어렵다. 이는 해학적인 시에서도 마찬가지이다. 특히 한시는 그 형식과 운율에 더욱 묘미가 있기에 번역문만으로는 그 맛을 느끼기가 어렵다. 그래서 시의 원문을 번역문 앞에 두었으며, 원문 감상에 편리하도록 독음을 달았고 압운자를 강조하여 표기하였다. 번역은 해당 구절에 맞추어 직역을 위주로 하면서 자연스러운 우리말이 되도록 노력하였다. 한시의 맛을 깊이 느끼려면 가급적 원문을 먼저 보고 번역과 해설을 보면 더 좋으리라 생각된다.

　　이 책이 나오기까지 도와주신 많은 분들이 떠오른다. 이 책은 대부분 필자가 서강대 중국문화학과에 근무할 때에 썼다. 그때 여러 가지로 배려해주고 많이 도와주신 이욱연, 류동춘, 이정재, 홍지순, 강병규, 허야원(何雅雯) 선생님께 먼저 깊이 감사드린다. 열정적으로 시를 가르쳐주신 여러 은사 선생님들의 도움도 잊을 수 없다. 마지막 원고와 시 번역을 꼼꼼하게 봐주신 이영주 선생님, 많은 가르침을 주시고 격려해주신 송용준, 류종목 선생님께 깊이 감사드린다. 바쁜 중에도 원고를 일독하며 좋은 지적을 해준 대학원생 김해민, 이다연 동학과 세세하게 교정을 봐준 아내에게도 고마운 마음을 전한다. 또한 책 출판을 흔쾌히 수락해준 역락출판사 이대현 사장님과 정성껏 편집과 교정을 해준 강윤경 대리님을 비롯한 여러 관계자분께도 감사의 뜻을 전한다. 필자는 저서가 적어 평소 내 이름이 들어간 책이 나오면 부친께서 많이 기뻐하셨다. 이 책을 보지 못하고 올해 봄에 돌아가신 아버지 영전에도 삼가 이 책을 바친다.

2022년 8월
자소재(自笑齋)에서 강민호 씀

차례

일러두기

1. 이 책에서 인용한 시의 원문은 아래의 책 등을 저본으로 하였고, 기타 주석서도 참고하여 널리 통용되는 글자를 중심으로 일부 보완하였다.

   김학주 역저,『새로 옮긴 시경』, 명문당, 2010.

   龔斌 校箋,『陶淵明集校箋』, 上海古籍出版社, 1999.

   王琦 注,『李太白全集』, 華正書局, 1991.

   仇兆鰲 注,『杜詩詳註』, 中華書局, 1995.

   朱金城 箋校,『白居易集箋校』, 上海古籍出版社, 2003.

   錢仲聯 集釋,『韓昌黎詩繫年集釋』, 上海古籍出版社, 1998.

   王文誥 輯註,『蘇軾詩集』, 中華書局, 1999.

   劉尚榮 點校,『黃庭堅詩集注』, 中華書局, 2003.

   『全唐詩』, 中華書局, 1992.

   『全宋詩』, 北京大學出版社, 1998.

2. 따로 인용한 시는 원문과 독음을 우선 제시하고, 번역문을 그 아래에 제시했다. 독음 표기에 있어 구절의 첫 자에는 두음법칙을 적용하였다. 본문에 인용한 시문은 번역문을 우선으로 하고 원문을 [ ] 안에 제시하였다. 또한 한자어 등의 독음에 대한 원어는 ( )에, 풀이에 대한 원어는 [ ]에 제시하였다.

3. 중국 인명과 지명은 한국한자음으로 표기하였다.

4. 필자가 강조한 부분은 ' '로 표시하였고, 인용한 부분은 " "로 표시하였다.

제1장

한시(漢詩)와 해학(諧謔)

옛사람들은 그토록 한시(漢詩)를 즐기며 주고받았는데 왜 현대인들은 한시의 즐거움을 잘 느끼지 못하는가? 시는 슬픔과 고통, 신세 한탄이 주를 이루는 경우가 많은데 그것이 액면 그대로의 의미일까? 사람은 근본적으로 재미를 느끼지 못하는 일을 줄기차게 하지 못한다. 시에서 느끼는 재미는 다양할수 있고 사람마다 다를 수 있겠다. 슬픈 시, 불우함을 노래한 시를 보고 같이 눈물 흘리며 감동과 카타르시스를 느낄 수도 있을 것이다. 어쩌면 이것이 시에서 느끼는 주된 재미일 수도 있겠다. 하지만 그것만이 전부는 아니다. 읽은 후에 독자로 하여금 은근히 미소 짓게 하거나 웃게 만드는 시들이 있다. 이런 시들이 의외로 꽤 많으며, 대표적인 시인들이 거의 이런 경향의 시를 남기고 있다. 한시의 이러한 면모를 어떻게 개념 짓고 불러야 할지 애매하다. 해학(諧謔), 유머, 위트, 유희 등 어떠한 개념어들도 이를 완전히 포괄하기에 부족하다. 또한 이러한 개념 규정 자체가 필자의 목적도 아니다. 어쨌든 다소 해학적이거나, 유머러스하며, 유희적인 면모가 있는 시는 적지 않다. 이런 면모를 편의상 해학성(諧謔性)[1]이라는 말로 대표하고자 하며, 경우에 따라 이

---

1   중국의 연구자들은 이를 해학적 흥취라는 뜻의 '해취(諧趣)'로 표현하기도 한다. 시에서는

런 용어들을 혼용할 것이다. 시에서 보이는 해학은 판소리나 소설 같은 데서 볼 수 있는 해학과는 차이가 있으며 '은근한 유머나 유희'에 가깝다.

시의 창작이 생활의 일부였던 고대 작가[곧 독자]들에게 시를 통한 유희나 재미의 추구는 굳이 이야기하지 않아도 쉽게 공감하는 것이었다. 시를 창화(唱和)하면서 웃고 즐기는 것은 일상에 가까웠다. 그래서 역대의 평론가들은 도리어 시가 '경박함'으로 흐르는 것을 경계하며 엄숙함과 전아함을 추구해야 한다고 강조했다. 이러한 강조는 시가 여기(餘技)로서 일상화되는 송대(宋代) 이후의 평론에서 더욱 두드러진다. 그러다 보니 현대인들은 그 평론들이 지향하는 엄숙한 면모에만 주의하고, 기본적인 유희성을 홀시하는 경향이 있다. 고대에는 시의 독자들이 대부분 시인이었지만 현대에는 그냥 독자이거나 연구자인 차이가 그 한 원인일 것이다. 어쨌든 필자는 고대 중국의 시인들이 시를 통해 표현하고 공유한 웃음과 재미라는 측면을 중점적으로 탐색하고자 한다.

시의 발생원인 중의 하나로 유희의 추구가 있음은 널리 알려진 사실이다. 해학적인 시는 시의 발생 초기부터 출현하여 시의 발전과정을 함께 해왔다. 주광잠(朱光潛, 1897-1986)은 『시론(詩論)』에서 해학이 지나친 사람도 시를 쓸 수 없지만 지나치게 엄숙한 사람도 시를 쓸 수 없다고 했다. 일찍이 호적(胡適, 1891-1962)도 『백화문학사(白話文學史)』에서 도연명(陶淵明, 365-427)과 두보(杜甫, 712-770) 시의 해학적 측면을 강조한 적이 있다. 이들뿐만 아니라 중국의 대시인들은 거의 대부분 해학적인 풍취를 다소 추구하는 면모를 보이고 있다. 하지만 기존의 중국 고전시에 대한 연구와 접근은 '시언지(詩言志)'의 강령 아래 '문이재도(文以載道)', '온유돈후(溫柔敦厚)'와 같은 엄숙하고 전아한

'해취'가 '해학'보다 적절한 것 같기도 한데, '해취'는 한국어에서 일상적으로 쓰는 말이 아니라서 표제어로 내세우기가 꺼려진다.

측면을 중심으로 전개되어 왔다. 그래서 중국 고전시의 해학적 측면은 수준이 낮은 것으로 치부되면서 그다지 주목받거나 깊이 있게 연구되지 못했다. 엄숙한 면모가 시의 창작과 이해의 주류인 것은 분명하며 이것이 틀렸다는 것은 아니다. 하지만 지나치게 엄숙함을 위주로 접근하다 보니 시에 대한 이해가 경직되고 또 다른 맛과 흥취를 홀시하기 쉽게 된다. 이로 인해 고전시에 대한 이해가 풍부해지지 못하고 보다 많은 사람, 특히 현대인들이 흥미를 느끼는 데 제한 요소로 작용하는 것 같다. 왕국유(王國維, 1877-1927)는 『인간사화(人間詞話)』에서 "시인은 일체의 외물을 다 유희의 재료로 본다. 그러나 그 유희를 뜨거운 마음으로 한다. 그래서 해학과 엄중함의 두 가지 성질에서 또한 하나도 빠뜨릴 수 없다.[詩人視一切外物, 皆游戲之材料也. 然其游戲, 則以熱心爲之, 故諧諧與嚴重二性質, 亦不可缺一也.]"고 했다. 즉 엄정한 뜻과 진실한 정감의 표출 외에 또 다른 시의 기능인 해학과 유희의 측면을 강조하고 있다. 진실한 뜻과 정감의 표출이 해학성과 반드시 상치되는 요소라고 볼 수는 없다. 도리어 해학적 흥취를 가미하여 더욱 부담 없이 진실한 정감을 표출할 수도 있다.

이러한 내용뿐만 아니라 고전시의 형식 자체도 그 발생 과정을 살펴보면 유희적 요소가 있다. 시뿐만 아니라 각종 문체가 처음 생길 때에 종종 유희나 해학과 다소 관계가 있다. 부(賦)의 발생이 귀족이나 사대부의 유희의 결과인 것을 봐도 알 수 있다. 시에서도 『시경(詩經)』에서 보듯 4언이 주류인 아정(雅正)함을 추구하던 시대에 5, 7언은 변격으로 주류에 들지 못하는 일종의 유희적 시도였다. 그러나 이후에 대중들이 5, 7언구의 확장된 편폭과 리듬의 변화에 더욱 재미를 느껴 이후 주류가 되었다. 그래서 종영(鍾嶸, 469?-518?)의 『시품(詩品)』 서문에서 "오언은 문사의 요체에 해당하며, 여러 작품 중에서 재미가 있는 것이다. 그래서 유행하는 풍속에 부합한다.[五言居文詞之要, 是衆作之有滋味者也, 故云會於流俗.]"라고 하였다. 이와 관련하여 지우(摯虞, 250-300)는 『문장유별론(文章流別論)』에서 다음과 같이 말하였다.

5언은 "誰謂雀無角, 何以穿我屋.[누가 참새에 부리가 없다 했소? 그렇다면 어떻게 우리 지붕을 뚫었겠소.『시경(詩經)·소남(召南)·행로(行露)』]"과 같은 것인데 배우들의 해학이나 광대들의 음악에 많이 썼다. … 7언은 "交交黃鳥至于桑.[짹짹 곤줄매기가 울면서 뽕나무에 앉았네.『시경(詩經)·진풍(秦風)·황조(黃鳥)』]"과 같은 것인데 배우들의 해학이나 광대들의 음악에 많이 썼다. … 대저 시는 비록 감정과 뜻을 근본으로 삼으나 소리를 이루어 마디로 삼는다. 그러한즉 아정한 음의 운율은 4언이 바른 것이고, 그 나머지는 비록 곡절한 체식을 갖추어도 바른 음이 아니다.[五言者, '誰謂雀無角, 何以穿我屋'之屬是也, 於俳諧倡樂多用之. … 七言者, '交交黃鳥至于桑'之屬是也, 於俳諧倡樂多用之. … 夫詩雖以情志爲本, 而以成聲爲節, 然則雅音之韻, 四言爲正, 其餘雖備曲折之體, 而非音之正也.][2]

이 말을 통해서도 지금 시의 주류인 5, 7언시가 애초에는 배우들의 해학이나 광대들의 음악에 쓰인 것으로, 태생적으로 해학적이고 유희적인 것임을 알 수 있다. 나아가 이후에 더욱 정교하게 갖추어진 근체시(近體詩) 격률도 기본적으로 유희적 요구에서 시작하여 발전하였다. 어찌 보면 복잡하고 규정된 형식이 없는 감정이나 사물을 5, 7언의 정형적 구식과 격률의 틀 속에 담는다는 것 자체가 이미 유희적이라고 볼 수 있겠다. 그런데 이런 격식이 정해진 이후에는 너무나 당연한 것으로 인식되었고, 사람들은 너무 당연한 것에 대해서는 유희적, 해학적으로 여기지 않게 되었다.

'해학(諧謔)'과 그 관련 용어들에 대해 좀 더 고찰해볼 필요가 있다. 해학은 그 개념 규정이 간단치 않다. 해학에 대해 기존의 여러 주장을 종합하여 정리한 문학비평용어사전의 정의는 다음과 같다.

---

2   전자판 『흠정사고전서(欽定四庫全書)』, 『서진문고(西晉文紀)』 권십삼(卷十三).

해학은 한국의 유머라 할 수 있다. 유머는 중세에는 생리학 용어로서 개개인의 기질과 관계되는 네 가지의 체액을 뜻하였다. 이 단어가 '우습고 재밌는 것'이라는 뜻을 가지게 된 것은 18세기 이후부터이다. 원뜻에서도 짐작할 수 있듯이 유머는 사람의 기질에 관련된 것이다. 이것은 언어 뿐 아니라 태도, 동작, 표정, 말씨 등에 광범위하게 나타나는 것으로 이러한 점에서는 언어적 표현에 의해 웃음을 유발하게 하는 위트(wit)와는 구별된다. 또한 풍자나 조롱과는 달리 선의의 웃음을 유발하는 것으로 인간에 대한 동정과 이해, 긍정적 시선을 전제로 한다. 유머는 유희본능과 관계하는 것으로 현실적인 위험이나 손해 없이 청중의 습관적 기대를 깨버릴 때 성립된다.[3]

이처럼 해학은 '유머(humor)'와 거의 같은 개념으로 쓰이는데, 일반적으로 "익살스럽고도 품위가 있는 말이나 행동"[4]을 뜻한다. 여기서 '익살'이란 "남을 웃기려고 일부러 하는 말이나 몸짓"[5]이다. 그렇다면 해학은 "남을 웃기면서도 품위가 있는 말이나 행동"으로 정의할 수 있겠다. 유머는 위트와 구별을 요하며,[6] 풍자와도 차이가 있고, 특히 유희본능과 관계가 있다는 점이

3　한국문학평론가협회, 『문학비평용어사전』, 2006.

4　국립국어원, 『표준국어대사전』 참고.

5　국립국어원, 『표준국어대사전』 참고.

6　유머와 위트의 차이에 대해 이상섭은 "유머는 성격적, 기질적인 것이고, 위트는 반면에 지적인 것이라 할 수 있다. 따라서 유머는 태도, 동작, 표정, 말씨 등에 광범위하게 나타나나 위트는 언어적 표현을 떠나서는 존재하지 않는다. 유머는 동료 인간에 대하여 선의를 가지고 그 약점, 실수, 부족을 같이 즐겁게 시인하는 공감적 태도이며, 위트는 서로 다른 사물에서 남이 보지 못하는 유사점을 찾아내고, 그것을 경구나 격언 같은 압축되고 정리된 말로 능숙하게 표현하는 지적 능력이다. '위트는 집약적이거나 안으로 파고드는 것이고, 유머는 밖으로 확산하는 것이다. 위트는 빠르고 유머는 느리다. 위트는 날카로우나 유머는 부드럽다. 위트는 주관적이고 유머는 객관적이다. 위트는 기술이고 유머는 자연이다'라고 어떤 이론가는 그야말로 재치있게 말하고 있다."고 구별하였다.(이상섭, 『문학비평용어사전』, 2020, 373쪽.)

주목할 만하다.

해학은 미적 범주의 하나인 골계(滑稽)의 하위 개념으로 이해되기도 한다. 일반적으로 미적 범주는 숭고미(崇高美), 비장미(悲壯美), 우아미(優雅美), 골계미(滑稽美)로 분류된다. 이 중 골계는 단순히 그 대상 자체가 우스운 것을 작가가 발견한 '객관적 골계', 인간의 가식 없는 천진성이 발로된 '소박성의 골계', 그 대상 자체는 우습지 않지만 작가가 그것을 우습게 표현하여 작가의 마음을 드러낸 '주관적 골계'로 세분할 수 있다.[7] 시에서 주로 다루는 것은 '주관적 골계'인데 이는 다시 '해학[humor]', '아이러니[反語, irony]', '풍자[satire]', '기지[wit]'로 나눌 수 있다. 골계는 이처럼 그 의미의 범위가 넓음에도 불구하고 일반적으로 시에 대한 비평 용어로는 잘 쓰이지 않는다. 또한 '웃음'[8]은 해학 등에 의해 결과적으로 나타나는 것이면서, 해학에 비해 훨씬 포괄적인 개념이기도 하다. 중국에서는 이러한 웃음을 자아내는 것의 대표적인 용어로 'humor'의 번역어인 '幽默'을 많이 쓴다. 웃음을 자아내는 시에는 이런 다양한 장치들이 복합적으로 얽혀 있는 경우가 많다. '아이러니'나 '위트', '풍자' 등은 해학과는 다소 다른 개념이지만 웃음을 유발하는 측면에서 같이 논의되는 경우도 있을 것이다.

중국 고전 문헌에서도 일찍이 '해학(諧謔)'의 의미를 논한 것이 있다. 『설문해자(說文解字)』에 '諧'는 '화합하다(詥也)'로, '謔'은 '희롱하다(戲也)'라고 되어 있다. 유협(劉勰, 465?-520?)의 『문심조룡(文心雕龍)·해은(諧隱)』에서 "'諧'의 말뜻은 '皆'이다. 말이 천근하고 세속에 부합하여 '모두' 기뻐하며 웃기 때문이

---

7 이주열, 『한국현대시에 나타난 해학성과 정신』, 18-19쪽.

8 물론 웃음은 그 발생 상황이나 종류도 다양하며, 꼭 좋아서만 웃는 것이 아니다. 웃음에는 미소, 홍소, 폭소, 파안대소, 가가대소, 박장대소 등 다소 긍정적인 것도 있지만 실소, 냉소, 고소(苦笑, 마지못해 웃는 웃음), 조소, 앙천대소 등 다소 부정적인 것도 있다. 여기서는 일단 긍정적인 웃음을 염두에 두고 논하고자 한다.

다.[諧之言皆也, 辭淺會俗, 皆悅笑也.]"라고 설명하고 있다. 『시경(詩經) · 위풍(衛風) · 기오(淇奧)』의 "우스갯소리도 잘하시지만, 해를 끼치지는 않으시네.[善戱謔兮, 不爲虐兮.]" 등에서도 해학과 관련된 구절이 보이며, 『시경 · 패풍(邶風) · 신대(新臺)』처럼 풍자적인 해학성이 돋보이는 시도 있다. 『문심조룡 · 해은』에서 해학 문학에 대해 비교적 자세히 논하고 있지만 그다지 긍정적으로 보고 있지 않다. "다만 본바탕이 전아하지 않으며, 그 말류는 쉽게 폐단에 흐른다.[但本體不雅, 其流易弊.]", "공연한 유희와 골계에 빠지면, 아름다운 덕이 크게 파괴된다.[空戱滑稽, 德音大壞.]"는 등 부정적인 평가가 많다. 이는 당시의 산문이나 부(賦)를 주로 염두에 둔 논평이다. 어쨌든 이를 통해 중국에서 일찍이 해학 문학이 상당히 유행했음을 알 수 있다. 이는 중국의 문인과 배우가 그 연원상의 공유점이 적지 않은 것에도 기인한다. 고대 중국에서 배우와 문인은 그 역할이 비슷했으며, 황제들이 궁중에서 일정 정도의 문인을 배우처럼 양성하여 오락을 돕도록 했다. 이것도 중국 문학이 해학성을 띠게 된 주요한 원인의 하나이다. 전국시대 제(齊)나라의 순우곤(淳于髡, B.C.386?-B.C. 310?), 서한(西漢) 대의 동방삭(東方朔, B.C.161?-B.C.93?), 매고(枚臯, B.C.153?-?), 사마상여(司馬相如, B.C.179?-B.C.118?) 등이 궁정의 해학적인 문신(文臣)으로 유명하다.

중국 문학의 해학성에 대한 기존의 논의는 사(詞)나 산문, 소설 등을 대상으로 주로 진행되어 왔다. 상대적으로 고전시의 해학성에 대해서는 그다지 주목하지 않다가 최근에 서서히 연구가 진행되고 있다. 그 연구자들도 해학적인 시를 여전히 '온유돈후(溫柔敦厚)'의 전통적 시교(詩敎)와는 다른 경향으로 보며 큰 의미를 부여하지 않는 경우가 많다. 하지만 사람을 따뜻하고 부드럽게 하는 데에 웃음도 큰 역할을 하듯이, 해학적인 시들도 '온유돈후'의 경지를 다채롭게 구현한 예로 볼 수 있을 것이다. 이처럼 해학에 대한 의미 부여에도 차이가 있고, 어떤 시를 '해학시'로 분류할 것인지 그 기준도 애매한 점이 많다. 이러한 점도 해학시에 대한 연구가 상대적으로 활발히 진행되지 못한 이유이기도 하다. 필자의 목적은 그러한 개념 규정이나 분류에 있는 것이 아니다. 시에서 해학적 풍취가 전면에 흐르는 시는 상대적으로 많지 않다고 할지라도, 일견 슬픔이나 불우함을 읊는 것 같지만 부분적으로 여러 가지 해학적인 요소를 가미하여 시의 맛을 더욱 풍부하게 한 경우를 자주 볼 수 있다. 필자는 이러한 해학성에 주목하고자 하는 것이다. 사실 해학은 어느 정도 스토리가 있고 대화가 자주 등장하는 소설이나 희곡, 산문 등에서 구사하기에 보다 용이하다. 우스갯이야기를 본격적으로 다루는 소화(笑話)집을 비롯하며 『세설신어(世說新語)』나 각종 필기(筆記)류 등의 산문에서 해학 고사가 자주 등장하는 것을 보아도 알 수 있다. 시는 이러한 서사성의 우스운 이야기를 다루기에는 부적합한 면이 있고, 전아함을 추구하는 주된 전통 등의 원인으로 해학과는 다소 거리가 멀게 느껴진다. 하지만 웃음의 발생 원리적인 측면에서 보면 시에서의 해학성의 추구도 역시 가능하다.

웃음의 원리에 대한 논의는 역사가 오래되고 무척 다채롭다. 플라톤(Platon, B.C.427-B.C.347)의 『필레보스(Philebos)』에 기록된 소크라테스(Socrates, B.C.470-B.C.399)와 프로타르코스(Protarchos)의 대화에 웃음에 대한 언급이 나오는데 이것이 가장 오래된 이론에 속한다. 여기서 플라톤은 자신의 스승 소크라테스의 입을 빌려 '무지의 우스꽝스러움'을 제기하고 있으며 그 무지한 사람이 힘이 없어야 한다고 전제하고 있다. 하지만 플라톤은 전체적으로 엄숙한 편이었다. 웃음에 대해 보다 체계적으로 밝힌 사람은 아리스토텔레스(Aristoteles, B.C.384-B.C.322)이다. 그의 웃음 이론을 대략적으로 정리하면 다음과 같다.

첫째, 아리스토텔레스는 웃음을 아주 높이 평가한 철학자이며, 웃음 자체를 수사학이나 미학과 관련지어 밝히려고 했다. 둘째, 그의 『시학』에서 주장하는 '우스꽝스러움의 정의'는 무해하고 고통이 없이 감지할 수 있는 결함(혹은 실

수), 즉 '무해한 실수나 결점'으로 표현된다. 셋째, 아리스토텔레스의 『수사학』에서 설명되고 있는 '언어들, 행동들, 인간들'은 오늘날에도 여전히 동서양의 코믹에서 활용되고 있다. 넷째, 그는 웃음을 생리학적인 관련에서도 설명하고 있다. 다섯째, 그는 웃음을 횡경막의 표현이라 했고, 연령의 차이에서도 웃음을 밝히려고 했다. 여섯째, 사회생활에서 인간들의 교제의 필요성과 어릿광대(혹은 웃음)의 필요성을 설명하고 있다.[9]

아리스토텔레스의 웃음 이론은 후대에 큰 영향을 미쳤는데, 그 핵심은 '무해한 실수나 결점'이라고 할 수 있다. 문헌은 전해지지 않고 있지만 그보다 조금 앞선 시기에, 늘 웃고 다녔던 웃음의 철학자 데모크리토스(Demokritos, B.C.460-B.C.380)도 유명하다. 그는 웃음의 미학을 통해 아타락시아(Ataraxia)를 터득한 현자로 칭송되고 있다. 그 이후에 키케로(Cicero, B.C.106-B.C.43)는 웃음의 원리로 '무해한 규범의 일탈'을 주장하였는데 역시 비슷한 설명이다. 이것이 고대 서양의 대표적 웃음 이론이다.

중세에는 교회의 영향으로 웃음이 금지되는 경향이 강했다. 서양에서는 17세기 이후에 여러 철학자들이 다채로운 웃음 이론을 펼쳤는데 그 기본적인 원리는 고대의 이론에 기반하고 있다. 홉스(Thomas Hobbes, 1588-1679)는 다른 사람에 대한 우월감에서 웃음이 생긴다고 하였다. 그의 '웃음의 우월이론'은 소크라테스나 아리스토텔레스의 이론을 달리 표현한 것으로 이해할 수 있겠다. 근세의 철학자 중에 웃음의 이론 면에서 가장 주목할 이는 칸트(Immauel Kant, 1724-1804)이다. 플라톤 이후 서양 철학사의 본류에서 웃음이 추방되고 엄격함에 치중했을 때 칸트는 데모크리토스로부터 강조된 웃음의 철학을 복원하고 유머의 중요성을 강조하였다. 칸트는 『판단력 비판』에서

---

9   류종영, 『웃음의 미학』, 유로, 79쪽.

"웃음은 긴장된 기대가 무(無)로 갑작스럽게 변하는 것에서 유래한 격렬한 흥분이다."[10]라고 정의하고 있다. '긴장에서 이완으로, 기대에서 허무로의 전환'이 유머의 기본 원리라고 한 것이다. 쇼펜하우어(Arthur Schopenhauer, 1788-1860)는 개념과 지각 간의 불일치가 웃음을 유발한다고 주장하였다. 앙리 베르그송(Henri Bergson, 1859-1941)은 웃음이 정신이나 성격의 완고함, 방심, 기계적 동작 등에서 기인한다며[11] 웃음에 대해 매우 자세한 이론을 펼치고 있다.

현대에 통용되는 웃음 이론들도 이전의 다양한 이론에 바탕한 것이다. 유머의 본질은 웃음의 유발인데 그 원리로 '각성이론', '부조화이론', '우월성이론', '정신분석적 이론', '언어 이론' 등이 보편적으로 거론된다.[12] 각성이론은 축적된 긴장이 감소되거나 원초적 잉여 에너지가 방출될 때 웃음이 발생한다고 본다. 부조화이론은 본질적으로 서로 다른 두 사상, 개념 또는 상황이 예기치 않은 형식으로 함께 진행될 때 유머가 발생한다고 본다. 우월성이론은 타인의 멍청함이나 흉함 등에 대한 반응으로 웃음이 유발된다고 본다. 정신분석 이론은 해학을 가장된 성적(性的) 공격으로 본다. 언어 이론은 해학이 앞뒤가 맞지 않는 일과 다른 논리적인 문제를 해결하는 것과 관련된다고 보는 견해이다. 이러한 주장들도 그 표현만 조금 바꾸었을 뿐 이전 철학자들의 주장에 기반하고 있음을 볼 수 있다.

해학의 기술적 요소로 거론되는 것은 무척 다양한데, 이 중에서 중국 고전시와도 관련지어 볼 수 있는 요소를 추려보면 다음과 같다.[13]

---

10   류종영, 앞의 책, 202쪽.

11   앙리 베르그송 저, 정연복 옮김, 『웃음』, 문학과지성사, 2021, 188-189쪽 참조.

12   이하 이 이론들의 요약은 이근식의 『중국유머에 나타난 한국인 풍자의 양태(2)—유머의 원리, 구조, 배경을 중심으로』, 364-365쪽의 정리 참조.

13   네이버 위키백과에서 열거한 해학 기술의 요소 중에 시와도 관련이 있다고 생각된 것을

- 불합리(absurdity): 넌센스, 논리적 규칙에 반하는 상황
- 의인화(anthropomorphism): 사물이나 동물이 인간의 행위를 함
- 서투름(clumsiness): 숙달되거나 우아하지 않음
- 과장(exaggeration): 과장된 말, 과장된 반응, 어떤 사람이나 사물의 질을 과장함
- 무지(ignorance): 어리석고 순진하여 속기 쉬운, 유치하게 행동하는 사람
- 모방(imitation): 정체성을 유지하면서 어떤 사람의 모습이나 움직임을 따라 함
- 비꼬기(irony): 말하는 것과 다르거나 반대되는 것을 의미함
- 무관한 행동(irrelevant behavior): 권위나 현존 기준을 적절히 존중하지 않음
- 오해(misunderstanding): 상황을 잘못 해석함
- 재치(outwitting): 반박, 응답 또는 되받아칠 때 기지를 발휘하여 압도함
- 패러디(parody): 문체, 다른 문학 장르, 또는 다른 미디어를 모방함
- 동음이의의 익살(pun): 이중의 뜻을 지닐 수 있는 단어의 의미를 활용하는 것
- 풍자(satire): 잘 알려진 사물, 상황, 또는 공적 인물을 놀리거나 찌름
- 성적 암시(sexual allusion): 성적이거나 장난스러운 문제를 가리키거나 암시함

해학을 유발할 수 있는 요인이 비단 위에서 열거한 것에 한정되지는 않을 것이다. 하지만 시에서도 이처럼 다양한 기술적 요소가 해학을 유발할 수 있기에 참고할 만하다.

추려 정리한 것이다.

문학 텍스트 분석과 유사해 보이는 웃음 이론으로 '구조 만들기(set up)'와 '급소 문구(punch line, '급소 찌르기'라고도 함)' 개념[14]도 해학시 분석에 이용될 수 있다. 구조 만들기는 특정 상황과 인물을 설정하는 것이고, 급소 문구는 그 상황에서 인물들의 언행이 일반적인 상식과 예측을 벗어나서 웃음을 자아내게 하는 것이다. 이런 상황에서 음운이나 어휘 등의 유사성을 이용한 급소 문구가 자주 사용되는데, 이는 중국에서 해음(諧音)이나 쌍관(雙關) 등의 어휘가 그런 역할을 하기도 한다. 설명은 다양하게 할 수 있지만 결국 칸트가 말한 것처럼 긴장하고 있는 기대감이 갑자기 소멸되는 것이 웃음의 기본 원리라는 설명과 통한다. 그렇다면 긴장하고 기대감을 가지게 만드는 공통된 인식이나 지식 정보를 상호 공유하고 있어야 유머가 성공할 수 있고 웃음이 발생할 수 있다는 점도 주목할 필요가 있다.

소설이나 희곡, 코미디 프로그램 등에서는 우월성이론에 입각한 바보 캐릭터의 등장으로 웃음을 유발하는 경우가 많다. 시의 경우에 각성이론, 부조화이론 등이 공통적으로 기반하고 있는 '긴장감과 기대감의 소멸'이라는 기본 원리는 그대로 적용될 수 있다. 중국에서 '시는 전아하고 장중해야 한다'는 것이 전통적이고 주된 인식이다.[15] 특히 고전시는 형식도 엄격할 뿐만 아니라 내용도 장중함을 추구해야 한다고 여겼다. 이른바 '시장(詩莊)', 즉 '시는 장중해야 한다'라는 기존의 보편적인 인식과 기대 수준이 있기 때문에 도리어 해학을 추구하기 쉬운 면도 있다. 즉 그러한 기대를 다양한 방식으로 무너뜨리고 이완시키면 웃음을 자아내기 쉬울 수 있다. 그러한 전환은 급작스러울수록 효과가 크다. 하지만 그러한 웃음의 창조가 가능하다고 할지라

---

14 이근식, 앞의 논문, 366쪽 참조.

15 이른 바 "시장사미(詩莊詞媚)", 즉 "시는 장중해야 하고, 사는 아름다워야 한다"는 인식을 들 수 있다. 이 말은 청(淸) 왕우화(王又華)의 『고금사론(古今詞論)』에 나온다. 송초(宋初)의 사람이 이미 이런 말을 했다는 설도 있다.

도 시인들은 이를 즐겨 추구하지는 않는다. 왜냐하면 이는 시의 격을 떨어뜨리기 쉽기 때문이다. 시에서는 폭소를 터뜨리게 하기보다는 은근하고 절제된 해학을 추구해야 하며, 억지웃음이 아니라 자연스럽게 표출되어야 한다. 그래야만 해학의 품격이 높아진다. 먹고 살기 위해 자신을 망가뜨리며 억지로 웃기려 애쓰는 개그 프로나 코미디를 보고 나면 왠지 슬픈 느낌이 들기도 한다. 굳이 웃기려 하지 않았지만 자연스럽게 표출된 은근한 해학과 웃음만 못한 것이다.

중국에서 해학적인 시라 하면 우선 타유시(打油詩)를 떠올리기 쉽다. 타유시는 당대(唐代)의 장타유(張打油, ?-?)가 창시한 것으로 내용과 시어가 통속적이고 격률에 얽매이지 않는 가운데 익살맞은 해학을 추구한 것이다. 이를테면 그의 「눈을 읊다[咏雪]」와 같은 시이다.

江上一籠統,　　강상일롱**통**
井上黑窟窿.　　정상흑굴**룽**
黃狗身上白,　　황구신상백
白狗身上腫.　　백구신상**종**

강 위에서 온통 구별이 없는데
우물 위에만 검은 구멍이 있네.
누런 개의 몸 위에서는 희더니
흰 개의 몸 위에서는 종기가 되었네.

이러한 타유시는 일시적으로 웃음을 주지만 시의 격을 떨어뜨린다. 필자가 주로 다루려는 해학적 시는 이러한 군소 시인들의 타유시가 아니라 대시인들이 공을 들여 쓴 시이다. 대시인들도 해학을 추구한 시가 적지 않고

그 양상도 다양하다. 그럼에도 불구하고 시의 격을 떨어뜨리거나 천박하다
는 평가를 받지 않는다. 오히려 해학을 가미함으로써 아속(雅俗)을 조화시켜
한층 높은 시적 경지를 이루었으며 이로 인해 더욱 많은 독자들의 애호를
받게 되었다. 회문시(回文詩)나 보탑시(寶塔詩)처럼 일부 유희적인 잡체시를 제
외하고, 중국 고전시는 해학을 추구할지라도 형식과 내용에서 근엄한 형태
를 유지하며 해학을 숨기고 있는 경우가 많다. 오히려 그러하기에 곰곰이
음미해보면 더욱 묘한 해학이 느껴지는데 이를 막상 풀어 설명하기는 쉽지
않은 경우가 많다.

중국에서 유머에 대한 논의를 본격적으로 일으킨 임어당(林語堂, 1895-1976)
은 「유머를 논하다[論幽默]」에서 다음과 같은 말을 하고 있다.

> 유머를 구하려면 반드시 심원한 마음의 경지가 있어서 부처님의 자비와 같
> 은 마음을 가져야 한다. 그런 다음이라야 문장의 열기가 너무 왕성해지지 않게
> 되어, 독자는 담백한 맛을 얻게 된다. 유머는 단지 냉정하고 초월적인 방관자로
> 서 늘 웃음 속에 눈물을 띠고 청정함 속에 웃음을 띤다. 그래서 그 문장은 맑고
> 담백하며 자연스럽다. 기특함을 드러내는 데 힘쓰는 골계와 다르며, 재치와
> 교묘함으로 놀라게 하는 위트와도 다르다.[欲求幽默, 必先有深遠之心境, 而帶一
> 點我佛慈悲之念頭, 然後文章火氣不太盛, 讀者得淡然之味. 幽默只是一位冷靜超遠
> 的旁觀者, 常於笑中帶淚, 淨中帶笑. 其文清淡自然, 不似滑稽之炫奇鬪勝, 亦不似鬱
> 剔之出於機警巧辯.]"[16]

유머를 구사함에 있어 넓고 따뜻한 마음과 심원한 경지를 바탕으로 담백
하고 자연스럽게 웃음을 추구해야 한다고 하는데 이는 고전시에서 추구하는

---

16   임어당(林語堂), 『엄어당전집(林語堂全集)』 下, 〈論幽默〉, 10-11쪽.

유머와 유사하다. 유머나 해학이 너무 노골적이면 시적인 맛이 감소하고 시가 천박해진다. 반면 은근하고 자연스러운 유머의 가미는 시인의 품격도 높이고 시의 맛을 더욱 깊게 할 수도 있다.

제2장

선진(先秦), 위진남북조시의 해학

중국 고전시의 해학은 『시경(詩經)』에서부터 시작한다고 볼 수 있다. 한대(漢代)에는 시의 창작도 많지 않아 해학시도 드물며, 동방삭(東方朔, B.C.161?-B.C.93?)의 「상서자천(上書自薦)」, 「답객난(答客難)」, 추양(鄒陽, B.C.206-B.C.129)의 「주부(酒賦)」, 왕포(王褒, B.C.90-B.C.51)의 「동약(僮約)」 등 당시 성행했던 부(賦)에서 해학적인 면모가 좀 더 잘 드러난다. 위진남북조시대(魏晉南北朝時代)에는 해학적 기풍이 성행하였다. 그래서 『문심조룡(文心雕龍)·해은(諧隱)』에서 "위문제(魏文帝) 조비(曹丕)는 농담을 묶어서 『소서(笑書)』를 펴냈으며, …위진시대에는 골계의 말이 성하여 서로 자극하고 부추겼다[至魏文因俳說以著笑書, … 魏晉滑稽, 盛相驅扇.]"라고 할 정도였다. 이러한 전반적인 기풍과는 달리 전아함을 추구하는 시(詩)에는 해학성이 두드러지는 작품이 그다지 많지 않았다. 제량(齊梁) 시인들이 희작시(戲作詩)를 일부 쓰기는 했지만 그다지 수준이 높지는 않다. 이 시기에 가장 높이 평가받는 시인은 도연명(陶淵明)인데 해학적인 방면에서도 단연 주목할 만하다. 그래서 『시경』과 도연명의 시를 중심으로 살펴보고자 한다.

1. 『시경(詩經)』의 해학

『시경』에서 해학이 가미된 작품은 풍자시와 애정시 두 부류에서 주로 보인다. 우선 정치 현실을 풍자한 시에서 위정자나 관리의 모습을 해학적으로 묘사한 것을 종종 볼 수 있다. 빈풍(豳風)의 「늙은 이리[狼跋]」를 보자.

狼跋其胡,　　낭발기호
載疐其尾.　　재치기미
公孫碩膚,　　공손석부
赤舄几几.　　적석궤궤

狼疐其尾,　　낭치기미
載跋其胡.　　재발기호
公孫碩膚,　　공손석부
德音不瑕.　　덕음불하

늙은 이리 앞으로 나아가면 턱살이 밟히고
뒤로 물러나면 꼬리에 걸려 넘어지네.

왕손께서는 허우대가 크신데
붉은 신이 잘 어울리시네.

늙은 이리 뒤로 물러나면 꼬리에 걸려 넘어지고
앞으로 나아가면 턱살이 밟히네.
왕손께서는 허우대가 크신데
성덕을 기리는 말이 끊임없네.

「모시서(毛詩序)」에 "'낭발'은 주공(周公)을 기린 것이다. 주공이 성왕을 대신하여 섭정하자 멀리로는 네 나라[관(管), 채(蔡), 곽(霍), 무경(武庚)]가 허튼 소문을 퍼뜨리고 가까이로는 임금이 알아주지도 않았다. 주나라 대부는 그가 그럼에도 불구하고 성덕을 잃지 않은 것을 찬미하였다.[狼跋, 美周公也. 周公攝政, 遠則四國流言, 近則王不知, 周大夫美其不失其聖也]"라고 하였다. 시 후반부의 '공손(公孫)' 2구는 그 외모와 덕망을 찬양하고 있어 「모시서」의 설명이 그럴듯하게 느껴진다. 하지만 이 시는 늙은 이리를 해학적으로 묘사한 것이 우선 더 눈에 띈다. 늙은 이리가 앞으로 나아가면 제 턱살이 밟혀 나아가지 못하고, 뒤로 물러나면 꼬리가 걸려 넘어지는 모습이 웃음을 자아내게 한다. '낭발(狼跋)'과 '낭치(狼疐)' 2구는 늙고 비대한 관리의 모습을 우스꽝스럽게 풍자한 것으로 보인다. 공손을 주공에 한정하여 해석하지 않고, 이 시를 해학을 곁들인 찬양이자 풍자로 본다면 더욱 풍부한 의미로 읽을 수 있을 것이다. 위풍(魏風)의 「큰 쥐[碩鼠]」와 같은 시에서 가렴주구(苛斂誅求)하는 관리를 곡식을 마구 훔쳐먹는 큰 쥐에 비유한 것도 다소 비슷한 해학성을 띤 풍자라고 볼 수 있다.

패풍(邶風) 「새 누대[新臺]」는 풍자적인 해학성이 좀 더 두드러진다.

新臺有泚,　　신대유**자**
河水瀰瀰.　　하수미**미**
燕婉之求,　　연완지구
籧篨不鮮.　　거저불**선**

新臺有洒,　　신대유**최**
河水浼浼.　　하수매**매**
燕婉之求,　　연완지구
籧篨不殄.　　거저부**진**

魚網之設,　　어망지설
鴻則離之.　　홍즉**리**지
燕婉之求,　　연완지구
得此戚施.　　득차척**시**

새 누대는 산뜻하고
황하물은 질펀하다.
고운 님을 찾아왔건만
형편없는 더러운 자를 만났네.

새 누대는 솟아 있고
황하물은 평평하다.
고운 님을 찾아왔건만
죽지도 않는 더러운 자를 만났네.

고기 그물을 쳤는데

큰 기러기가 걸렸네.

고운 님을 찾았는데

이런 두꺼비 같은 자가 걸렸네.

「모시서」에서는 위(衛)나라 선공(宣公)을 풍자한 시라고 하였다. 선공은 자기 아들 급(伋)을 위해 제(齊)나라 제후의 딸 선강(宣姜)을 며느리로 삼기로 했는데, 그 딸을 보고 반해서 자기 처로 삼아버렸다. 그때 선공은 황하 가에 새로운 누대를 지어놓고 그곳에서 제나라 여인이 오기를 기다렸다고 한다. 이 시는 그 여인의 입장에서 황당한 결혼을 하게 된 것을 읊고 있는데 그 표현이 자못 직설적이고 해학적이다. 기대하던 젊고 고운 낭군이 아니라 뜻밖에 늙은 선공을 만나자 '형편없는 더러운 자', '죽지도 않는 더러운 자'를 만났다고 불평하고 있다. 황하 가의 산뜻하고 높은 '새 누대'가 선공의 추함을 대비적으로 더 돋보이게 한다. 제3장의 비유도 재미있다. 고대 시가에서 물고기를 잡는 것은 남녀 간의 구애의 상징으로 많이 쓰인다. 그래서 고기 그물을 쳤는데 물고기는 안 걸리고 기러기가 걸린 꼴이며, 고운 낭군이 아니라 늙고 쭈글쭈글하여 '이런 두꺼비 같은 자'가 걸렸다고 한탄하고 있다.

『시경』의 해학성은 남녀 간의 연애를 읊은 시에서도 종종 발현된다. 제풍(齊風)의 「닭이 우네요[鷄鳴]」를 보자.

鷄旣鳴矣,	계기명의
朝旣盈矣.	조기영의
匪鷄則鳴,	비계즉명
蒼蠅之聲.	창승지성

東方明矣,　　동방**명**의
朝既昌矣.　　조기**창**의
匪東方則明,　비동방즉**명**
月出之光.　　월출지**광**

蟲飛薨薨,　　충비홍**홍**
甘與子同夢.　감여자동**몽**
會且歸矣,　　회차귀의
無庶予子憎.　무서여자**증**

"닭이 이미 우네요,
조정엔 대신들이 가득하겠어요."
"닭 울음소리가 아니라
쉬파리 소리라오."

"동녘이 밝았네요,
조정엔 대신들이 많이 모였겠어요."
"동녘이 밝은 것이 아니라
달빛이 비치는 것이라오."

"뭇 벌레가 윙윙 날아도
당신과 누워 단꿈을 즐기고 싶지만,
대신들 모였다 돌아가게 되면
행여 나 때문에 당신을 미워하지 않을까요."

「모시서」에서는 "「계명」은 어진 후비(后妃)를 생각한 것이다. 애공이 황음하고 태만하여 어진 후비와 정숙한 여인이 밤낮으로 경계하여 서로 이루는 도를 진술한 것이다.[鷄鳴, 思賢妃也. 哀公荒淫怠慢, 故陳賢妃貞女夙夜警戒相成之道焉.]"라고 하였다. 애공 때의 작품인지 불확실하기에 이 시를 꼭 제후와 후비 사이의 대화로 한정 지어 볼 필요는 없을 것 같다. 한창 신혼의 단꿈에 빠져 출근하기 싫어하는 남자의 심리와 출근을 재촉하지만 은근히 보내기 아쉬워하는 여인의 심리가 시의 대화 속에 해학적으로 형상화되어 있다. 제1장에서 여인이 닭 울음소리를 듣고 출근을 재촉하자, 남자는 닭 울음소리가 아니고 쉬파리 소리라고 능청을 떤다. 여인은 그것이 거짓말인지 알면서도 내심 싫지 않아 계속 잠자리에 함께 누워있다. 제2장에서 동녘이 밝아오자 마음이 불안해진 여인이 다시 출근을 재촉한다. 그러자 남자는 그것이 달빛이라고 또다시 능청을 떤다. 여인은 못 이기는 척 또 받아들이다가 제3장에서 이제 날이 밝았다며 마지막으로 다시 출근할 것을 권유하고 있다. 『시집전(詩集傳)』에서 "벌레가 나는 것은 날이 장차 밝으려 하여 온갖 벌레가 나오는 것이다.[蟲飛, 夜將旦而百蟲作也.]"라고 풀이하고 있는 것에서도 알 수 있다. 하지만 이러한 표면적인 권유와 달리 여인의 속마음은 좀 다른 듯하다. 즉 결국 출근을 못 하여 대신들의 미움을 받더라도 자기 책임은 아니라고 여인이 미리 선수치는 듯하다. 이 말을 듣고 남자가 출근했는지 안 했는지는 밝히지 않고 열린 결말로 내버려 두고 있다. 어쨌든 새벽에 침실에 누워 나눈, 남녀 간의 해학적 대화 속에 깊은 애정과 잠시라도 떨어지기 싫어하는 마음이 잘 드러난다. 전종서(錢鍾書, 1910-1998)도 『관추편(管錐編)』에서 이 시는 "남녀가 대답한 노래[男女對答之詞]"로 "감정과 흥치가 풍부하다[饒情致]"고 상찬하였다.

이러한 대화체의 해학성은 『시경』의 시가 노래로 불려지고 경우에 따라 공연이 되었다는 점과도 다소 관련성이 있다. 고대 중국에서 배우와 문인의 역할이 비슷했으며, 황제들이 궁중에서 일정 정도의 문인을 배우처럼 양성하여 오락을 돕도록 했기 때문이다. 이것도 시가 해학성을 띠게 된 중요 원인의 하나이다.

남녀 간의 사이가 늘 화목할 수는 없는 것이다. 정풍(鄭風)의 「치마 걷고[褰裳]」를 보자.

子惠思我,　　자혜사아
褰裳涉溱.　　건상섭**진**
子不我思,　　자불아사
豈無他人.　　기무타**인**
狂童之狂也且.　광동지광야저

子惠思我,　　자혜사아
褰裳涉洧.　　건상섭**유**
子不我思,　　자불아사
豈無他士.　　기무타**사**
狂童之狂也且.　광동지광야저

그대가 날 사랑하여 그리워한다면
치마 걷고 진수라도 건너가리라.
그대가 날 그리워하지 않는다면
어찌 세상에 다른 사내가 없을까?
이 바보 같은 미친 녀석아!

그대가 날 사랑하여 그리워한다면
치마 걷고 유수라도 건너가리라.

그대가 날 그리워하지 않는다면
어찌 세상에 다른 남자가 없을까?
이 바보 같은 미친 녀석아!

이 시는 여인이 사랑이 식어가는 남자를 꾸짖는 것이다. 표현이 직설적이면서 내용에 전절(轉折)이 있어 재미있다. 남자가 자신을 변함없이 사랑한다면 아무리 깊고 넓은 강이라도 치마 걷고 건너가겠다는 말에서 여인의 당찬 기상과 깊은 사랑을 동시에 볼 수 있다. 그러나 그 사랑이 집착이나, 요즘식으로 말하면 스토킹으로 흐르지는 않는다. 만약 자신을 그리워하지 않는다면, 세상에 남자는 많기에 나도 딴 남자를 고를 테니 알아서 하라는 것이다. 각 장의 마지막 구인 "이 바보 같은 미친 녀석아![狂童之狂也且.]"는 마치 면전에서 말하는 듯한 직설적인 꾸짖음이면서, 여인의 복잡한 심리의 표현이기도 하다. 『시집전』에서 "또한 그를 희학(戲謔)하는 말이다.[亦謔之之辭.]"라고 하였다. 이처럼 거친 듯한 표현 속에 은근한 해학도 담겨있어 독자로 하여금 미소짓게 하고, 비슷한 처지인 사람들의 울분도 풀어주는 것 같다. 「모시서」에서 "「치마 걷고」는 바로잡아 주기를 생각한 시이다. 광동(狂童)이 멋대로 행동하자, 국인들은 강대국이 자기 나라를 바로 잡아주기를 생각한 것이다.[褰裳, 思見正也. 狂童恣行, 國人思大國之正己也.]"라고 풀이하였는데, 원래 시의 생동감과 재미가 사라지는 해석이다.

이처럼 『시경』에서 발현되는 해학적 표현과 면모는 후대의 시가에 적지 않은 영향을 미치게 되었다.

2. 도연명(陶淵明) 시

—— 전원생활 속의 유머

도연명(陶淵明, 365-427)은 동진(東晋)과 유송(劉宋) 시대의 대시인으로 심양(潯陽) 시상(柴桑)[지금의 강서성(江西省) 구강(九江)] 사람이다. 자는 원량(元亮)이며, 동진이 망하고 송대로 접어들면서 이름을 잠(潛)이라고 바꾸었다고 한다. 그는 집안이 몰락한 사대부 집안의 후손으로 가난 속에서 자랐다. 어렸을 때에는 유가적인 교육을 받아 큰 뜻을 품었으나, 장성하면서 어지러운 세상 속에서 점점 당시에 유행하던 노장 사상의 영향을 많이 받았다. 그는 강주좨주(江州祭酒), 진군참군(鎭軍參軍), 건위참군(建威參軍)을 잠시 맡기도 하였으며, 41세에 팽택령(彭澤令)이 되었다. 그때 중앙에서 감찰관이 오자 "나는 오두미(五斗米) 때문에 소인에게 허리를 굽힐 수 없다"고 하며 80여 일만에 「귀거래사(歸去來辭)」를 부르며 고향으로 돌아갔다. 전원으로 돌아온 뒤에 안분지족(安分知足)의 심정을 읊기도 했지만 생활의 어려움을 탄식한 시들도 적지 않다. 만년에 조정에서 그를 저작좌랑(著作佐郞)으로 불렀으나 끝내 응하지 않았으며, 시와 술로 인생을 마쳤다. 도연명은 이러한 고단한 전원생활 속에서도 늘 유머와 웃음을 잃지 않았기에 그의 시에서는 해학성이 두드러지는 작품이 많다. 일찍이 송대의 황정견(黃庭堅, 1045-1105)도 도연명 시의 해학적 면모를 지적하였고, 호적(胡適)은 도연명을 '유머대사(幽默大師)'로 칭하기도 했다.

도연명은 「오류선생전(五柳先生傳)」이라는 해학적인 자서전을 썼는데, 여기서 그의 생활상과 시작(詩作) 태도가 잘 드러난다.

선생은 어느 지방 사람인지 알 수 없고, 그의 성과 자도 자세하지 않다. 집가에 다섯 그루 버드나무가 있어 그것으로 호를 삼았다. 조용하고 말이 적으며 영화와 이익을 부러워하지 않았다. 책 읽기를 좋아하나 지나치게 따지려고 하지 않았으며, 매번 뜻에 맞는 것이 있으면 기뻐하며 밥 먹는 것도 잊었다. 성품이 술을 즐기나 집이 가난하여 항상 먹을 수는 없었다. 친구들이 그의 이 같은 사정을 알고 간혹 술을 차려놓고 부르면, 가서 마시는데 번번이 다 마시며 반드시 취하고자 하였다. 이미 취하여 물러갈 때에는 늘 가거나 머무르는 데 개의치 않았다. 좁은 집은 텅 비어 있고 바람과 햇볕을 가리지 못하였다. 짧은 베옷은 해진 데를 기웠고, 밥그릇과 표주박이 종종 비었지만 태연하였다. 항상 시문(詩文)을 지어 스스로 즐기며 자못 자기의 뜻을 나타내고, 이해득실을 잊은 채 이런 태도로 스스로 인생을 마쳤다. 찬에 이른다. 검루[춘추시대 제나라 은자]가 말하길 "빈천에 근심하지 않고, 부귀에 급급해하지 않는다"고 했다. 그 말을 지극히 살펴보면 이 오류선생 같은 무리일 것이다. 술에 거나해져 시를 읊어 그 뜻을 즐겼으니, 옛날 태평성대의 임금 무회씨의 백성인가, 갈천씨의 백성인가?[先生不知何許人, 亦不詳其姓字. 宅邊有五柳樹, 因以爲號焉. 閑靜少言, 不慕榮利. 好讀書, 不求甚解, 每有會意, 便欣然忘食. 性嗜酒, 家貧, 不能常得, 親舊知其如此, 或置酒而招之, 造飮輒盡, 期在必醉, 旣醉而退, 曾不吝情去留. 環堵蕭然, 不蔽風日, 短褐穿結, 簞瓢屢空, 晏如也. 常著文章自娛, 頗示己志, 忘懷得失, 以此自終. 贊曰, 黔婁有言, 不戚戚於貧賤, 不汲汲於富貴. 極其言, 玆若人之儔乎. 酣觴賦詩, 以樂其志, 無懷氏之民歟, 葛天氏之民歟.]

도연명에게 있어 독서와 창작은 부귀와 영예를 얻기 위한 것이 아니라 무엇보다 그 자체에서 즐거움을 추구하는 것에 목적이 있었다. 그러기에 "항상 시문(詩文)을 지어 '스스로 즐거워하며' 자못 자기의 뜻을 나타내었다.[常著文章 自娛, 頗示己志.]"라고 했다. 그 자체를 즐기는 것은 가장 초기 단계이면서 동시 에 최고 경지의 표현이기도 하다. 공자(孔子)가 『논어(論語) · 옹야(雍也)』에서 "아는 자는 좋아하는 자만 못하고, 좋아하는 자는 즐기는 자만 못하다.[知之者 不如好之者, 好之者不如樂之者.]"라고 한 말에서도 알 수 있다. 종래에 도연명의 시에 대한 언급은 주로 표면적으로 드러난 '기지(己志)'에 주목했을 뿐, 도연 명이 '자오(自娛)'한 측면에 대해서는 그다지 주목하지 않았다. 도연명의 유명 한 「술을 마시다, 20수[飮酒二十首]」의 서문에서도 무료한 가운데 스스로 즐기 기 위해 지었음을 밝히고 있다.

> 내가 한가로이 지내노라니 기쁜 일이 적은데 더구나 가을밤도 길어졌다. 우 연히 좋은 술이 생겨 마시지 않은 밤이 없었다. 내 그림자만 돌아보며 홀로 다 마셔버리자 홀연히 다시 취한다. 술에 취한 뒤에 문득 시 몇 구절을 써 놓고 스스로 즐거워하였다. 쓴 시는 결국 많아졌는데 말에는 조리가 없지만, 그저 친구에게 이것을 적게 해서 즐거운 웃음거리로 삼고자 한다.[余閒居寡懽, 兼秋 夜已長. 偶有名酒, 無夕不飮. 顧影獨盡, 忽焉復醉. 旣醉之後, 輒題數句自娛. 紙墨遂 多, 辭無詮次. 聊命故人書之, 以爲歡笑爾.]

이처럼 음주시를 "즐거운 웃음거리로 삼고자 한다[以爲歡笑爾]"는 것에서 해 학이 가미되어 있음을 알 수 있다. 그중에 먼저 「술을 마시다, 7[飮酒 · 其七]」을 보자.

秋菊有佳色,　　추국유가색
裛露掇其英.　　읍로철기영

汎此忘憂物,　범차망우물

遠我遺世情.　원아유세정

一觴雖獨進,　일상수독진

杯盡壺自傾.　배진호자경

日入群動息,　일입군동식

歸鳥趨林鳴.　귀조추림명

嘯傲東軒下,　소오동헌하

聊復得此生.　요부득차생

가을 국화 빛이 아름다워

이슬 젖은 꽃잎을 따서,

근심 잊게 하는 물건에 띄워 마시니

나의 속세를 버린 심정은 더욱 깊네.

한 잔 술을 비록 혼자 마시지만

잔이 다하니 술병이 절로 기운다.

해가 지니 뭇 동물 휴식에 들고

돌아오는 새들은 숲을 향해 지저귄다.

동쪽 처마 아래에서 휘파람 불며 뿌듯해하니

그나마 다시 나의 삶을 되찾았네.

　이슬에 젖은 예쁜 국화 꽃잎을 따서 '망우물(忘憂物)'에 띄워 마시니 나의 '유세정(遺世情)'도 더욱 멀어진다. 제3, 4구의 대우도 운치가 있지만, 이 시에서 특히 제5, 6구가 재미있다. 독작을 하면 술을 따라주는 사람이 없어 혼자서 따라 마신다. 하지만 곧 잔이 다하여 취기가 오르니 '술병이 절로 기울며 따라준다[壺自傾]'고 한다. 즉, 술병과 좋은 친구가 된 듯하다. 어쩌면 잔이 비어도 잘 따라주지 않는 사람보다 나은 듯하다. 흔히 취했을 때 내가 술을 마시는 것이 아니고 술이 나를 마신다고도 하는데 이와는 경지가 다르면서 훨씬 운치가 있다. 한 잔 술로 만물과 일체가 된 취향(醉鄕)[1]에 바로 들어간 것이다. 여기에는 술에 띄운 국화향도 일조를 했을 것이다. 나아가 이 국화도 시인과 일체가 된다.[2] 시인의 이러한 취향 속에 '뭇 동물[群動]'과 '돌아오는 새[歸鳥]'도 같이 들어온다. 이러하니 자득한 휘파람이 안 나올 수 없다. 예전에도 이런 삶을 잠시 누렸었는데, 관직생활로 멈추었다가 새삼 '다시[復]' 이러한 삶을 되찾았으니 더욱 그렇다.

「술을 마시다, 13[飮酒·其十三]」에서는 인간 내면에 충돌하는 두 자아의 형상을 표현하고 있다.

有客常同止,	유객상동지
取舍邈異境.	취사막이경
一士長獨醉,	일사장독취
一夫終年醒.	일부종년성
醒醉還相笑,	성취환상소
發言各不領.	발언각불령
規規一何愚,	규규일하우
兀傲差若穎,	올오차약영
寄言酣中客,	기언감중객

---

1   취향(醉鄕)은 왕적(王績, 590-644)의 「취향기(醉鄕記)」에서 유래된 말로, 술에 취한 뒤에 느끼게 되는, 맨정신일 때와는 다른 느낌의 경지나 세계를 뜻한다.

2   구가수(邱嘉穗), 『동산초당도시전(東山草堂陶詩箋)』卷三: 이 시는 국화를 대하고 저물도록 술을 마셔 세상을 잊어버리고 자득했음을 말한다. 아마 늦게 핀 국화도 또한 도연명이 스스로를 비유한 것이다.(此詩言對菊飮酒至暮, 遺世而自得也. 蓋菊之晚芳, 亦公所自比歟.)

日沒燭當秉.　　일몰촉당병

　　항상 같이 사는 두 나그네가 있는데
　　행위의 취사 선택은 전혀 딴판이네.
　　한 선비는 늘 홀로 취해 있고
　　한 사내는 일 년 내내 깨어있네.
　　깨어있는 사람과 취한 사람은 서로 비웃으며
　　어떤 말을 해도 각자 이해하지 못하네.
　　소심하게 깨어있는 모습 어찌 그리 어리석은가
　　도도하게 취한 쪽이 좀 더 나아 보이네.
　　거나하게 취한 나그네에게 말을 전하노니
　　해가 지면 응당 촛불 잡고서 즐기시게.

　　인간의 내면에 상존하는 깨어있고자 하는 자아와 취하고자 하는 자아는 늘 충돌한다. 이러한 두 자아의 충돌은 "도덕과 욕망이 뒤섞여 갈등하는 인간의 본질을 보여준다"[3]고 볼 수 있다. 이것을 같은 집에 사는 '취한 선비[醉士]'와 '깨어있는 사내[醒夫]'라는 두 나그네의 모습으로 표현한 것이 재미있다. 흔히 '깨어있는 것[醒]'이 '취한 것[醉]'보다 올바르고 고상하다고 생각할지 모르나, 여기서는 그러한 가치 관념을 희화하고 있다. 두 사람은 서로를 이해하지 못하고 늘 비웃는다. 후반 4구에서 시인이 이 두 나그네를 평가하고 있다. 늘 전전긍긍하며 소심하게 깨어있는 성부(醒夫)보다 어리석고 도도하고 당당한 취사(醉士)가 좀 더 나은 것 같다고 한다. 이에 대해 팽철호 교수는 다음과 같이 분석하고 있다.

3　　노우정, 「도연명의 시화(詩化)된 철학과 유머 미학」, 『중국문학』 97집, 70쪽.

그의 음주는 오히려 진리를 추구하는 구도자의 자세와 결부되어 있다. 일 년 내내 맑은 정신을 가지고 있는 자가 오히려 어리석고, 정신 나간 듯 매일 취해있는 이가 차라리 똑똑하다고 평가하는 것은 분명 하나의 역설이다. 그러나 매사에 꼼꼼히 살피며 긴장의 눈을 부릅뜨고 있는 사람은 그가 보고 신경 쓰는 일이 많기 때문에 도리어 외물(外物)에 누(累)가 되어 정말 중요한 부분들을 놓치며, 오히려 도연(陶然)히 취해있는 사람이 자질구레한 일을 간과할 수 있음으로 해서 더욱 크고 중요한 것, 어쩌면 진리라고 이름 붙일 수 있는 그 무언가를 보아낼 수 있을지도 모른다. 자잘한 일에 얽매여 신경이 예민해져 있는 사람이 실제로는 잃는 것이 더 많고, 잡사를 초월할 수 있는 주정뱅이의 정신이 진정 깨어있는 것일 수도 있는 것이다. 이런 점에서 시 속의 애주가에게 밤에도 촛불 켜고 술 마시라고 권유하는 것은 영혼이 항상 깨어있기를 추구하는 작가가 진심을 토로한 것이다.[4]

늘 깨어있는 소심한 일부(一夫), 즉 졸장부보다 늘 취하여 도도한 일사(一士)가 더 낫다는 것이다. 도연명이 취한 선비의 편을 드는 것은 이 시의 제목이 '음주(飮酒)'이기 때문이기도 하다. 어쨌든 둘 다 진정한 자아가 아니고 자기도 어찌할 수 없으며, 수시로 들락날락하는 '나그네[客]'라고 한 것에서 한층 여유와 수준이 느껴진다. 내적 충돌을 남 이야기하듯 하는 여유 속에 은근한 유머도 담겨있다. 청대(淸代)의 구가수(邱嘉穗)는 "깨어있는 것이 진짜 깨어있는 것이 아니라 실제로는 어리석은 것이며, 취한 것이 진짜 취한 것이 아니라 실제로는 훌륭한 것이다. 그 세상 사람을 경계하고 깨우쳐 주는 부분을 도리어 해학으로 드러내었기에 그 말이 과격함을 깨닫지 못한다.[醒非眞醒而實愚, 醉非眞醉而實穎. 其箴砭世人處, 却仍以詼諧出之, 故不覺其言之激也.]"[5]라고 평하고 있다.

---

4   팽철호, 『도연명 시선』, 계명대출판부, 74-75쪽.

이처럼 도연명이 '시의 체재'로 '인간에 대한 철학적 성찰'을 '유머의 형식'에 결합한 것은 도연명 문학의 주요한 특징이다. 중국시의 발전 추세에서 도연명이 자각적으로 개척한 철학적 유머는 위진 시기의 미의식과 시대정신의 한 특징을 반영한다는 평가도 받고 있다.[6]

「술을 마시다, 14[飮酒·其十四]」에서는 친구들과 같이 술을 마시는 이야기가 나온다.

故人賞我趣,	고인상아취
挈壺相與至.	설호상여지
班荊坐松下,	반형좌송하
數斟已復醉.	수짐이부취
父老雜亂言,	노부잡란언
觴酌失行次.	상작실행차
不覺知有我,	불각지유아
安知物爲貴.	안지물위귀
悠悠迷所留,	유유미소류
酒中有深味.	주중유심미

친구들이 나의 취향을 좋아해
술병 들고 서로 더불어 찾아왔네.
거친 풀을 깔고 소나무 아래 앉아
몇 잔 기울이니 이미 다시 취했네.

---

5 청(淸) 구가수(邱嘉穗), 『동산초당도시전(東山草堂陶詩箋)』 권삼(卷三).

6 노우정, 앞의 논문, 51쪽.

동네 노인들 뒤섞여 어지러이 말하고
술잔 따르는데 차례도 잊어버렸네.
내가 있음을 알지도 못하는데
외물이 귀한 줄 어찌 알리오?
한가로이 마음 머무는 것에 빠지니
술 속에 깊은 맛이 있도다.

　도연명이 술을 좋아하는 것을 알고 친구들이 술병을 들고 찾아왔다. 다
같이 앉을 넓은 마루가 없었을까? 싸리덤불 같은 거친 풀이면 어떠랴. 반갑
고 어서 술을 마시고픈 마음에 풀이라도 긁어모아 급히 깔고서 소나무 아래
에 앉았다. '반(班)'은 깔다는 뜻이다. '반형(班荊)'은 친구가 만나 함께 앉아서
즐겁게 담소하는 성어로도 쓰이게 되었다. 몇 잔 기울이니 벌써 또 취했다.
잠시 깨어[醒] 있어 이상했는데 '다시 취해[復醉]' 본래의 모습으로 돌아간
느낌도 든다. 이 취향(醉鄉)에서는 나이나 세속의 질서 따위가 무슨 의미가
있겠는가? 부로(父老)들도 취기에 겨워 횡설수설하며, 나이를 따지지 않고
술잔이 비는 대로 따르는 격의 없는 모습이 웃음을 자아내게 한다. 두서
있게 말해야 하고 세세한 예의를 차려야 하는 '성향(醒鄉)'[7]에 비해 얼마나
자유롭고 좋은 세상인가? 도연명이 친구들, 부로들과 이러한 취향에 들어갈
수 있었던 것은 자아[我]를 내려놓고 무아(無我)의 경지를 체화했기 때문이다.
모든 집착과 고통은 자아가 있다는 착각에서 생긴다. 내가 없으면 '외물[物]'
을 귀하게 여길 리가 없다. 여기서 '외물'이란 외적인 예의, 명예, 부귀, 재물
등을 다 포함하는 말이다. 아니면 술을 통해 외물의 얽매임을 벗어나 무아지
경(無我之境)에 들어간 것이다. "한가로이 마음 머무는 것에 빠진다[悠悠迷所

留”는 말은 다양한 해석이 가능한데, 한가로이 마음이 머무는 바에 푹 빠지는 것으로 볼 수 있다. 여기서 그 '머무는 바[所留]'의 한 예가 술인 것이다. 구속된 자아가 없기 때문에 마음이 끌리는 대로 빠져도 늘 한가로우니 그 경지가 참으로 높다. 도연명에게 있어 술은 알코올에 취하는 것이 아니라 깊은 도에 취하는 것이다. 온여능(溫汝能, 1748-1811)이 "세상 사람들은 오직 자아가 있는 줄 알기에 외물을 잊을 수 없으며, 외물과 자아가 존재하니 툭하면 얽매임이 많은 것이다. 도연명이 자아를 잊음은 『장자(莊子) · 제물론(齊物論)』보다 나으니 그는 거의 술 속의 성인이구나.[世人惟知有我, 故不能忘物, 物我之見存, 則動多拘忌矣. 淵明忘我更勝于齊物, 其殆酒中聖者歟.]"[8]라며 평하고 있는 것도 이런 관점에서 이해할 수 있다.

도연명은 술을 마시며 여유 있고 즐거운 상황에서만 해학을 발휘한 것은 아니다. 「술을 마시다, 16[飮酒 · 其十六]」의 "베옷을 걸치고 긴 밤을 지키니, 새벽닭은 울려고도 하지 않는다.[披褐守長夜, 晨鷄不肯鳴]"라는 구절처럼 자조(自嘲) 속의 해학도 볼 수 있다. '수(守)'자에서 보듯 추위에 잠 못 드는 자신은 마치 당직서는 듯한데, '불긍(不肯)'이라는 표현에서 새벽닭이 이러한 자신을 일부러 약 올리는 듯한 느낌도 자아낸다.

도연명 시의 해학성은 「자식을 꾸짖다[責子]」에서 더욱 두드러진다.

白髮被兩鬢,　　백발피량빈
肌膚不復實.　　기부불부**실**
雖有五男兒,　　수유오남아
總不好紙筆.　　총불호지**필**
阿舒已二八,　　아서이이팔

懶惰故無匹.　　나타고무**필**

阿宣行志學,　　아선행지학

而不愛文術.　　이불애문**술**

雍端年十三,　　옹단년십삼

不識六與七.　　불식륙여**칠**

通子垂九齡,　　통자수구령

但覓梨與栗.　　단멱리여**률**

天運苟如此,　　천운구여차

且進杯中物.　　차진배중**물**

흰머리가 두 귀밑머리를 덮었고

피부는 더 이상 탄력이 없네.

비록 아들이 다섯 있으나

모두 공부를 좋아하지 않네.

아서는 이미 열여섯인데

본디 게으르기 짝이 없고,

아선은 곧 열다섯이 되는데

학문을 좋아하지 않네.

옹과 단은 나이가 열 셋인데도

육과 칠도 구분하지 못하네.

통자는 아홉 살이 다 되었는데도

배와 밤만 찾고 있네.

하늘의 운명이 진실로 이와 같으니

그저 술잔이나 기울일 수밖에.

도연명은 소인배에게 허리를 굽힐 수 없다며 지조를 지키고자 「귀거래사(歸去來辭)」를 부르며 전원으로 돌아가 생활하였다. 그래서 은일의 표상이자 누구나 한번쯤은 품는 귀촌(歸村) 심리의 대변자이기도 하다. 그런 생활이 일견 홀가분하고 좋은 면도 있지만 예나 지금이나 귀촌했을 때 제일 큰 문제는 자식 교육 문제이다. 농사지으며 청빈한 생활을 하다 보니 자식 교육이 제대로 되기 어렵다. 위 시에서 도연명은 학문과는 영 거리가 먼 다섯 아들의 상황을 해학적으로 노래하고 있다. 큰아들 아서는 '이팔(二八)', 즉 16살인데 게으르기 '짝이 없다'며 '필(匹)'자를 쓰고 있다. 이는 '二八'의 합성자로 유희적인 표현이다. 둘째 아들 아선은 지학(志學)의 나이지만 그 나이에 학문에 뜻을 두었던 공자(孔子)와는 천양지차이다. 셋째, 넷째 아들은 다 13살인데 '육(六)'과 '칠(七)'도 모른다고 하고 있다. '6+7=13'이니 결국 나이값도 못한다는 이야기이다. 막내인 다섯째 아들은 아홉 살인데 배와 같은 먹을 것만 찾고 있다고 한다. 공융(孔融, 153-208)은 네 살 적에 형제들과 함께 배를 먹을 때 "나는 어리므로 작은 것을 먹는 것이 당연하다"며 형들에게 큰 배를 양보했다고 한다. 막내는 이러한 '공융양리(孔融讓梨)'의 고사와는 너무나 대조되며 전혀 훌륭한 인물이 될 싹이 보이지 않는다는 뜻이다. 그러나 결국 누구를 탓하겠는가? 속상할 때 술잔이나 들이킬 수밖에 없다. 이 시에 대해 어떤 평자는 자식 문제에 연연하고 있는 것은 속세를 멀리한 도연명에게 어울리지 않는 행위라고 비판하는 이도 있다. 하지만 자식을 매질하며 꾸짖기보다 이처럼 시로써 희화하여 웃어넘기는 것에서 오히려 도연명의 소탈한 면모가 더욱 잘 드러난다.

　여러 가지 이유로 술을 즐겼던 도연명은 건강상의 문제로 금주 결심을 하고 「술을 끊으리라[止酒]」라는 시를 지었다.

居止次城邑,　　거지차성읍

逍遙自閑止.　　소요자한지

坐止高蔭下,　　좌지고음하

步止蓽門裏.　　보지필문리

好味止園葵,　　호미지원규

大歡止稚子.　　대환지치자

平生不止酒,　　평생부지주

止酒情無喜.　　지주정무희

暮止不安寢,　　모지불안침

晨止不能起.　　신지불능기

日日欲止之,　　일일욕지지

營衛止不理.　　영위지불리

徒知止不樂,　　도지지불락

未信止利己.　　미신지리기

始覺止爲善,　　시각지위선

今朝眞止矣.　　금조진지의

從此一止去,　　종차일지거

將止扶桑涘.　　장지부상사

淸顔止宿容,　　청안지숙용

奚止千萬祀.　　해지천만사

거처는 성읍에 가까우나

소요하며 절로 한가롭네.

높은 나무 그늘 아래 앉아 쉬고

사립문 안에서만 거닌다네.

좋아하는 맛은 다만 뜰의 채소이고

크게 기뻐하는 것은 단지 어린 자식이다.

평생 술을 끊지 못했으니

술을 끊으면 진정 기쁨이 없네.

밤에 안 마시면 편안히 잠잘 수가 없고

새벽에 안 마시면 일어날 수가 없네.

날마다 끊으려 하지만

혈액순환에 술 끊는 것은 좋지 않다네.

다만 끊으면 즐겁지 않다는 것만 알지

아직 끊는 것이 이롭다는 것은 믿지 못하겠네.

비로소 끊는 것이 좋음을 알아

오늘 아침에 진정 끊었네.

이로부터 줄곧 끊어나가면

장차 부상의 물가에 이르리라.

맑은 얼굴에 젊은 시절 용모가 머무는 것이

어찌 천만년에 그치겠는가?

위 시의 특징은 매 구에 모두 '지(止)'를 사용하여 술을 끊고 싶은 마음을 유희적으로 표현한 것이다.[9] '止'자는 애초에 발꿈치 모양을 본뜬 글자로 발로 딛는다는 뜻에서 '머무르다', '그치다', '끊다', '살다', '머무는 곳', '거처', '단지', '겨우' 등 다양한 품사와 뜻으로 활용된다.[10] 글자 형태의 변화가

---

9   구가수(邱嘉穗)가 『동산초당도시전(東山草堂陶詩箋)』[권삼(卷三)]에서 "「지주」시는 도연명의 유희적인 작품인데 구절구절 하나의 '지(止)'를 끌어서서 섬약한 부류에 들어감을 면치 못한다. 후인들이 이를 본받을 필요가 없는데 한유(韓愈)의 「낙치」시는 이를 본받은 것 같다.[止酒詩是陶公戲筆, 句句牽扯一止字. 未免入於纖瘦一派, 後人不必效也. 昌黎落齒詩似效此.]"하고 한 것에서 이 시를 본받는 후인들이 많았던 것을 알 수 있다.

10   제2구의 '閑止'는 '한가하게 살다'로 보기도 하지만, 일반적으로 여기서의 '止'는 특별한 뜻

없이 문맥에 따라 다양한 품사로 활용이 가능한 고대 한어(漢語)이기에 가능한 유희이다. 매 구에 '止'를 사용하여 총 20번이나 쓴 해학적인 이 시는 이후에 '지주체(止酒體)'로 불리며 후인들이 즐겨 모방하였다. 이 시는 중간에 반전이 많아 더욱 흥미롭다. 제1~6구는 산속이 아니라 성읍에 가까운 집을 짓고 대은(大隱)처럼 한가하게 사는 기쁨을 이야기하고 있다. 위의 시에서 공부 못하는 자식들 때문에 속상하다고 했지만, 그래도 부모에게 "가장 큰 기쁨과 행복을 주는 것이 자식이다[大歡止稚子]"고 말하고 있다. 제7~14구에서는 술을 끊을 수 없는 이유와 음주의 이로움을 이야기하고 있다. 요즘식으로 말하자면 알코올 의존증에 가까운 애주가의 변명 같기도 한데, 제목「지주(止酒)」와도 어울리지 않는 듯하여 의아스럽다. 그러다가 돌연 제15구부터 술 끊는 것의 이로움을 알아 술을 끊었다고 한다. 금주, 금연했다는 사람에게 흔히 얼마 동안 끊었냐고 묻는다. "오늘 아침에 진정 끊었다[今朝眞止矣]"는 도연명의 답이 웃음을 자아내게 한다. 아직 끊은 지 하루도 지나지 않은 것이다. 그런데 그 다음에 이어지는 기대는 더욱 가관이다. 이제부터 술을 끊어나가면 신선이 되어 천만년을 젊게 살 수 있을 것이라고 잔뜩 기대에 부풀어 있다. 이러한 '지주가선(止酒可仙)'의 논리는 도연명의 유머이다. 독자들도 이를 진지하게 받아들이기보다 일단 웃어넘기게 된다. 표면적으로 술을 끊겠다고 하고 있지만 이면적으로 보면 술에 대한 찬가 같기도 하다. 심지어 제목[止酒]의 '止'를 '머무르다'로 보아 '술에 계속 머물겠다', 즉 '술을 계속 마시겠다'는 뜻이라며 우스개로 해석하는 이들도 있다. 어쨌든 도연명의 금주(禁酒) 결심의 진실은 그 이후의 행적을 보면 알 수 있겠다. 도연명이 술을 끊을 수 있었을까? 도연명은 죽기 직전에 쓴 「만가시(挽歌詩)」에서 "천년만년 후에 누가 영화와 오욕을 알겠는가? 다만 한스러운 것은 세상에

이 없는 어조사로 본다.

있을 때에 술을 충분히 마시지 못한 것이다.[千秋萬歲後, 誰知榮與辱. 但恨在世時, 飮酒不得足.]"라고 하며 술 마신 것이 오히려 부족했다며 탄식하였다. 건강상의 이유로 때때로 술을 끊어야겠다고 생각하지만 결국 끊지 못하는 자신을 굳이 나무랄 필요도 없다. 이런 자신을 희화하여 받아들이며 웃어넘기고 있는 것이다.

전원생활이 늘 여유롭고 즐거울 수는 없기에 도연명은 음식을 구걸하러 가기도 했다. 「빌어먹다[乞食]」를 보자.

飢來驅我去,	기래구아거
不知竟何之.	부지경하지
行行至斯里,	행행지사리
叩門拙言辭.	고문졸언사
主人解余意,	주인해여의
遺贈豈虛來.	유증기허래
談諧終日夕,	담해종일석
觴至輒傾杯.	상지첩경배
情欣新知歡,	정흔신지환
言詠遂賦詩.	언영수부시
感子漂母惠,	감자표모혜
愧我非韓才.	괴아비한재
銜戢知何謝,	함즙지하사
冥報以相貽.	명보이상이

배고픔이 나를 내몰았지만
도대체 어디로 가야할지 모르겠구나.

가고 가다 이 마을에 이르러

문 두드리며 어설프게 말을 꺼냈네.

주인이 내 마음을 알아차리고

먹을 것을 주니 헛걸음은 아니구나.

담소하다 보니 날이 저물었는데

술잔 권하면 냅다 받아 마셨네.

새 친구 사귄 기쁨에 마음이 즐거워

시 이야기를 하다가 결국 시를 지었네.

그대의 표모 같은 은혜 고맙지만

나는 한신 같은 인재가 아니라 부끄러울 뿐

가슴에 새겨 두지만 어떻게 사례할까나

죽어서도 이 은혜 보답해드리리다.

　배가 고파서 음식을 구걸하러 간 이야기는 사대부(士大夫)로서 쉽게 시로 읊을 수 있는 것이 아니다. 선비는 굶어 죽을지언정 비굴한 모습을 보여서는 안 된다는 관념이 보다 일반적이기 때문이다. 하지만 사실 배고픔 앞에 절개가 무슨 소용이 있으랴. 그래서 첫 구에서 자신의 의지가 아니라 배고픔이 '자신을 내몰아갔다[驅我去]'고 말하고 있는데, 매우 사실적이면서 해학적이다.[11] 배고픔이 내모는 대로 가서 어느 부잣집 문을 두드리고는 더듬거리며 '말을 어설프게 했다[拙言辭]'는 것도 그림이 그려진다. "무슨 일로 오셨어요?"라는 주인의 물음에 "네 …, 저 …" 하며 차마 음식을 구걸하러 왔다는

11　청(淸) 온여능(溫汝能), 『도시휘평(陶詩彙評)』 권이(卷二): 첫 2구는 매우 해학적이고 흥취가 있다. 이하에서 밥을 구하여 밥을 얻었고, 술 마시게 되어 기뻐하였고, 기뻐서 감흥이 생겼으며, 감흥이 생겨 감사한 생각이 들었다. 모두 실제의 심정과 상황이다.[起二句諧甚趣甚, 以下求食得食, 因飮而欣, 因欣而生感, 因感而思謝, 俱是實情實景.]

말을 꺼내지 못하고 머뭇거리는 모습이 눈에 선하다. 그나마 사정을 잘 알아차린 고마운 주인을 만나 음식과 술을 잘 대접 받고 기쁜 마음에 시도 지어주었다. 끝의 4구에서는 한신(韓信, B.C.231-B.C.196)이 젊었을 적에 굶주리며 낚시를 할 때 '빨래하던 아줌마[漂母]'가 밥을 먹여주자, 한신은 반드시 후하게 보답하겠다고 말했고 후에 초왕(楚王)이 되어 천금을 주었다는 고사를 쓰고 있다. 한신의 고사를 쓴 것은 다 같이 밥을 구걸한 상황이기 때문이다. 하지만 한신은 젊었을 때였고 뒤에 후하게 보답했지만, 늙은 도연명은 보답할 능력도 없다. 그래서 죽어서라도 결초보은(結草報恩)을 하겠다고 말하고 있다. 도정절(陶靖節)로 불리는 도연명의 모습으로 보기에 너무 비굴하게 느껴졌는지, 역대로 이 시는 도연명이 실재로 있었던 일을 읊은 것이 아니고 단순히 유희지작(遊戲之作)이라며 도연명을 극구 옹호하는 평자들도 많다. 이 시가 유희적인 면모를 띠고 있는 것은 맞지만 실재가 아니라고 볼 근거도 없다. 도연명의 「가난한 선비를 읊다[詠貧士]」나 「느낀 바가 있어 짓다[有會而作]」 같은 시에서도 만년에 배고프고 곤궁한 상황을 읊고 있다. 어쩌면 자신의 비굴하고 추한 모습도 그대로 희화(戲化)하여 웃어넘길 수 있기에 더욱더 그 흉회가 넓고 큰 것이다.

유머의 최고의 경지는 자기 스스로를 웃음거리로 삼을 수 있는 것이다. 도연명은 자신의 죽음마저 이러한 유머의 대상으로 삼는 통큰 흉회를 보여주었다. 「나의 죽음을 애도하는 시 3수[挽歌詩三首]」를 보자.

「其一」

有生必有死,	유생필유사
早終非命促.	조종비명**촉**
昨暮同爲人,	작모동위인
今旦在鬼錄.	금단재귀**록**

魂氣散何之,　　혼기산하지

枯形寄空木.　　고형기공**목**

嬌兒索父啼,　　교아색부제

良友撫我哭.　　양우무아**곡**

得失不復知,　　득실불부지

是非安能覺.　　시비안능**각**

千秋萬歲後,　　천추만세후

誰知榮與辱.　　수지영여**욕**

但恨在世時,　　단한재세시

飮酒不得足.　　음주부득**족**

태어나면 반드시 죽음이 있으니

일찍 죽어도 명이 짧은 것은 아니네.

엊저녁에는 똑같이 사람이었는데

오늘 아침에는 귀신 명부에 올라 있네.

혼백은 흩어져 어디로 가는가?

메마른 몸만 빈 나무 관에 놓이네.

귀여운 아이들은 아비를 찾으며 울고

좋은 벗들은 나를 어루만지며 통곡하네.

득실을 더 이상 알지 못하거늘

시비를 어찌 깨달을 수 있겠는가?

천 년 만 년 후에

누가 그 영욕을 알겠는가?

다만 한스러운 것은 세상에 있을 때에

술을 흡족하게 마시지 못한 것이네.

「其二」

在昔無酒飮,	재석무주음
今但湛空觴.	금단담공**상**
春醪生浮蟻,	춘료생부의
何時更能嘗.	하시갱능**상**
殽案盈我前,	효안영아전
親舊哭我傍.	친구곡아**방**
欲語口無音,	욕어구무음
欲視眼無光.	욕시안무**광**
昔在高堂寢,	석재고당침
今宿荒草鄕.	금숙황초**향**
一朝出門去,	일조출문거
歸來良未央.	귀래량미**앙**

살아생전에는 마실 술이 없더니
오늘은 다만 부질없이 술잔이 넘치네.
봄 술에 부글부글 거품이 일지만
언제나 다시 맛볼 수 있겠는가?
안주상을 내 앞에 가득 차려놓고
친구들은 내 곁에서 통곡하네.
말하려 해도 입에서 소리가 나지 않고
보려고 해도 눈에는 광채가 없네.
예전에는 높고 큰 집에서 잤었는데
오늘은 거친 풀 있는 곳에서 자겠구나.
하루아침에 문을 나와 떠나면

돌아오는 것은 진정 기약이 없네.

「其三」

荒草何茫茫,	황초하망망
白楊亦蕭蕭.	백양역소소
嚴霜九月中,	엄상구월중
送我出遠郊.	송아출원교
四面無人居,	사면무인거
高墳正蕉嶢.	고분정초요
馬爲仰天鳴,	마위앙천명
風爲自蕭條.	풍위자소조
幽室一已閉,	유실일이폐
千年不復朝.	천년불부조
千年不復朝,	천년불부조
賢達將奈何.	현달장내하
向來相送人	향래상송인
各自還其家.	각자환기가
親戚或餘悲,	친척혹여비
他人亦已歌.	타인역이가
死去何所道,	사거하소도
託體同山阿.	탁체동산아

거친 풀은 어찌 그리 아득한가
백양나무도 쓸쓸하기만 하네.
된서리 내리는 9월에

나를 보내려 멀리 교외로 나가네.

사방에 인가는 없고

높은 무덤만 우뚝 솟아 있네.

말도 나를 위해 하늘 향해 울고

바람도 나 때문에 절로 스산하네.

묘혈이 한번 닫히고 나면

천 년 동안 다시는 아침을 맞지 못하리.

천 년 동안 다시는 아침을 맞지 못하는 것은

현인이나 달인도 어쩔 수 없네.

조금 전에 나를 묻으러 왔던 사람들은

각자 자기 집으로 돌아가네.

친척들은 간혹 슬픔이 남아있지만

다른 사람들은 이미 노래를 부르고 있네.

죽어 떠나는데 무슨 할 말이 있겠나

몸을 맡겨 산언덕과 같이 될 따름이네.

이 시는 제목이 「만가시(挽歌詩)」, 「의만가사(擬挽歌辭)」로 되어 있는 경우도 있다. 도연명이 만년에 자신의 죽음을 미리 상정하고 이를 객관화하여 쓴 것으로 세 수의 시상이 긴밀히 연결된 연작시이다. 첫째 수는 사망에서 염습의 과정, 둘째 수는 제사와 발인, 셋째 수는 운구와 하관의 모습을 상상하여 읊고 있는데, 마치 죽은 뒤에 혼령이 자신의 장례를 바라보는 것 같다.[12] 죽음이란 매우 슬프고 장례는 엄숙한 것인데 도연명은 여기에 유머를 가미

---

12 이 시의 시적 자아는 도연명의 혼령도 아니다. "혼백은 흩어져 어디로 가는가?[魂氣散何之.]" 라고 한 말에서 느낄 수 있다. 그렇다고 살아있는 도연명도 아니니, 참으로 미묘한 시적자아이다.

하여 달관의 면모를 보이고 있다. 첫 시작부터 의미심장하다. "태어나면 반드시 죽음이 있다[有生必有死]"는 것은 알고 있지만 죽음은 언제나 갑작스럽고 '일찍 죽는 것[早終]'으로 느껴진다. 하지만 도연명은 '명이 짧은 것이 아니다[非命促]'고 하며 이를 받아들이고 있다. 자신의 명을 받아들이지 못하는 사람에게 죽음은 참으로 비통한 것이 되지만, 명을 받아들이는 사람에게 죽음은 자연스러운 축제가 된다. 아무리 달관해도 죽음은 늘 당황스럽고 슬픈 것이다. 그래서 우선 자신의 죽음으로 인한 갑작스러운 상황 변화와 이를 슬퍼하는 자식과 친구들의 모습을 이야기하고 있다. 죽음 앞에서 득실과 시비, 사후의 영욕은 다 무의미한데, 다만 살았을 때 한스러운 것은 술을 충분히 마시지 못한 것이라고 한다. 다소 비장하게 나가다가 끝부분에서 도리어 웃음을 자아내게 한다. 둘째 수에서 이 술 이야기를 받아 유머가 이어진다. 생전에는 마실 술이 없어 안타까웠는데, 죽고 나니 부질없이 제사상에 술이 가득 넘친다며 심통난 듯한 말을 하고 있다. 마실 수 없는, 보글보글 잘 익은 술에 공연히 입맛을 다시다가 아무것도 할 수 없는 자신의 처량한 상황을 다시 느낀다. 결국 자신이 갈 곳은 '거친 풀이 있는 마을[荒草鄕]'[13]이다. 셋째 수에서 이 '황초(荒草)'를 이어받아 거친 풀 우거진 황야의 묘혈에 묻히는 자신의 모습을 이야기하고 있다. 한번 무덤의 문이 닫히면 "천 년 동안 다시는 아침을 맞지 못하는[千年不復朝]" 슬픔은 현인이나 달인도 어쩔 수 없다. 하지만 죽음은 너무나 빨리 잊혀지기 마련이고 사람들은 이미 노래를 부르며 돌아가고 있다. 이 3수의 연작시는 '슬픔-웃음 : 웃음-슬픔 : 슬픔-웃음'으로 웃음과 슬픔, 유머와 비애가 교묘히 착종되어 독특한 풍격을 이루고 있다. 그래서 "생사의 변화는 참으로 큰일인데, 선생의 여유있고 한가로움이 이와 같으니 평소의 수양을 따라서 알 수 있겠다.[死生之變亦大矣. 而先生從容閒暇如此, 平生所養,

---

13   이는 '향(鄕)'을 압운으로 쓰기 위한 것이기도 하지만 도연명이 만든 말로 재미있다.

從可知矣.]"[14]라는 평가도 받고 있다.

죽음에 대한 고찰과 음미에는 삶에 대한 진지한 성찰과 애정이 깔려있는 것이다. 유머의 최고의 경지는 자신을 웃음거리로 삼는 것인데, 자신의 죽음마저 적절한 거리를 두고 바라보면서 유머로 표현할 수 있는 것에서 도연명의 깊은 깨달음과 높은 철학적 경지를 엿볼 수 있다.[15]

---

14 청(淸) 종수(鍾秀), 『도정절기사시품(陶靖節紀事詩品)』 권일(卷一).

15 노우정은 "〈만가시〉3수는 비극적이라고 인식되는 죽음의 문제를 철학적으로 사고하여 유머의 미적 형식으로 창출해 냄으로써 인간을 숭고하고 긍정적인 존재로 고양시킨다는 점에서 차원 높은 중국 시의 수준을 보여준다"라고 평하였다.(노우정, 앞의 논문, 78쪽)

제3장

당시(唐詩)의 해학

당대(唐代)에 접어들어서는 희작시(戲作詩) 등을 중심으로 해학성을 띠는 작품이 증가한다. 『전당시(全唐詩)』 중에 '해학(諧謔)' 4권(권869-872)이 수록되어 있다. 여기에는 당대 군소 시인들의 대표적인 해학시가 몇 수씩 수록되어 있으며, 권872에는 무명씨(無名氏)의 해학시가 수록되어 있다. 이로 보아 당대에 해학시가 상당히 성행했음을 알 수 있다. 『전당시』에서 시의 제목에 '희(戲)'자가 있는 것이 391수, '조(嘲)'자가 119수, '해(諧)'자가 10수, '학(謔)'자가 20수이며, 『전당시보편(全唐詩補編)』에는 시의 제목에 '희'자가 있는 것은 16수, '조'자는 32수, '학'자는 2수가 있다. 이뿐만 아니라 제목에 '희' 등의 글자가 들어있지 않은 시도 해학성을 띠는 경우가 종종 있다. 당시(唐詩)의 해학성은 군소 시인들보다 대시인들의 작품에서 보다 수준 높게 구사되어 있다. 그래서 먼저 대시인들을 중심으로 살펴보고자 한다.

1. 이백(李白) 시
―― 낭만적 해학

이백(李白, 701-762)은 성당(盛唐) 때의 시인으로 자는 태백(太白), 호는 청련거사(青蓮居士)이다. 그의 모친이 꿈에 태백성(太白星)이 가슴으로 들어오는 것을 보고 이백을 낳았기에 자를 '태백'이라 하였다고 한다. 이백은 쇄엽성(碎葉城, 현재의 키르키스탄)에서 출생한 것으로 보이며, 5세 무렵에 부친을 따라 지금의 사천성(四川省) 강유(江油)로 이사했고 소년 시절을 촉(蜀) 땅에서 보냈다. 천성이 호협(豪俠)하여 방랑 생활을 즐겼으며 평생을 유랑하며 보냈다. 30대에는 호북성(湖北省) 안륙(安陸)에서 결혼생활을 하고 이곳을 중심으로 활동하기도 하였다. 그 후 천보(天寶) 원년에 도사 오균(吳筠)의 추천으로 현종(玄宗)에게 불려가 한림공봉(翰林供奉)을 역임하였다. 하지만 이는 기대와는 달리 어용문인에 지나지 않았기에 천보 3년에 사직하고 장안을 떠났다. 이후 10년 동안 다시 유랑생활을 하였는데 이때에 두보(杜甫)와 사귀기도 하였다. 그러다가 안녹산의 난이 일어났을 때 영왕(永王) 이린(李璘)을 보좌하다가 반란죄로 유배를 당하기도 했으며, 결국 62세에 친척 이양빙(李陽氷)의 집에서 병사하였다. 일찍이 하지장(賀知章, 659-744)이 그를 적선(謫仙)이라 불렀으며, 이후로 이백은 시선(詩仙)으로 통하게 되었다. 그는 악부체(樂府體), 고시(古詩), 절구(絶句)에 특히 뛰어났으며, 그의 시 풍격은 호방(豪放)하고 표일(飄逸)하여 얽매임이 없고 상상력이 돋보인다는 평가를 받고 있다.

　호방하고 낭만적인 시인의 대명사인 이백에게 생각만큼 해학성이 강한 작품이 많은 것은 아니다. 임어당(林語堂, 1895-1976)은 "두보와 이백의 시도 상당한 유머를 포함하고 있다. 두보의 작품은 항상 사람을 슬픈 심정으로 쓴웃음을 짓게 하고, 이백은 낭만적이고 청정하며 담박한 정서로 사람을 유쾌하고 기쁘게 한다. 다만 우리는 그것을 유머라고 칭하지는 않고 있다.[杜甫和李白的詩也蘊涵着相當的幽默. 杜甫作品常令人慘然苦笑, 李白以其浪漫恬澹的情緒令人愉悅, 但吾人不遂以幽默稱之.]"[1]고 하였다. 이백이 군이 유머를 구사했다고는 할 수 없지만, 이백의 호방하고 달관적인 시풍에는 나름의 해학과 유머가 자연스럽게 가미되어 있다. 그의 대표작 중의 하나인 「달 아래에서 홀로 술을 마시다, 1[月下獨酌四首, 其一]」을 우선 보자.

花間一壺酒,　　화간일호주

獨酌無相親.　　독작무상**친**

擧杯邀明月,　　거배요명월

對影成三人.　　대영성삼**인**

月旣不解飮,　　월기불해음

影徒隨我身.　　영도수아**신**

暫伴月將影,　　잠반월장영

行樂須及春.　　행락수급**춘**

我歌月徘徊,　　아가월배회

我舞影零亂.　　아무영령**란**

醒時同交歡,　　성시동교환

1　임어당(林語堂), 『우리 나라와 우리 국민[吾國與吾民]』.

醉後各分散.　취후각분산

永結無情遊,　영결무정유

相期邈雲漢.　상기막운**한**

꽃 사이의 한 병의 술을

홀로 마시며 친할 이가 없네.

잔을 들어 밝은 달을 맞이하고

그림자를 대하니 세 사람이 되었네.

달은 본래 술을 마실 줄 모르고

그림자는 공연히 내 몸을 따르고 있네.

잠시 달과 그림자를 짝하노니

즐기는 것은 모름지기 봄에 해야지.

내가 노래하니 달은 서성이고

내가 춤을 추니 그림자도 흔들흔들.

깨어 있을 때는 함께 기뻐하고

취한 후에는 각각 나누어 흩어지네.

영원히 무정한 교유를 맺고자

아득한 은하수를 서로 기약하네.

「달 아래에서 홀로 술을 마시다」는 네 수의 연작시인데 위 시는 그 중 첫 번째 작품이다. 천보 3년[744] 봄, 이백이 조정에서 한림공봉(翰林供奉)으로 있다가 물러나기 전에 지은 시로 보인다. 원래 친구들과 함께 호탕하게 술 마시는 것을 좋아하던 이백이 이날은 왠지 꽃 사이에서 한 병의 술을 혼자 따르고 있다. 요즘식으로 말하면 '혼술'하고 있는 것이다. 혼자 술 마시는 것은 아무래도 적적하다. 그래서 이백이 잔을 들어 친구인 달을 불렀다. 달은 기다렸다는 듯이 떠올랐고 게다가 또 다른 친구인 그림자까지 동반하여 문득 세 사람이 되었다. 제3, 4구는 이백의 기발한 천재성이 돋보이는 구절로 유명한데 여기에도 해학성이 담겨있다. 술은 혼자서 마시면 적적하고 둘이서 마시면 진지해지기 쉽지만, 마음 맞는 세 사람이 함께 마시면 화제도 풍부하고 유쾌한 술자리가 될 수 있다. 그래서 이백은 잔뜩 기대에 부풀어 신나게 술을 마시려고 했는데 제5, 6구에서는 실망스러운 상황이 펼쳐진다. 달이란 친구는 술도 잘 못 마시고, 그림자 친구는 줏대가 없어 재미가 없다. 제7, 8구에서 '아무려면 어떠랴, 이 좋은 봄날 마음껏 즐겨야지[行樂須及春]'라며 마음을 정리한 이백은 제9구 이하에서 더욱 신나게 노래하고 춤춘다. 이백의 흥취에 동화된 달과 그림자도 함께 흔들흔들 춤추며 신나게 보조를 맞추어 준다. 얼큰한 취기 속에 아직 정신이 깨어있을 때에는 이처럼 서로 즐겁게 노닐고, 그러다가 더 취해서 제각각 흩어져 가고 싶으면 갈 수 있으니 얼마나 자유롭고 유쾌한 교유인가! '이 친구들과 노니는 것[無情遊]이 유정(有情)하다는 인간들보다 훨씬 낫군. 우리 모두 신선이 되어 아득한 은하수에서 영원히 놀면 더 재미있겠지.'라고 생각하는 것 같다. 어찌 보면 무정유(無情遊)란 내가 사라지면서 모든 것이 내가 되어 함께 노니는 것이다. 이 시는 이처럼 표면적으로 극히 풍류적이고 낭만적인 모습을 보이고 있다. 하지만 무정물과 교유하며 해학성을 띤 이면에 짙은 고독과 슬픔도 베어 있는 점이 더욱 주목할 만하다.

이어서 「달 아래에서 홀로 술을 마시다, 2[月下獨酌四首, 其二]」를 살펴보자.

天若不愛酒,　　천약불애주

酒星不在天.　　주성부재천

地若不愛酒,　　지약불애주

地應無酒泉.　　지응무주천

天地既愛酒,　　천지기애주

愛酒不愧天.　　애주불괴**천**

已聞淸比聖,　　이문청비성

復道濁如賢.　　부도탁여**현**

聖賢既已飮,　　성현기이음

何必求神仙.　　하필구신**선**

三杯通大道,　　삼배통대도

一斗合自然.　　일두합자**연**

但得醉中趣,　　단득취중취

勿爲醒者傳.　　물위성자**전**

하늘이 술을 사랑하지 않았다면

주성이 하늘에 있지 않았고,

땅이 술을 사랑하지 않았다면

주천이 땅에 있지 않았을 터,

하늘과 땅이 이미 술을 사랑했으니

술을 사랑해도 하늘에 부끄럽지 않네.

이미 청주는 성인에 비한다고 들었고

또 탁주는 현인과 같다고 말하는데,

성인과 현인을 이미 마셨으니

어찌 반드시 신선을 추구하겠는가?

석 잔이면 큰 도에 통하고

한 말이면 자연과 합쳐지니,

다만 취중의 흥취를 얻을 뿐

깨어있는 자에게 전하지 말아야지.

제2수는 크게 세 단락으로 나눌 수 있다. 제1~6구에서는 하늘과 땅도 본래 술을 사랑하니 자신이 술을 사랑하는 것이 하늘에 전혀 부끄럽지 않은 일이라 말하고 있다. 주성(酒星)은 주기성(酒旗星)으로도 불리며 향연의 술과 음식을 관장하는 별 이름이고, 주천(酒泉)은 지금의 감숙성(甘肅省) 주천현에 있는 샘물 이름이다. 이를 들어 천지가 술을 사랑한 증거라고 제시하고 있다. 이는 그 타당성을 따지기에 앞서 애주가의 변명이자 독자로 하여금 미소짓게 만드는 유머이다. 제7~10구에서는 술을 성인(聖人)과 현인(賢人)에 비유하고 있다. 일찍이 위(魏)나라 조조(曹操, 155-220)가 금주령을 내리자 술꾼들이 청주(清酒)를 성인이라 부르고, 탁주(濁酒)를 현인이라 부르며 몰래 마셨다고 한다. 이백은 여기서 한 걸음 더 나아간다. 이러한 성현(聖賢)을 이미 마셔 한 몸이되고 그 경지에 올랐으니 신선도 구할 필요가 없다고 한다. 이처럼 천지에 당당하고 성현과 한 몸으로 동화되는 술을 어찌 안 마실 수 있으랴! 그래서 제11구 이하에서 술은 대도(大道)에 통하고 자연(自然)과 합일되는 경지에까지 나아간다. "석 잔이면 큰 도에 통하고, 한 말이면 자연과 합쳐진다.[三杯通大道, 一斗合自然.]"가 그것이다. 『노자(老子)』에서 "사람은 땅을 법으로 삼고, 땅은 하늘을 법으로 삼으며, 하늘은 도를 법으로 삼고, 도는 자연을 법으로 삼는다.[人法地, 地法天, 天法道, 道法自然.]"라고 했다. 이백에게 이는 너무 쉽다. 술 하나로 다 해결되는 것이다. 이것이 이백의 취중(醉中) 유머이다. 이는 단지 취중의 호방함이나 객기에 그치는 것이 아니다. 소위 깨어있다는 '성자(醒者)'들이 모르는 '취중의 흥취[醉中趣]'이자 천지와 성현, 대도와 자연의 흥취이다. 이러한 흥취를 모르는 '성자'들이 진정 깨어있다고 볼 수 있을까? 어찌 보면 이러한 '성자'들은 세속의 명리에 취해있고, 취한 사람이 도리어 깨어 있다고 볼 수도 있겠다. 이 시에 대해 "유희[해학]에 좀 가까우니 앞 시의 아정하고 온당함만 못하다. 이미 '술을 사랑한다', '이미 마셨다'는 것은 더욱 유치하다. 오직 마지막 4구는 말한 뜻이 통쾌하여 '큰 도에 통한다', '자연과 합쳐진다'고 하였으니 비록 유희적이지만 또한 절로 좋아할 만하다.[微近戲, 不若前首雅穩. 旣已'愛酒', '旣已飮', 尤近稚. 惟末四句道得意快, '通大道', '合自然', 雖涉戲, 亦自可喜.]"²라는 후인의 비평도 있다. 이 시의 해학적인 면을 지적하고 있지만 전반적인 평가는 그다지 긍정적이지 않다. 취중에 발현된 유머를 유머로 받아들이지 못하고 '유치하다'고 따지는 인식이 도리어 유치한 면이 있다.

제2수부터는 제1수에서 보이던 고독감도 잘 느껴지지 않고, '독작(獨酌)'하는 느낌도 주지 않는다. 그 이유는 자연과 합쳐졌기에 '독(獨)'이라는 말이 성립하지 않는 것이다. 그래서 제3수[月下獨酌四首, 其三]에서는 "내 몸이 있는지도 모르니, 이러한 즐거움이 최고로다.[不知有吾身, 此樂最爲甚.]"라고 하며 무아(無我)의 경지에까지 나아갔다. 제4수[月下獨酌四首, 其四]에서는 더 이상 비유가 아니라 술이 바로 성인(聖人)이라는 주성론(酒聖論)을 펼치는데, 이는 한층더 나아간 이백의 유머이기도 하다.

「달 아래에서 홀로 술을 마시다, 4[月下獨酌四首, 其四]」를 살펴보자.

窮愁千萬端,	궁수천만단
美酒三百杯.	미주삼백**배**
愁多酒雖少,	수다주수소
酒傾愁不來.	주경수불**래**
所以知酒聖,	소이지주성
酒酣心自開.	주감심자**개**
辭粟臥首陽,	사속와수양

2   첨영(詹鍈) 주편(主編), 『이태백전집교주휘석집평(李白全集校注彙釋集評)』, 3274쪽, 엄우(嚴羽) 평본에 실린 명나라 사람의 평어[嚴評本載明人批].

屢空飢顏回.　누공기안**회**

當代不樂飲,　당대불락음

虛名安用哉.　허명안용**재**

蟹螯卽金液,　해오즉금액

糟丘是蓬萊.　조구시봉**래**

且須飮美酒,　차수음미주

乘月醉高臺.　승월취고**대**

곤궁한 시름은 천만 갈래인데

좋은 술은 삼백 잔이어서,

시름은 많고 술은 비록 적으나

술을 기울이자 시름이 오지 않으니,

그래서 술이 성인이라

술이 거나해지면 마음이 절로 열림을 알겠네.

백이 숙제는 곡식을 사양하고 수양산에 누웠고

안회는 자주 쌀독이 비어 굶주려서,

당시에 즐겁게 술을 마시지 못했으니

헛된 명성을 어디다 쓰겠는가?

게 앞발은 신선의 단약이고

지게미 언덕은 봉래산이니,

그저 모름지기 좋은 술을 마시고

달을 타고 높은 누대에서 취해보리라.

　술은 성인(聖人)이기에 앞서 참으로 맹장(猛將)이자 지장(智將)이다. 삼백 잔
으로 천만 시름을 물리치니 이보다 뛰어난 장군이 없다. 기실 삼백 잔까지

필요하지 않다. 한 잔이면 족할 수 있다. 공자는 『논어(論語) · 자한(子罕)』에서 "삼군의 장수는 빼앗을 수 있어도, 필부의 뜻은 빼앗을 수 없다[三軍可奪帥也, 匹夫不可奪志也.]"라고 했다. 그만큼 사람의 마음을 여는 것이 어려운데, "술이 거나해지면 마음이 절로 열리니[酒酣心自開]" 장군 따위로 비견할 바가 아니라 성인인 것이다. 이 참된 성인 앞에 백이(伯夷)와 숙제(叔齊), 안회(顔回)와 같은 소위 세속의 성인들은 그 의미를 잃는다. 참된 성인인 술을 생전에 즐겁게 마시지 않고 헛된 명성을 위해 부질없이 몸을 괴롭힌 어리석은 사람일 뿐이다. 이 '주성(酒聖)'은 신선과도 가까워 '주선(酒仙)'이기도 하다. 몸을 망치는 수은 단약(丹藥)보다 '게 앞발[蟹螯]'이 몸에도 좋고 맛도 좋은 '신선의 단약[金液]'이다. 또한 어디에 있는지도 모르는 봉래산을 찾아 먼 바다에 갈 필요도 없다. 술을 그런 후에 쌓인 술지게미 더미가 바로 봉래산인 것이다. 이 신선 세계에 가는 데에는 '술 마시고[飮美酒]' '달을 타면[乘月]' 그만이다. 제1수에서 즐겁게 함께 놀던 달은 여기서는 신선 세계로 태워주는 배가 된다. '독작(獨酌)', 소위 '혼술'하는 경우 처량하고 우울하기 쉽다. '혼술'이 이처럼 환상적인 경지로 바뀐 것에는 이백의 독특한 유머가 일조를 하고 있다.

이백과 술은 뗄래야 뗄 수 없기에 술과 관련된 시에서 해학성을 띠는 경우가 자주 있다. 「산에서 은자와 술을 마시다[山中與幽人對酌]」를 보자.

兩人對酌山花開,　　양인대작산화개
一杯一杯復一杯.　　일배일배부일배
我醉欲眠卿且去,　　아취욕면경차거
明朝有意抱琴來.　　명조유의포금래

두 사람이 술을 마시니 산꽃이 피어
한 잔 한 잔 또 한 잔 기울이네.

나는 취해 자려고 하니 그대도 잠시 가게나

내일 아침에 생각이 있으면 거문고나 안고 오시게.

　'유인(幽人)'은 은자인데, 누구인지 알려져 있지 않다. 여기에서도 이백의
소탈한 면모를 볼 수 있다. 여느 시인의 음주시는 보통 함께 마시는 대상의
이름이나 신분, 직위 같은 것을 표기하는 경우가 많다. 모르는 사람과 술을
마실 때에도 이러한 기본적인 인적 사항을 파악한 후 마시기도 한다. 여기에
는 습관화된 계산적 사고가 깔려 있다. 그 사람이 함께 술을 마셔 나에게
이익이 될 수 있는 사람인지 아닌지를 무의식 중에 은근히 따지는 것이다.
술친구로 그 신분이나 지위 같은 것이 뭐 중요하랴! 그저 함께 마셔서 흥겨
우면 그만이다. 이백의 이 시는 봄날 산속에서 그런 '은자'와 격의 없이 편안
하게 술을 마시는 흥취를 잘 표현하였다. 제1구부터 취기가 완연하다. 취한
사람에게는 모든 사물이 자신들을 위해 존재하듯, 두 사람이 대작하기에
마치 그 분위기를 돋우기 위해 산의 꽃도 취하여 만발한 느낌을 자아낸다.[3]
그러니 절로 '일배일배부일배(一杯一杯復一杯)'다. 이백다운 자유롭고 호방한
풍격에 해학성도 느껴지는 표현이다. 진정으로 편안한 술자리는 그 끝내는
것도 마음대로 할 수 있어야 한다. 그래서 취한 후에 졸려서 자고 싶은 사람
은 자고, 가고 싶은 사람은 마음대로 떠난다. 그리고 다음에 술 생각이 있으
면 언제든지 찾아오라고 한다. 내일 아침이라도, 돈 같은 것 신경 쓰지 말고
'거문고나 안고' 오라고 하고 있다. 이런 사람과 이런 술자리에서 취하고
싶다.

　「술을 마주하다[對酒]」에서도 취향(醉鄕)에서 즐기는 무정유(無情遊)의 모습

---

[3]　이백은 「기다리는 술이 오지 않다(待酒不至)」에서 "산꽃이 나를 향해 웃으니, 술잔 머금기
　　딱 좋은 때구나![山花向我笑, 正好銜杯時.]"라고 말하기도 하였다.

이 잘 나타나 있다.

勸君莫拒杯,　　권군막거**배**

春風笑人來.　　춘풍소인**래**

桃李如舊識,　　도리여구식

傾花向我開.　　경화향아**개**

流鶯啼碧樹,　　유앵제벽수

明月窺金罍.　　명월규금**뢰**

昨日朱顔子,　　작일주안자

今日白髮催.　　금일백발**최**

棘生石虎殿,　　극생석호전

鹿走姑蘇臺.　　녹주고소**대**

自古帝王宅,　　자고제왕택

城闕閉黃埃.　　성궐폐황**애**

君若不飮酒,　　군약불음주

昔人安在哉.　　석인안재**재**

그대에게 권하니 술잔을 거절하지 말게나
봄바람이 사람에게 웃으며 불어오는데.
복숭아나무와 자두나무는 예전부터 알고 지낸 듯
온 꽃을 기울여 나를 향해 피고,
꾀꼬리는 푸른 나무에서 지저귀며
밝은 달은 금빛 술동이를 엿보네.
어제는 붉은 얼굴을 한 젊은이였지만
오늘은 흰 머리칼이 재촉하네.

석호의 궁전에는 가시나무가 자라고

고소산의 누대에는 사슴이 뛰어노니,

옛날부터 제왕이 살던 곳이지만

성궐이 누런 먼지 속에 닫혀있네.

그대 만일 술을 마시지 않는다면

옛사람들이 어디 있는지 생각해보시게.

위의 시에서는 술을 거절하지 말아야 하는 이유를 이야기하고 있다. 술에 취한 사람에게는 자연의 무정물이 다 친구가 되고 그를 위해 복무한다. 이백이 '취향'에서 즐기는 이러한 '무정유'에는 은근한 유머가 담겨있다. 우선 봄바람이 '사람에게 웃으면서[笑人]' 불어온다. 여기서 '소(笑)'는 두 가지로 해석이 가능하다. 술을 마시는 사람을 보면 기뻐서 웃는 것이고, 그렇지 않은 사람을 보면 비웃으며 불어온다는 것이다. 오랜 친구 같은 복숭아와 자두꽃은 모두 나를 향해 가지를 기울여 꽃을 피웠다. 이 도리(桃李) 친구들도 술을 마시고 싶어 하는 걸까? 봄바람에 꽃향기를 더해주니 이 친구들에게도 한 잔 권하고 싶은 것이다. 푸른 나무에서는 '꾀꼬리가 구슬이 구르는 듯[流鶯]' 고운 목소리로 기쁘게 노래하며 귀까지 즐겁게 해준다. 그러니 시간 가는 줄 몰랐는데 어느새 달이 떴다. 이번에는 이백이 자신을 부르지 않았다고 달이 약간 서운한 걸까? 달이 '이백의 멋진 술잔[金罍]'을 '엿보며[窺]' 군침을 흘리고 있는 듯한 모습도 재미있다. 여기까지는 무정물이 술을 권하는 것이고, '작일(昨日)' 구 이하에서는 인간사(人間事)의 무상(無常)함이 술잔을 들게 만듦을 말하고 있다. 이처럼 자연이건 인간사건 다 술을 권하니, 술을 안 마시면 천리(天理)를 어기는 것이 될 것이다.

이렇게 늘 술을 마시다 보면 가장 폐를 많이 끼치게 되는 사람이 아내이다. 그래서 이백은 「아내에게 주다[贈內]」라는 시를 썼다.

三百六十日,　　삼백륙십일

日日醉如泥.　　일일취여니

雖爲李白婦,　　수위이백부

何異太常妻.　　하이태상처

일 년 삼백육십일

날마다 곤드레만드레 취했네.

비록 이백의 부인이 되었지만

태상의 처와 무엇이 다르리.

　이 시는 개원 15년[727]에 안륙(安陸)에 살 때 허씨(許氏) 부인에게 써 준
것이다. 일 년 내내 매일같이 술만 마시는 이의 처가 된 아내의 딱한 신세를
해학적으로 표현하였다. '취여니(醉如泥)'는 흔히 '곤죽이 되도록 취하다'로
번역하기도 한다. 여기서 '니(泥)'는 바다에 사는 뼈가 없는 연체동물로 물속
에서는 살아 움직이지만 물 밖에 나오면 기운이 없고 취한 듯 허물해져서
진흙처럼 쌓여있다고 한다.[4] 그래서 몹시 취한 비유로 쓰인다. '태상처(太常
妻)'에서 '태상'은 제사와 예악을 주관하는 벼슬이며 여기에서는 후한(後漢)의
주택(周澤)을 가리킨다. 그는 공경스럽게 종묘를 관리했는데, 어느 날 재궁(齋
宮)에 병들어 눕게 되었다. 그의 처가 주택이 노쇠하고 병든 것을 슬퍼하여
그를 찾아왔더니 주택은 재궁의 금기를 범했다고 하며 크게 화를 내고는
그녀를 감옥에 가두었다. 당시 사람들은 그의 행동이 괴팍하다고 생각하여
"세상에 잘못 태어나 태상의 처가 되었다네. 일 년 360일 중에 359일은 재계

4　『패관소설(稗官小說)』: 남해에 벌레가 있는데 뼈가 없고 이름을 '니'라 한다. 물에 있으면
　　살아있지만 물을 잃으면 취하니 한 무더기 진흙과 같다.[南海有虫, 無骨, 名曰泥. 在水中則
　　活, 失水則醉, 如一堆泥然.]

하고, 하루 재계하지 않을 때면 곤죽이 되도록 취하네.[生世不諧, 作太常妻, 一歲三百六十日, 三百五十九日齋, 一日不齋醉如泥.]"라고 하였다.[5] 그래서 '태상의 처'는 남편이 있지만 실제로 과부나 다름없는 신세를 비유하는 말이다. 남편 구실을 못하는 점에서는 태상이나 이백이나 마찬가지다. 태상은 자신의 업무를 충실히 하느라 그렇게 되었지만, 이백은 일 년 내내 술에 취해 그런 것이니 태상보다 더 심하다고 볼 수 있다. 이는 다소 과장이면서, 아내에게 미안한 마음을 담은 이백의 농담이자 유머이다. 이런 유머 속에 고지식하고 냉정한 태상과는 다른, 인간적인 정취(情趣)와 해학이 있는 이백의 모습을 볼 수 있다.

이백이 영왕(永王) 이린(李璘)의 부름을 받고 갈 때 쓴 「아내와 작별하고 초빙에 응해 가다, 2[別內赴徵三首, 其二]」에서도 해학적인 면모가 보인다.

出門妻子強牽衣,　　출문처자강견의
問我西行幾日歸.　　문아서행기일귀
歸時儻佩黃金印,　　귀시당패황금인
莫見蘇秦不下機.　　막견소진불하기

문을 나서는데 아내가 옷을 세게 잡아당기며
서쪽으로 가면 언제 돌아오냐고 내게 물어보네.
돌아올 때 만약 황금인장을 차게 되면
소진을 보고도 베틀에서 내려오지 않는 짓이나 하지 마시오.

이 시는 지덕(至德) 원년[756]에 안녹산(安祿山)의 난을 피해 여산(廬山)에 숨어 있다가 강릉(江陵)에 있는 영왕의 부름을 받고 아내 종씨(宗氏)와 작별하면

5　『후한서(後漢書)·주택전(周澤傳)』 참고.

서 지은 것이다. '별내(別內)'는 아내와 작별한다는 뜻이며, '부징(赴徵)'은 왕의 부름을 받아 간다는 뜻이다. 3수의 연작시인데, 그중 제2수는 이별하는 장면을 묘사한 것이다. 영왕 이린은 숙종의 동생으로 안녹산의 난 때에 기병했다가 후에 숙종에 의해 반역으로 몰려 처벌을 받게 된다. 전란의 시국에 부름을 받았다고 대뜸 떠나는 남편을 보니 아내는 불안한 마음이 앞선다. 옷을 세게 잡아당기며 서쪽으로 가면 언제 돌아올 것이냐고 물어본다. 당시 영왕이 기병한 강릉은 이백이 있던 여산의 서쪽에 있었다. 그 물음에 이백은 소진(蘇秦)의 고사를 써서 답하고 있다. 전국시대의 소진은 진(秦)나라 왕에게 유세를 했지만 성공하지 못했다. 검은 담비 갖옷도 해졌으며 가지고 있던 돈도 다 쓰고서 집으로 돌아오자, 그의 처는 그를 무시하여 베틀에서 내려오지 않았고 형수는 그에게 밥도 해주지 않았다고 한다. 이백은 이 전고를 반대로 사용하여, 자신은 출세하여 돌아올 것이니 그때 문전박대나 하지 말라며 다소 해학적인 말로 아내를 위로하고 있다.

　이백은 악부시를 잘 지었는데 거기에도 종종 해학이 보인다. 「짧은 노래[短歌行]」를 보자.

白日何短短,	백일하단**단**
百年苦易滿.	백년고이**만**
蒼穹浩茫茫,	창궁호망**망**
萬劫太極長.	만겁태극**장**
麻姑垂兩鬢,	마고수량빈
一半已成霜.	일반이성**상**
天公見玉女,	천공견옥녀
大笑億千場.	대소억천**장**
吾欲攬六龍,	오욕람륙룡

迴車挂扶桑.   회거괘부**상**

北斗酌美酒,   북두작미주

勸龍各一觴.   권룡각일**상**

富貴非所願,   부귀비소원

爲人駐頹光.   위인주퇴**광**

흰 해는 어찌나 짧고 짧은지

인생 백 년이 참으로 쉽게 차버리는데,

푸른 하늘은 넓고도 아득하여

만겁 동안 태극의 원기가 유장하네.

마고의 늘어뜨린 두 살쩍도

절반은 이미 서리에 덮였고,

천공이 옥녀를 보고

크게 웃은 것이 억만 번이라네.

나는 육룡의 고삐를 잡아

수레를 돌려 부상에 매어놓고,

북두칠성으로 좋은 술을 퍼서

용에게 한 잔씩 권하려 하네.

부귀는 내 바라는 것 아니니

사람을 위해 지는 해를 잡아놓으리라.

이 시는 시간이 빨리 흘러가고 인생이 짧음을 탄식한 노래이다. 빠른 세월
을 느끼면 보통 슬퍼하거나 침울해지기 쉬운데 이백은 이를 도리어 유희적
이면서 환상적으로 표현하였다. 첫 4구는 격구대(隔句對)에 가까운 형식으로
짧은 인생과 영원한 우주를 대비시키고 있다. 제1구와 제3구의 백일(白日)과

창궁(蒼穹), 단단(短短)과 망망(茫茫)이, 제2구와 제4구의 백년(百年)과 만겁(萬劫)이 대를 이루어 유희적이다. 첫 구의 '백일'로 인해 끝부분의 육룡(六龍) 이야기를 이끌어내며 나름의 짜임새가 있다. 이하의 구절에서는 유선시(遊仙詩)처럼 신선들이 등장한다. 바다가 뽕밭으로 변하는 것을 세 번 보았다는 신선 마고도 늙었고, 천공도 옥녀를 보고 억만 번이나 웃고 즐겼다고 한다.[6] 그런데 잠시밖에 못 사는 우리 인간이 어찌 즐기지 않을 수 있겠는가? 문제는 짧은 시간이다. 시간이 빠른 것은 육룡이 해를 몰고 빨리 달리기 때문이다.[7] 그래서 육룡의 고삐를 잡아 해가 뜨는 부상에 매어놓고, 국자 같은 북두칠성 자루로 좋은 술을 떠서 육룡을 취하게 하여 해를 멈추게 하겠다고 한다. 이백다운 기발한 생각이다. 그래도 시간이 흘러가는 걸 보면, 이백이 용에게 술을 제대로 못 먹였거나 용이 술에서 깬 것일까? 어쨌든 재미있는 발상이다. 이처럼 거역할 수 없는 시간의 흐름 앞에서 우주(宇宙)[8]를 가슴에 품고 조물주처럼 유희하며 웃을 수 있는 것이 시인의 국량이다. 이런 우주를 품은 시인의 가슴 속에 인간 세상의 하찮은 부귀(富貴)가 자리할 곳이 있겠는가? 「단가행(短歌行)」은 『악부시집(樂府詩集)』의 상화가사(相和歌辭) 평조곡(平調曲)에 실려 있다. 일찍이 위(魏)나라 무제(武帝)와 진(晉)나라 육기(陸機) 등이 동일한 제목의 악부시를 썼는데 대체로 인생이 짧음을 한탄하면서 급시행락(及時行樂)할 것을 주장하였다. 이백의 이 시는 이러한 차원을 넘어서고 있는데, 여기에는 이백의 유머를 곁들인 환상적 사유가 있기 때문이다.

---

6 하늘의 동왕공(東王公)이 항상 옥녀(玉女)와 투호(投壺)를 하였는데, 만일 화살이 들어가면 하늘이 감탄하였고, 화살이 들어가지 않으면 하늘이 크게 웃었는데, 웃을 때마다 하늘에서 번개가 쳤다고 한다.

7 전설에 의하면 해를 희화(羲和)가 모는데 그 수레를 여섯 마리 용이 끈다고 한다.

8 우주(宇宙)의 '우(宇)'는 상하사방(上下四方)의 공간을 뜻하고, '주(宙)'는 '고금(古今)'의 시간을 뜻한다. 그래서 원래 무한한 공간과 시간의 사차원적 개념이다.

이백이 상대방을 놀리거나 조롱하는 시에서도 해학적인 면모가 드러난다.
「왕 역양현령이 술을 마시려 하지 않기에 조롱하다[嘲王歷陽不肯飲酒]」를 보자.

地白風色寒,　　지백풍색한
雪花大如手.　　설화대여**수**
笑殺陶淵明,　　소살도연명
不飮杯中酒.　　불음배중**주**
浪撫一張琴,　　낭무일장금
虛栽五株柳.　　허재오주**류**
空負頭上巾,　　공부두상건
吾於爾何有.　　오어이하**유**

땅은 하얗고 바람은 찬데
눈꽃이 손바닥처럼 크네.
웃겨 죽겠네, 도연명이라는 그대가
잔 속의 술을 마시지 않겠다니.
한 대의 거문고를 쓸데없이 만지고
다섯 그루 버드나무도 헛되이 심은 꼴.
공연히 머리 위의 두건만 저버리는 것이니
내가 그대에게 무슨 소용 있겠는가?

　찬바람이 불고 손바닥만한 눈꽃이 땅을 하얗게 뒤덮는다. 술이 당기는
날이다. 이백이 역양현령 왕씨와 술을 마시려고 했는데, 애주가이던 왕씨가
오늘은 술을 마시려고 하지 않는다. 처음부터 독작(獨酌)하려고 했던 것도
아니기에 분위기가 갑자기 어색해진다. 이런 상황에서 유머가 필요하다. 이

때 이백의 뇌리에 왕씨가 평소 도연명을 자처했던 것이 떠올랐다. 도연명은 평택현령을 지냈기에 역시 현령 벼슬인 왕씨가 평소에 자신을 도연명에 종종 견주었던 것 같다. 도연명은 평생 술을 즐겼기에 술을 빼면 그의 풍류와 생활을 말하기 힘들다. '소살(笑殺)' 이하의 구는 앙꼬 빠진 찐빵 같은 사이비 도연명(陶淵明)에 대한 해학적 조롱이다. 도연명은 『오류선생전(五柳先生傳)』에서 집 가에 다섯 그루의 버드나무를 심었기에 자신을 '오류선생'이라 불렀고, 매번 술에 적당히 취하면 '현이 없는 거문고[無絃琴]'를 어루만지며 그 뜻을 기탁했다고 한다. 그래서 술을 안 마시면 거문고도, 다섯 그루 버드나무도 의미가 없다. 또한 머리 위의 두건을 종종 술 거르는 데 썼기에 「술을 마시다, 20[飮酒二十首, 其二十]」에서 "만일 또 통쾌하게 마시지 않는다면, 머리 위 두건을 공연히 저버리는 것이다.[若復不快飮, 空負頭上巾.]"라고 하였다. 마치 면전에서 조롱하는 듯한 이 시를 받고서 왕씨는 크게 웃으며 결국 이백과 함께 술을 마셨거나 아니면 최소한 술자리에서 즐겁게 보조라도 맞춰주었을 것이다. '조롱'이 상대를 기분 나쁘게 하지 않고 어색한 분위기를 해소할 수 있었던 것은 이처럼 적절한 유머가 가미되어 있기 때문이다. 이 시에 대해 "온통 해학적인 말이며, 도연명의 세 가지 일이 다만 하나의 뜻으로 귀결되어 시의 맛이 심히 짧다.[總是謔語, 陶三事止歸一意, 味殊短.]"[9]라는, 후인의 그다지 좋지 않은 평가도 있다. 이런 시는 함축적이고 유장한 맛을 추구하는 시와 애초에 그 길을 달리한 것이다.

또 다른 조롱하는 시로 「노 땅의 유생을 조롱하다[嘲魯儒]」를 살펴보자.

魯叟談五經,　　노수담오경
白髮死章句.　　백발사장구

9　첨영 주편, 앞의 책, 3336쪽, 엄우 평본에 실린 명나라 사람의 평어.

問以經濟策,　　문이경제책

茫如墜煙霧.　　망여추연무

足著遠遊履,　　족착원유리

首戴方山巾.　　수대방산건

緩步從直道,　　완보종직도

未行先起塵.　　미행선기진

秦家丞相府,　　진가승상부

不重褒衣人.　　부중포의인

君非叔孫通,　　군비숙손통

與我本殊倫.　　여아본수륜

時事且未達,　　시사차미달

歸耕汶水濱.　　귀경문수빈

노 땅의 노인이 오경을 말하는데

백발로 죽도록 장구만 파헤치니,

세상을 경영하고 백성을 구제할 책략을 물으면

모호함이 안개 속에 떨어진 듯하네.

발에는 원유리를 신고

머리에는 방산건을 쓰고서,

곧게 뻗은 길을 느릿하게 걷는데

발걸음도 떼기 전에 먼저 먼지가 이네.

진나라의 승상 이사는

넓은 옷을 입은 유생을 중용하지 않았고,

그대들은 숙손통도 아니니

나와는 본래 계통을 달리하네.

현실의 일을 이해하지 못한다면

문수 가로 돌아가 밭이나 갈게나.

이 시는 노 땅의 고지식한 유생을 조롱하며 쓴 것으로 앞의 시보다 좀
더 진지한 조롱이다. 그들이 평생 경전의 자구(字句)에만 얽매이고 옛 관습을
고집하면서 현실의 일에는 무능한 것을 비판하고 있다. 이백이 유가 사상을
근본적으로 부정한 것이 아니라 비판의 초점은 고루한 유생에 있다. 그래서
중간에 노 땅 유생의 모습을 다소 우스꽝스럽게 묘사하고 있다. 발에 신은
'원유리(遠遊履)'는 조식(曹植, 192-232)의 「낙신부(洛神賦)」에도 나오는 신발로
주로 신선들이 신는 신발이다.[10] '방산건(方山巾)'은 한(漢)나라 때 유생들이
썼던 크고 네모난 모자이다. 멋있는 신발과 모자인 듯하지만 실은 잘 어울리
지 않는다. 군자는 곧은 대로를 천천히 걸어야 한다며 폼을 내며 걷는데,
발걸음도 떼기 전에 먼지부터 먼저 이는 것은 왜일까? 이는 바로 뒤에 나오
는 유생들이 입는 '포의(褒衣)'라는 소매가 넓은 옷때문이다. 원유리에 방산건
을 쓰고, 긴 소매를 땅에 질질 끌며 근엄한 표정으로 느릿느릿 걷는 모습이
눈에 그려지는데 웃음을 자아내기에 충분하다. '족착(足著)' 이하 4구는 "썩
은 유생의 광경으로 그 모습의 형용이 핍진하다.[腐儒光景, 形容逼肖.]"[11]라는 평
도 있다. 이런 유생들은 예로부터 정치에 중용되지 못했으며, 손숙통처럼
깨어있고 개혁적인 유생과도 거리가 멀다. 현실에 도움을 주지 못한다면
노 땅 '문수(汶水)' 가에 가서 밭이나 갈라고 하였다. 하지만 평생 오경(五經)에
만 파묻혀 있는 이들이 농사나 제대로 지을 수 있을지 미지수다. 이 시는

---

10 이백의 「강가에서 형산으로 가는 여도사 저삼청을 보내다[江上送女道士褚三清遊南嶽]」에서
    "발에는 원유리라는 신발을 신어, 파도를 넘으면 흰 먼지가 인다.[足下遠遊履, 凌波生素塵.]"
    고 하였다.

11 첨영 주편, 앞의 책, 3612쪽, 엄우의 평어.

어조가 자못 졸렬하니 진짜 이백의 작품이 아닌 것 같다는 평도 있는데,
아마 희롱이 지나쳤기에 그런 것 같다.

널리 인구에 회자되는 「산 속에서의 문답[山中問答]」에서는 상대방의 조롱
조의 물음에 답하는 가운데 은근한 유머가 발휘되고 있다.

問余何事棲碧山,　　문여하사서벽산

笑而不答心自閑.　　소이부답심자한

桃花流水杳然去,　　도화류수묘연거

別有天地非人間.　　별유천지비인간

무슨 일로 푸른 산에 사느냐고 내게 묻는데

웃으며 답하지 않으니 마음이 절로 한가롭다.

복숭아꽃이 흐르는 물에 아득히 떠가니

별천지인 듯하여 인간 세상이 아니라네.

이 시는 제목이 「산속에서 속인에게 답하다[山中答俗人]」로 된 판본도 있다.
첫 구는 세속적인 가치에 젖어 있는 전형적인 속인들의 물음이다. 궁벽한
산에 마치 금수(禽獸)처럼 '깃들어 사는[棲]' 것이 한심하고 불쌍하다는 가치
판단이 먼저 깔린 물음이다. 이런 사람에게 산속 생활의 즐거움을 이야기한
들 무슨 의미가 있을까? 그래서 그저 '웃으며 답을 하지 않는 것[笑而不答]'이
최상의 답일 것이다. 이백의 웃음에는 날선 자존심이 아니라 그저 웃는 자긍
심이 돋보인다. 자존심은 약한 자들이 자신의 약함을 가리기 위한 방어기제
라면 자긍심은 강한 자들이 스스로 가지고 있는 힘에 대한 긍정이다.[12] 물음

12　이진경, 『삶을 위한 철학수업』, 문학동네, 232쪽.

에 답하는 대신에 다만 이곳이 복숭아꽃이 흘러가는 무릉도원임을 딴청 떨듯 묘사하고 있다. 도연명의 「도화원기(桃花源記)」를 연상시키는 후반 2구는 첫 구의 물음에 대한 답이기도 하다. 물음에 직접적으로 답하지 않는 것으로 답을 한 것이며, 이백의 은근한 유머이기도 하다. 그래서 시상이 끊어진 듯하면서 이어지고 있다. 즉, 속인이 의문을 제기한 '푸른 산[碧山]'은 복숭아꽃이 물에 흘러가는 별천지로 '인간' 세상이 아니라는 것이다. 이는 실제로 시인의 더욱 교묘한 대답이면서 인간 세상의 명리나 암흑과도 대비된다. 그래서 이 시는 이백의 초탈하고 한적한 심정을 표현하면서 '장중하고 엄숙한 내용을 해학과 유머에 기탁하는[寓莊于諧]' 수법을 썼다는 평가[13]도 받고 있다.

끝으로 이백이 두보를 놀린 시로 유명한 「두보에게 장난삼아 주다[戲贈杜甫]」를 보자.

飯顆山頭逢杜甫,　　반과산두봉두**보**
頭戴笠子日卓午.　　두대립자일탁**오**
借問別來太瘦生,　　차문별래태수생
總爲從前作詩苦.　　총위종전작시**고**

반과산 꼭대기에서 두보를 만났는데
해가 중천이라 머리에 삿갓을 썼네.
헤어진 뒤로 몸이 너무 말랐다고 물어보니
여태껏 시 짓느라 고생해서 그렇다고 하네.

이 시는 당(唐) 맹계(孟棨)의 『본사시(本事詩)』에 처음 보이며, 또한 『당척언

13　蕭滌非 等, 『唐詩鑑賞辭典』, 上海辭書出版社, 317쪽.

(唐摭言)』과『당시기사(唐詩紀事)』에도 수록되어 있는데 몇 글자가 다르다. 이백이 천보 3~4년경에 장안에서 두보를 만나 '장난스레[戲]' 써준 것이다. 반과산 꼭대기[頭]에서[14] 두보를 만났는데 두보는 머리[頭]에 삿갓을 쓰고 있다. 삿갓은 비나 햇빛을 가리기 위한 것인데 정오[卓午]라서 햇빛을 가리느라 썼을 수도 있지만, 산 머리에 두보, 두보 머리에 산을 닮은 삿갓이 다소 우스꽝스러운 광경이다. 전반 2구에서부터 다소 '장난기'가 보인다. 그 삿갓이 까무잡잡한 두보의 얼굴을 가리지만 몸은 가리지 못했다. 그래서 이백은 물었다. "헤어진 뒤로 태수생(太瘦生)이 되었구려!" '태수생'은 몸이 몹시 말랐다는 뜻인데, '생(生)'은 어조사로 별 뜻이 없으며 당나라 때의 습관적인 표현이다. 하지만 이 '생'은 동시에 '서생(書生)', '선생(先生)'의 의미도 있기에 역시 희작의 면모이다. 깡마른 두보를 무슨 벼슬이나 지위인냥 '태수생'이라 장난스럽게 부르고 있는 것이다. 놀리는 듯한 이백의 이 물음에 두보도 바로 맞받아친다. "'태수생'이 된 비결이야 뭐 따로 있겠습니까? 시 짓느라 고생해서 그렇지요." 시를 열심히 지었지만 정작 과거에는 합격하지 못하고 '태수생'이 되었다는 것이다. 두보의 이 대답에 파안대소했을 두 사람의 모습이 눈에 그려진다. 이 시는 친구 사이에 장난스레 놀리면서 그 속에 우정과 해학이 담겨 있는 작품이다.

두보는 엄격하게 창작하는 진지한 시인으로만 알려져 있는데 기실 유머도 풍부한 사람이었다. 이에 대해서 다음 장에서 살펴보겠다.

---

14 '飯顆山頭'는 '長樂坡前', '飯顆山頂'으로 된 판본도 있으나, '飯顆山頭'가 희작시(戲作詩)에 가장 어울린다.

2. 두보(杜甫) 시

— 비애 속의 유머: 이치에 정통하여 담소에 능하다[精理通談笑]

두보(杜甫, 712-770)는 성당(盛唐)과 중당(中唐) 초기의 시인으로 자는 자미(子美)이고 호는 소릉(少陵)이며, 지금의 하남성(河南省) 공현(鞏縣)에서 태어났다. 그는 진조(晋朝) 두예(杜預)의 13세손(世孫)인데, 두예가 경조(京兆) 두릉(杜陵) 사람이었기에 스스로 두릉야로(杜陵野老)라 칭하기도 하였다. 조부는 측천무후(則天武后) 때의 시인 두심언(杜審言, 645-708)이며, 두보는 그의 영향을 많이 받았다. 벼슬을 얻기 위해 과거(科擧)를 보고, 고관들에게 간알(干謁)에도 노력하였으나 모두 실패하였다. 안녹산의 난이 발발하자 목숨을 걸고 숙종(肅宗)에게 찾아가 좌습유(左拾遺) 벼슬을 받았다. 그래서 두습유(杜拾遺)라고도 부른다. 그 벼슬도 얼마 하지 못했으며 그후 가족을 데리고 진주(秦州)와 동곡(同谷)을 거쳐 성도(成都)에 갔다. 그곳에서 엄무(嚴武, 726-765)의 추천으로 절도참모 검교공부원외랑(節度參謀檢校工部員外郎) 벼슬을 반년 정도 하였다. 그래서 두공부(杜工部)라고도 부른다. 엄무는 부친이 두보와 교분이 있어 두보를 심히 잘 대해 주었다. 어느 날 두보가 술자리에서 엄무의 상에 올라가 그를 노려보며 "엄정지(嚴挺之, 엄무의 부친)에게 이런 자식이 있다니!"라고 하며 호통을 쳤다. 엄무가 화가 나서 두보를 죽이려 했는데 그의 어머니의 만류로 그만두었다고 한다. 그래서 『신당서(新唐書)』와 『구당서(舊唐書)』에서 두보가 성격이 편협하고 조급하며 은혜를 믿고 방자하다는 평을 싣고 있다. 두보는 이후에 성도를 떠나 배를 타고 장강을 내려가다가 기주(夔州)에서 2년간 머물면서 많은 시를 창작하였다. 그 후 삼협을 나서 호남성(湖南省) 일대를 배 타고 떠돌다가 고향으로 돌아가지 못하고 59세의 나이로 동정호(洞庭湖) 부근의 배 위에서 죽었다. 두보가 작시에 임하는 태도는 매우 엄격했고 스스로에게 요구하는 수준도 높았다. 그래서 "나의 사람됨과 성벽이 아름다운 구절을 탐하여, 말이 사람을 놀라게 하지 않으면 죽어도 쉬지 않겠다.[爲人性僻耽佳句, 語不驚人死不休. 「강상치수여해세료단술(江上值水如海勢聊短述)」]"라고 했다. 두보는 여러 시체의 시에 두루 능했으며, 중국고전시사에서 집대성적 성취와 창신의 업적을 겸하였다는 평가를 받으며 시성(詩聖)으로 불린다. 특히 두보의 시는 사회의 현실을 잘 반영하여 시사(詩史)라고도 불리며, 침울비장(沈鬱悲壯)한 풍격의 시가 많다.

두보가 진지한 시인이며, 두시(杜詩)에서 침울비장한 풍격이 주를 이루는 것을 부정할 수는 없다. 하지만 1400수가 넘는 두시에는 다양한 경향의 작품들이 있다. 두보는 일찍이 여양왕(汝陽王) 이진(李璡)을 칭송하며 "이치에 정통하여 담소에 능하며, 신분을 잊고서 친구를 대한다.[精理通談笑, 忘形向友朋. 「贈特進汝陽王二十韻」]"고 하였다. 다른 사람에 대한 칭송에는 자신이 지향하는 가치가 담기기 마련이다. '정리통담소(精理通談笑)'는 사실 두보의 한 면모이기도 하다. 즉 인생의 이치에 정통한 사람은 담소에도 능하다는 뜻이다. 두보는 예민한 감수성과 진지한 성품의 소유자였을 뿐만 아니라 유머 감각과 위트도 풍부한 사람이었다. 그래서 호진형(胡震亨, 1569-1645) 『당음계첨(唐音癸籤)』에 두보가 그의 시를 친구 정건(鄭虔, 681-759)에게 몹시 자랑한 다음과 같은 이야기도 전해진다.

두보는 오만하고 큰소리를 잘 쳤으며 스스로 자신의 시를 자랑하길 좋아하였다. 일찍이 정건에게 이런 이야기를 하자, 정건이 장난스레 "자네의 시는 병을 낫게 할 수 있느냐?"고 물었다. 마침 정건의 처가 학질에 걸려있었기 때문이었다. 두보는 정건에게 말했다. "가서 나의 시 '자장의 두개골은 피가 홍건한데, 손으로 들어서 정대부에게 던져주었다'¹⁵라는 구절을 읽어주면 즉각 나을 것이오. 만약 낫지 않는다면 어떤 구절을 읽고, 얼마 안 되어 다시 어떤 구절을 읽으시오. 만약 그래도 낫지 않으면 비록 화(和)나 편작(扁鵲)이라고 해도 치료할 수 없을 것이오."[杜子美傲誕, 好自誇標其詩. 嘗向鄭虔言之, 虔猥云: "汝詩可已疾?" 會虔妻痁作. 語虔: "去讀吾'子璋髑髏血模糊, 手提擲還鄭大夫', 立瘥矣. 如不瘥, 讀句某‧未間, 更讀句某‧如又不瘥, 雖和扁不能爲也.]

이는 허물없는 친구 사이에서 행해진 농담으로 두보의 순발력과 유머 감각을 볼 수 있다. 호진형은 이에 대해 "나는 매번 이 이야기를 읽으면 이 노인이 시호(詩豪)라고 칭하는 모습이 눈앞에 생생하게 느껴져 포복절도하게 된다.[余每誦此, 覺此老稱詩豪擧態躍躍目前, 爲絶倒.]"¹⁶라고 평하고 있다. 위 이야기의 사실 여부에 대해 논란이 있다. 『당시기사(唐詩紀事)』에서 상대방을 정건이라고 밝히지 않고 그냥 '어떤 학질에 걸린 사람[有病瘧者]'이라고 하여 비슷한 이야기¹⁷가 또 나오고 있다. 이로 보아 실제로 이와 비슷한 일이 있었을

---

15 이 구절은 「희작화경가(戲作花卿歌)」에 나오는 것인데, 원문은 '子璋髑髏血模糊, 手提擲還 崔大夫'로 되어 있다. 이는 화경정(花驚定)이 당시 촉땅에서 반란을 일으켰던 단자장(段子璋)의 난을 진압하고 그의 목을 베어 성도윤(成都尹) 최광원(崔光遠)에게 던져주었던 일을 읊은 것이다. 여기서 '최대부(崔大夫)'를 일부러 '정대부(鄭大夫)'로 바꾸었다. 학질은 놀라게 되면 낫는다는 속설이 있기 때문에 특별히 섬뜩한 구절을 언급한 것이다.

16 명(明) 호진형(胡震亨), 앞의 책, 265쪽.

17 『당시기사(唐詩紀事)』 권18: 학질에 걸린 사람이 있었는데, 두보는 말했다. "내 시는 그 병을 치료할 수 있다." 병자가 "어떤 시를 말하는 것입니까?"라고 하자, 두보는 "밤 깊자 다시 촛불을 잡고서, 마주 대하고 있자니 꿈이런가 한다"라고 했다. 그 사람이 이를 읊었는데 학질이 여전했다. 두보는 말했다. "다시 내 시 '자장의 두개골은 피가 홍건한데, 손으로 들

가능성이 더 크다. 이처럼 두보가 당시 문인들과 농담을 즐겨 주고받았기에 사람들에게 이야깃거리로 전해졌음을 알 수 있다.

두보의 시에 나타난 유머를 논할 때 우선 그의 희제시(戱題詩)를 떠올릴 수 있다. 두보는 34수의 희제시를 남겼으며 여기에 상당한 유머가 나타나 있다. 하지만 그의 희제시는 단순히 장난삼아 쓴 것이 아니며 오히려 진지한 내용이 담긴 경우도 많다. 비단 이러한 희제시뿐만 아니라 다른 시에도 유머나 유희적 요소가 가미된 것이 적지 않다. 두시에 나타난 유머의 특징은 불만스럽거나 비극적 상황에서 오히려 유머가 두드러진다는 점이다. 일견 이것이 모순되어 보이지만 오히려 더 다양한 시적 효과가 있다. 슬픔 속에 가미된 웃음은 한층 짙은 비애감과 연민을 자아내게 하기도 하고, 때로는 비극적 상황을 견뎌내는 힘이 될 수도 있다. 두보는 이처럼 유머러스한 시를 쓰는 경우에도 결코 가볍게 쓰지 않는다. 두보의 시에 나타난 유머는 두보의 심리와 내적 갈등의 소산이며, 거기에는 또 다른 시의 맛이 구현되어 있다.

먼저 가벼운 일상사에 유머를 담아 읊은 시로, 두보가 성도의 초당에 있을 때 지은 「왕녹사가 초당을 보수할 자금을 허락하였는데 부치지 않아 그저 조금 꾸짖다[王錄事許修草堂貲不到聊小詰]」를 보자.

爲瞋王錄事,　　위진왕록사

不寄草堂貲.　　불기초당자

昨屬愁春雨,　　작촉수춘우

能忘欲漏時.　　능망욕루시

어서 정대부에게 던져주었다'를 읊으시오." 그 사람이 이를 읊자 과연 학질이 나았다.[有病瘧者, 子美曰, "吾詩可以療之." 病者曰, "云何?" 曰, "夜闌更秉燭, 相對如夢寐." 其人誦之, 瘧猶是也. 杜曰, "更誦吾詩云 '子璋髑髏血模糊, 手提擲還鄭大夫'." 其人誦之, 果愈.]

왕녹사께 화를 내는 것은
초당 고칠 자금을 부치지 않아서입니다.
어저께 마침 봄비를 근심하더니
비 새려는 이때를 잊을 수 있습니까?

이 시는 광덕(廣德) 2년[764]에 두보가 성도의 초당(草堂)에 다시 돌아왔을 때 지은 것이다. 그때 초당이 다소 황폐해져 있었다. 초당을 보수할 자금을 부쳐줄 것을 약속하고서 이를 어긴 왕녹사를 짐짓 힐책하며 쓴 시이다. 짧은 시로 편지를 대신한 것이 특징적이다. 두보가 일방적으로 도움을 받는 입장이기에 그 서운한 감정을 그냥 직설적인 말로 표현하거나 편지로 썼다면 오히려 상대방의 기분을 상하게 할 수도 있을 것이다. 그렇다고 그대로 비가 새는 집에서 살 수도 없는 노릇이다. 이런 상황에서 짧은 희작시가 절묘한 효력을 발휘할 수 있다. 자신의 서운한 감정과 절박함을 전달하면서도 이 시를 받은 왕녹사로 하여금 웃음을 머금게 할 수 있는 것이다. 또한 이처럼 극히 개인적이고 구체적인 일을 읊었기에 제목이 다소 상세하고 길다. 왕녹사에게 부칠 때에는 이런 제목을 달지 않았을 수도 있겠지만 뒤에 문집을 정리하면서 일반 독자의 이해를 위해 이런 긴 제목을 단 것으로 보인다. 이러한 일상적인 편지를 시로 대신한 것은 후대의 시에 적지 않은 영향을 미쳤다.

「위속 현령에게서 면죽을 구하다[從韋二明府續處覓綿竹]」도 비슷한 경향을 보인다.

華軒藹藹他年到,　화헌애애타년도
綿竹亭亭出縣高.　면죽정정출현고
江上舍前無此物,　강상사전무차물

幸分蒼翠拂波濤.　　행분창취불파**도**

그윽한 당신의 청사를 지난해에 가보았더니
우뚝한 면죽이 고을에 높이 솟아 있었습니다.
강가의 집 앞에는 이런 물건이 없으니
푸른빛을 나누어주어 파도를 스치기를 바랍니다.

　이 시는 상원(上元) 원년[760]에 성도의 초당에서 지은 것이다. 초당을 가꾸기 위해 면죽현(綿竹縣)의 현령인 위속에게 면죽을 부쳐달라고 부탁한 편지 형식의 시이다. 전반부에서는 작년에 가 보았던 그곳의 면죽이 인상 깊었음을 말하고 있다. 상대방에게 면죽을 나누어 달라고 하지 않고, 면죽이 완화계의 파도를 스치는 장면을 상상하며 그 '푸른빛[蒼翠]'을 나누어달라는 표현이 멋있으면서 은근히 해학적이다. 이 시를 받아본 위속도 웃으면서 면죽을 주었을 것이다. 이러한 사소한 일상사를 시로 표현한 것이 송대 이후의 시에 많은 영향을 미친 점도 주목할 만하지만, 두보가 일상의 교제에서 유머가 풍부한 사람이었던 것을 알 수 있다.
　위의 시보다 좀 더 일찍 지은 「이금오를 모시고 꽃 아래에서 마시다[陪李金吾花下飮]」에서도 두보의 유머 감각을 잘 볼 수 있다.

勝地初相引,　　승지초상인
徐行得自娛.　　서행득자**오**
見輕吹鳥毳,　　견경취조취
隨意數花鬚.　　수의수화**수**
細草偏稱坐,　　세초편칭좌
香醪懶再沽.　　향료나재**고**

醉歸應犯夜,　　취귀응범야

可怕執金吾.　　가파집금오

경치 빼어난 곳으로 당초에는 나를 이끌었지만
천천히 거닐며 스스로 즐길 수 있게 되었습니다.
가벼운 것을 보아 새의 솜털을 불기도 하고
마음 내키는 대로 꽃술을 헤아리기도 합니다.
부드러운 풀은 특히 앉기에 적당하여
향기로운 막걸리는 다시 사오기 게을러집니다.
취하여 돌아가면 응당 야간통행금지를 범할 것이니
정말 집금오가 두렵습니다.

　　이 시는 천보 14년[755] 봄에 장안의 치안을 맡고 있던 금오대장군(金吾大將
軍) 이사업(李嗣業)과 꽃 아래에서 술을 마시며 지은 것이다. 이금오가 두보를
초청한 것으로 보이는데, 그는 두보보다 신분이 높기에 제목에 '배(陪)'를
쓴 것이다. 이런 자리에서는 상대의 기분을 맞추어 주며 경직되기 쉬운데,
두보는 '스스로도 즐길 수 있게 되었다[得自娛]'고 한다. 여기에서 격의 없이
대하는 이금오의 인품과 함께 두보가 기분 좋게 취했다는 것을 알 수 있다.
함련[제3, 4구]은 두보가 스스로 즐기는 모습이다. 새의 솜털처럼 가벼운 꽃잎
을 불다가 마음대로 꽃술을 세는 천진난만한 모습은 신분이 높은 사람을
'모시고[陪]' 있는 것 같지 않다.[18] 경련[제5, 6구]은 함께 술을 마시는 모습이

18　이조원(李調元) 『우촌시화(雨村詩話)』 권하(卷下): 시만 두보를 으뜸으로 삼는 것이 아니라
　　시의 제목 또한 두보를 으뜸으로 삼아야 한다. 이를 테면 두보의 시 「이금오를 모시고 꽃
　　아래에서 마시다」에서 제목을 '불러서 마시다'라고 하지 않고 '모시고 마시다'라고 했으니
　　골계가 심한 것이다.(不但詩宗杜, 詩題亦應宗杜. 如杜詩陪李金吾花下飲, 題不曰招飲, 而曰陪

다. 가늘고 부드러운 풀에 앉아 쉬기 좋아서 술은 그만 마시고 싶다고 한다. 사람도 좋고 분위기도 좋은데 왜 그런 말을 하는 것일까? 그 이유는 마지막 연에서 알 수 있다. "이렇게 계속 마셔 밤늦게 취해 돌아가면 야간통행금지를 범하게 될 것이 뻔한데 치안대장이 두려워 마실 수 있겠습니까?"라는 것이다. 이 말에 이금오가 크게 웃으며 걱정 마라 하고 술을 더 사오게 하여 함께 마셨을 모습이 눈에 선하다. '집금오(執金吾)'는 치안을 담당하는 벼슬 이름으로 이금오를 가리킨다. "정말 집금오가 두렵습니다[可怕執金吾]"는 이금오를 탓하는 듯하면서 기실 매우 해학적인 말이다. 그래서 구조오(仇兆鰲, 1638-1717)는 "마지막 연은 취한 뒤의 해학적인 말이다.[末乃醉後謔詞.]"라고 하였고, 포기룡(浦起龍, 1679-1762)은 "'다시 사오기 게으르다'는 것은 이미 취한 것이다. 맺는 말은 우스갯소리이다.[懶再沽, 已醉矣. 結語謔詞.]"라고 평하고 있다. 두보의 이러한 유머로 인해 술자리는 더욱 부드러워져 상대방도 즐겁게 하고 '자신도 더욱 즐길 수 있게 된[得自娛]' 것이다. 그야말로 "이치에 정통하여 담소를 잘하며, 신분을 잊고 친구를 대한다.[精理通談笑, 忘形向友朋.]"는 경지인 것이다.

역시 천보 시기에 지은 「술 마시는 여덟 신선의 노래[飮中八仙歌]」는 8명의 애주가를 그 전형적인 장면과 특징을 잘 포착하여 만화(漫畫) 같은 필법으로 그려내고 있다. 8명을 잘 보이게 하기 위해 편의상 단락을 나누었다.

知章騎馬似乘船,　　지장기마사승선
眼花落井水底眠.　　안화락정수저면

汝陽三斗始朝天,　　여양삼두시조천

飮, 滑稽之甚.)

道逢麴車口流涎,　　도봉국거구류**연**

恨不移封向酒泉.　　한불이봉향주**천**

左相日興費萬錢,　　좌상일흥비만**전**

飲如長鯨吸百川,　　음여장경흡백**천**

銜杯樂聖稱避賢.　　함배락성칭피**현**

宗之蕭灑美少年,　　종지소쇄미소**년**

擧觴白眼望靑天,　　거상백안망청**천**

皎如玉樹臨風前.　　교여옥수임풍**전**

蘇晉長齋繡佛前,　　소진장재수불**전**

醉中往往愛逃禪.　　취중왕왕애도**선**

李白一斗詩百篇,　　이백일두시백**편**

長安市上酒家眠.　　장안시상주가**면**

天子呼來不上船,　　천자호래불상**선**

自稱臣是酒中仙.　　자칭신시주중**선**

張旭三杯草聖傳,　　장욱삼배초성**전**

脫帽露頂王公前,　　탈모로정왕공**전**

揮毫落紙如雲烟.　　휘호락지여운**연**

焦遂五斗方卓然,　　초수오두방탁**연**

高談雄辯驚四筵.　　고담웅변경사**연**

하지장은 말을 타도 배를 탄 듯하고
눈이 어질하여 우물에 빠지면 물속에서 잤네.

여양왕은 서 말은 마셔야 비로소 천자를 알현하고
길에서 누룩 수레만 만나도 입에서 침을 흘렸으며
주천으로 봉지 옮기지 못한 것을 한탄하였네.

좌상은 날마다 흥이 나 만 전을 써서
큰 고래가 온 내를 삼키는 듯 술을 마시며
술잔을 입에 물고는 성인을 즐기고 현인을 피한다 하네.

최종지는 수려한 미소년
술잔 들어 백안으로 푸른 하늘 바라보는 모습은
그 맑음이 옥나무가 바람 앞에 서 있는 듯하네.

소진은 수놓은 불상 앞에서 오래 재계하다가도
취했을 때면 왕왕 참선으로 도피하길 좋아하네.

이백은 술 한 말에 시가 백 편
장안 거리 술집에서 잠들어,
천자가 불러도 배에 오르지 않고
스스로 일컫기를 신은 술 취한 신선이오 하였네.

장욱은 석 잔 술 초서의 성인이라 전해지는데
왕공 앞에서도 모자 벗어 정수리를 드러내지만

날리는 붓이 종이에 닿으면 운무와 같았네.

초수는 다섯 말 술에 그제야 출중해져
뛰어난 입담으로 사방의 좌중을 놀라게 하였네.

이 시는 하지장(賀知章), 이진(李璡), 이적지(李適之), 최종지(崔宗之), 소진(蘇晉), 이백(李白), 장욱(張旭), 초수(焦遂) 등 이른바 당대 주중팔선(酒中八仙)의 취중 기행(奇行)을 노래하고 있는데, 그 속에 은근한 해학이 담겨있어 시의 흥취와 재미를 더하고 있다. 실제로 팔선이 같은 시기와 장소에서 함께 노닌 것이 아니라, 두보가 이들을 상상 속에서 같이 묶어서 노래한 것이다. 그이유는 이들이 유명인사이기도 하지만, 두보가 이들을 흠모했고 두보 자신도 술을 몹시 좋아했기 때문이다.

하지장은 이백을 적선(謫仙)으로 평가해준 인물이기도 하다. 회계(會稽) 영흥(永興) 사람인데 이 지역 사람들은 배를 잘 탄다. 그래서인지, 술 취해서 말을 타고 가는 모습도 마치 배를 탄 듯 꿀렁꿀렁거린다. 그러다가 '눈에 꽃이 핀 듯[眼花]' 어질어질하더니 떨어져 하필이면 우물에 빠졌다. 이 일화도 재미있지만 그 뒤의 모습이 더 가관이다. 보통 사람 같으면 깜짝 놀라 깼을 것이다. 본인의 느낌으로는 배를 탄 것 같다고 했으니 배 타고 가다 익숙한 물에 빠진 것으로 착각했을까? 어쨌든 물속에서 편히 계속 잤다고 한다.

여양왕(汝陽王)은 당(唐) 양황제(讓皇帝) 이헌(李憲)의 아들인 이진을 가리킨다. 황족이라는 높은 신분임에도 길에서 누룩 수레만 보고도 침을 질질 흘리는 모습이 자못 해학적이다. 좌상 이적지는 만 전을 써서 온 냇물을 다 삼키는, 그야말로 술고래이다. 그가 일찍이 지은 시에 "현인을 피하여 이제 좌상의 직에서 물러나, 성인을 즐겨 잠시 술잔을 머금었다.[避賢初罷相, 樂聖且銜杯.]"라고 하였는데 성인(聖人)은 청주(淸酒)를 가리키고 현인(賢人)은 탁주(濁酒)를 가리키는 은어이다. 재상직에서 물러나자 고급술을 더 마음껏 마시는 모습이다.

꽃미남인 최종지는 취한 모습도 아릅답다. 거만함을 의미하는 '백안(白眼)'은 '청천(靑天)'과 색채 대비를 이루며, 취하여 휘청거리는 모습은 바람에 흔들리는 맑은 옥나무 같다고 한다. 소진은 현종 때 중서사인 벼슬을 한 인물로 불심(佛心)이 깊은 사람이었다. 늘 재계를 하지만 술에 대한 사랑은 버릴 수 없었다. 그래서 취하여 멍하니 있을 때는 참선하는 중이라고 핑계를 대는 것이다. 불심 깊은 애주가의 모순적인 핑계가 웃음을 자아내게 한다. '도선(逃禪)'을 '참선에서 빠져나가다', 즉 '참선을 하지 않는다'로 번역하는 경우도 있는데, 흥취가 다소 부족하게 느껴진다.

시선(詩仙) 이백에 있어서 빠질 수 없는 것이 술이다. 그래서 술 한 말에 시 백 편을 짓는다고 했다. 그는 취했을 때 천자가 불러도 가지 않고 자신을 '주중선(酒中仙)'이라 칭하며 호기를 부리기도 하였다. 이백에게 가장 많은 4구를 할애하여 그를 가장 비중이 큰 주선(酒仙)으로 다루고 있다. 초성(草聖) 장욱은 『신당서(新唐書)·장욱전(張旭傳)』에 "술을 좋아하여 매번 크게 취하면 고래고래 소리를 지르며 미친 듯이 내달리다가 글씨를 쓰곤 하는데 간혹 머리로 먹을 적셔 쓰기도 하였다. 술에서 깨어난 뒤 스스로 살펴보아 신묘하다고 여겨져도, 다시 그렇게 쓸 수는 없었다. 세간에서는 '미치광이 장욱'이라고 불렀다.[嗜酒, 每大醉, 呼叫狂走, 乃下筆, 或以頭濡墨而書. 旣醒自視, 以爲神, 不可復得也. 世呼張顚.]"라고 한다. 왕공(王公) 같이 지위가 높은 사람 앞에서 모자를 벗는다는 것은 그만큼 예법에 얽매이지 않고 거리낌이 없었다는 뜻이며, 종이에 닿으니 운무(雲霧)와 같다는 것은 득의하여 빨리 쓴 글씨에 변화무쌍한 흥취가 있음을 말한다. 초수는 포의지사(布衣之士)로 자세한 생평이 전해지지 않는데, 술에 취하여 담론에 뛰어난 사람이었다.

이 시에서 읊고 있는 8명의 신선은 모두 재능이 뛰어난 사람들이었다.

그래서 표면적으로는 애주가의 낭만적인 풍류를 읊고 있지만 이면적으로는 회재불우(懷才不遇)한 심정이 담겨있다고 볼 수도 있다. 하지만 이 시에서 그들의 불우함에 주목하기보다 그것을 술에 녹여 도리어 웃음을 자아내게 하는데 주목할 필요가 있다. 그러한 해학이 있기에 더욱 초탈한 신선(神仙)의 면모가 부각되는 것이다.

두보의 희제시에서 그 '희(戲)'의 의미와 작용은 다층적이다. 두보는 비교적 안정된 시기에도 해학적인 시를 쓰기도 하지만, 비극적이고 곤궁한 상황에서도 유머를 가미한 시를 지었다. 희제시에서 해학성이 두드러지는 예로 「장난삼아 친구에게 주는 2수[戲贈友二首]」를 보자.[19]

「其一」

元年建巳月,	원년건사일
郞有焦校書.	낭유초교서
自誇足膂力,	자과족려력
能騎生馬駒.	능기생마구
一朝被馬踏.	일조피마답
脣裂板齒無.	순렬판치무
壯心不肯已,	장심불긍이
欲得東擒胡.	욕득동금호

보응(寶應) 원년 4월에
낭관으로 초교서가 있는데,
스스로 자랑하길 완력이 넘쳐

---

19 이영주 · 강민호, 「杜詩에 나타난 비애 속의 유머에 대한 고찰」, 『중국문학』, 2002 참조.

능히 길들이지 않은 망아지를 탈 수 있다고 하였네.

하루아침에 말에 밟히어

입술이 찢어지고 앞니가 다 빠졌건만,

씩씩한 마음 그치려 하지 않고

동쪽으로 가서 오랑캐를 잡으려 하네.

「其二」

元年建巳月,	원년건사월
官有王司直.	관유왕사**직**
馬驚折左臂,	마경절좌비
骨折面如墨.	골절면여**흑**
駑駘漫深泥,	노태만심니
何不避雨色.	하불피우**색**
勸君休嘆恨,	권군휴탄한
未必不爲福.	미필불위**복**

보응 원년 4월에

법관으로 왕사직이 있는데,

말이 놀라는 바람에 왼팔이 꺾여

뼈가 부러져 얼굴이 먹물빛 같네.

노둔한 말로 부질없이 진흙탕에 깊이 들어갔으니

어찌하여 비오는 날을 피하지 않았는가?

그대에게 권하노니 한탄하지 말게

반드시 복이 되지 않는 것은 아닐지니.

이 시는 보응 원년(762) 4월에 성도(成都)에서 지은 것인데, 당시 성도의 관리인 초교서와 왕사직 두 친구에게 준 시이다. 제1수[其一]에서는 스스로 힘자랑을 하며 길들이지 않은 망아지도 탈 수 있다던 초교서가 졸지에 말에게 밟혀 입술이 찢어지고 앞니가 다 빠진 코믹한 상황을 이야기하고 있다. 그리고 그런 상황에서도 그의 의기는 꺾이지 않고 동쪽으로 가서 오랑캐를 잡으려 한다고 하는데, 추켜세우는 것인지 조롱하는 것인지 분간할 수 없게 말하고 있다. 허물없는 친구 사이에 가능한, 장난기가 발동한 농담으로 해학성이 두드러진다. 제2수[其二]에서는 왕사직이 노둔한 말을 타고 비 오는 날에 진흙탕에 들어갔다가 말이 놀라는 바람에 골절상을 당하여 얼굴이 먹물빛이 되었다고 말하고 있다. 그러고는 새옹지마(塞翁之馬) 고사를 원용하여 위로하고 있다. 이 두 편의 시는 각각 따로 보아도 재미있지만 연작시이기에 두 편을 함께 보면 더욱 웃음을 자아낸다. 우선 제1, 2수의 첫 구가 모두 같다는 점에서 '희'의 의도가 느껴진다. 나아가 제1수에서는 길들지 않은 망아지를 타다가 떨어졌고, 제2수에서는 노둔한 말을 타다가 떨어졌다며 서로 대비되는 상황을 함께 묶은 것도 재미있다. 또한 각 시의 말미에 조롱 반, 위로 반의 말을 덧붙이되, 제1수의 마지막 연은 다소 불완전한 결말로 뒤에 내용이 계속 이어질 듯한 느낌을 주고, 반면에 제2수에서는 '권군(勸君)……'이라는 결구에 흔히 쓰이는 표현을 써서 시상의 완전한 결말을 느끼게 하였는데, 이 결말 부분의 위로는 왕사직뿐만 아니라 초교서에게도 해당된다. 이처럼 두 편의 희제시를 이어서 마치 코미디 연속극처럼 구성하여 상대방을 배려하고 작품의 전체적인 완성도를 높이고 있다.

두보는 생의 대부분을 득의하지 못한 채 불우하게 보냈다. 두보가 그나마 임금님 가까이에서 벼슬하며 자신의 뜻을 펴보려 했던 시기는 좌습유(左拾遺)를 역임했을 때였다. 「봄에 좌성에서 숙직하며[春宿左省]」처럼 출근에 마음이 설레어 궁궐문의 자물쇠 소리에 귀 기울이며 밤잠을 설치던 것도 잠시뿐,

곧 좌습유라는 직책이 자신의 뜻을 펼 수 없는 벼슬임을 깨닫고 내심 불만에 가득 차게 된다. 이 시절에 그가 친구에게 쓴 「가까이 사는 노래, 필사요에게 주다[偪側行贈畢四曜]」를 보자. 이해의 편의를 위해 단락을 나누었다.

偪側何偪側,	핍측하핍**측**
我居巷南子巷北,	아거항남자항**북**
可憐鄰里間,	가련인리간
十日不一見顏色.	십일불일견안**색**
自從官馬送還官,	자종관마송환관
行路難行澁如棘.	행로난행삽여**극**
我貧無乘非無足,	아빈무승비무**족**
昔者相過今不得.	석자상과금주**득**
不是愛微軀,	불시애미구
非關足無力.	비관족무**력**
徒步翻愁官長怒,	도보번수관장노
此心炯炯君應識.	차심형형군응**식**
曉來急雨春風顚,	효래급우춘풍**전**
睡美不聞鍾鼓傳.	수미불문종고**전**
東家蹇驢許借我,	동가건려허차아
泥滑不敢騎朝天.	니활불감기조**천**
已令請急會通籍,	이령청급회통적
男兒性命絶可憐.	남아성명절가**련**

焉能終日心拳拳,	언능종일심권**권**
憶君誦詩神凜然.	억군송시신름**연**
辛夷始花亦已落,	신이시화역이락
況我與子非壯年.	황아여자비장**년**
街頭酒價常苦貴,	가두주가상고귀
方外酒徒稀醉眠.	방외주도희취**면**
速宜相就飮一斗,	속의상취음일두
恰有三百靑銅錢.	흡유삼백청동**전**

가깝구나 어찌 그리 가까운가?
나는 골목 남쪽에 살고 그대는 골목 북쪽에 살지.
가련하게도 이웃에 살면서
십 일 동안 얼굴 한번 보지 못했네.
관청의 말을 관으로 돌려보낸 이후로
길 가기 어려움이 가시밭길처럼 껄끄럽네.

나는 가난하여 탈 것이 없지만 발이 없는 것은 아닌데
옛날에는 그대에게 들렀지만 지금은 할 수가 없네.
미천한 이 몸을 아껴서도 아니고
발에 힘이 없어서도 아니라네.
걸어다니다가 도리어 상관을 노하게 할까 걱정되니
이 간절한 마음을 그대는 응당 알겠지.

새벽이 되자 비가 마구 내리고 봄바람은 미친 듯하고
잠이 달콤하여 출근 시간을 알리는 종과 북소리를 듣지 못했네.

동쪽 집에서 절뚝거리는 당나귀라도 빌려주겠다고 했지만
길이 미끄러워 감히 타고 조회에 나가지 못했네.
이미 휴가를 청했으니 마땅히 출근부에 기록은 되었을 것이지만
남아의 살아가는 꼴이 정말로 가련하구나.

어찌 종일토록 마음속에만 담아둘 수 있으리오?
그대의 시 읊는 것이 신기(神氣)가 가득한 것이 생각나는데.
목련화는 막 피는가 했더니 이미 떨어져버렸고
하물며 나와 그대는 한창나이도 아니잖소.
길거리의 술값이 늘 비싸 괴로우니
방외지사(方外之士) 술꾼들도 취하여 잠자는 이 드물구려.
속히 나에게 와서 술이나 한 말 마시게나,
마침 청동전 삼백 냥이 있으니.

　　이 시의 제목인 '핍측행(偪側行)'은 마치 『시경(詩經)』이나 고악부(古樂府) 식
으로 첫 부분을 따서 제목을 삼은 것으로, '가까이 사는 노래'라는 제목 자체
에 우선 장난스러움이 느껴진다. 필사요(畢四曜)는 당시 두보와 가까운 곳에
사는 허물없는 친구였다. 시의 내용을 단락별로 살펴보겠다.
　　첫째 단락에서 우선 시인과 필사요가 매우 가까운 곳에 살고 있으면서도
10일 동안 얼굴 한번 보지 못했다고 말하고 있다. '골목[巷]'에 산다는 말에서
둘 다 별 볼 일 없는 사람들임을 알 수 있다. 이렇게 가까운 곳에 살면서도
찾아가지 못한 이유는 타고 갈 말이 없기 때문이라고 한다.[20] 당시에 안녹산

20　'自從' 2구를 구조오(仇兆鰲)는 둘째 단락으로 분류하고 있으나, 압운 양상을 보면 홀수 구
　　에 압운한 '我貧' 구부터 둘째 단락으로 분류하는 것이 타당하다. 그래서 첫째 단락에 분류
　　하였다. 일종의 과맥(過脈)인 것이다.

의 난이 한창 진행 중이었기에 숙종(肅宗)은 양경(兩京)을 수복하기 위해 전국의 공사(公私) 말에 대한 징집령을 내렸다. 그래서 두보는 자신이 타고 다니던 말을 관청에 반납했던 것이다. 애국심이 강한 두보가 이 조치에 무슨 불만이 있겠는가마는, 이로 인해 길 다니기가 '가시밭길'처럼 껄끄럽다고 투덜대고 있다. 기실 가까이 사는 친구를 찾아가지 않은 것에 대한 변명일 따름이다.

둘째 단락에서는 궁색한 변명을 계속 늘어놓으며 한층 더 너스레를 떨고 있다. 자신이 비록 가난하지만 발이 없는 것도 아닌데 지금 예전처럼 그대에게 들르지 못하는 것은 미천한 몸뚱아리를 아껴서도 아니고 발에 힘이 없어서도 아니라며 지레 털어놓듯 일단 자신이 방문하지 못한 사실을 인정한다. 그러고는 그냥 도보로, 걸어다니다가 혹 상관이 자신을 보고 '관리가 체통과 품위도 안 지키고 그게 뭐냐'는 식으로 꾸중이라도 들을까 걱정이 되기 때문이라면서 우스운 변명을 하고 있다. 마지막 구에서는 너를 만나고 싶은 마음이 '간절하다[炯炯]'고 하며 또 한 번 유머러스하게 표현하고 있다.

셋째 단락에서는 오늘 출근하지 못해 시간이 생긴 이유를 설명하고 있는데 갈수록 가관이다. 새벽에 비가 급히 쏟아지고 바람이 미친 듯이 불면 그 소리에 놀라 잠을 깰 법도 한데 달게 자느라고 출근 시간을 알리는 관청의 종소리도 듣지 못했다고 한다. 늦게 일어났으니 서둘러야 할 상황이다. 그래서 이웃집에서 '절뚝거리는 노새'라도 빌려주려고 했다. 그런데 두보는 '길도 미끄러운데' 가다 넘어지기라도 하면 어떻게 하냐고 투덜거리고 있다. 이러한 우스꽝스러운 표현들 속에는 출근하기 싫은 마음과 함께 자신의 뜻을 펼 수 없는 좌습유라는 직책과 현실에 대한 불만이 서려 있다. '춘풍전(春風顚)', '수미(睡美)', '건려(蹇驢)', '니활(泥滑)' 등의 표현에 모두 이러한 감정이 담겨있다. 출근하기도 싫고 늦은 데다가 날씨까지 안 좋으니 결근할 적당한 핑계거리를 찾고 싶어졌다. 그래서 갑자기 몸이 안 좋다는 등의 핑계라도 전하며 급히 휴가를 청했다. 무사히 결근 처리가 되고 나서 안도감도 잠시뿐,

마음이 다시 편치 않아서 사내대장부가 이렇게 살아가야겠냐고 자신의 꼴을 자탄하고 있다.

결근해서 시간이 생기니 곧 할 일이 없고 심심해져서 술친구를 찾게 된다. 이것이 넷째 단락의 이야기이다. 시간은 쉬 흘러가는 법이고 자네나 나나 다 한창나이도 아닌데 우리 인생에 무슨 대수가 있냐며 만나 술이나 마시자고 부추기고 있다. 그런데 문제는 비싼 술값이었다. 당시는 전쟁 중이라 곡식이 귀했고, 숙종 때 금주령이 내려지기도 했다. 그래서 술 마시기가 쉽지 않은 시절이었는데 마침 자기 집에 술 한 말 값은 있었다. 하지만 출근도 안 한 처지에 함부로 집 밖을 나다닐 수도 없다. 그러니 집에서 술을 마실 수밖에 없어서, 속히 자기 집에 오라고 이 시를 쓴 목적을 밝히며 끝맺고 있다. 전체적으로 이 시는 속어(俗語)를 많이 쓰고 농담과 유머로 일관하면서 시인의 풀어진 마음과 은근한 불만을 해학적으로 표현하고 있다.

두보의 생애에서 비교적 안정되고 여유 있는 생활을 한 시기는 성도(成都)의 초당(草堂)에 있을 때였다. 그때도 해학적인 시가 적지 않다. 상원(上元) 2년[761]에 그곳 초당에서 지은 「흥이 나는대로 쓴 절구 9수[絶句漫興九首]」중 일부를 보자.

「其一」

眼見客愁愁不醒,	안견객수수불**성**
無賴春色到江亭.	무뢰춘색도강**정**
卽遣花開深造次,	즉견화개심조차
便敎鶯語太丁寧.	변교앵어태정**녕**

나그네 시름, 시름에서 깨어나지 못하는 것을 뻔히 보고서도
무뢰한 봄빛은 강가 정자에 이르렀다.

바로 꽃을 피게 한 짓도 너무나 성급한데
곧장 꾀꼬리를 울게 하여 참으로 수다스럽다.

「其二」

手種桃李非無主,　　수종도리비무주
野老牆低還是家.　　야로장저환시**가**
恰似春風相欺得,　　흡사춘풍상기득
夜來吹折數枝花.　　야래취절수지**화**

손수 복숭아와 오얏을 심었으니 주인이 없는 게 아니고
시골 늙은이 집 담장이 낮지만 그래도 집인데,
흡사 봄바람이 나를 우습게 아는 듯
밤사이에 불어 꽃가지 몇 개를 꺾어버렸다.

「其三」

熟知茅齋絶低小,　　숙지모재절저소
江上燕子故來頻.　　강상연자고래**빈**
銜泥點汚琴書內,　　함니점오금서내
更接飛蟲打著人.　　갱접비충다착**인**

띠집이 아주 낮고 작은 줄 익히 알고서
강 위의 제비는 짐짓 자주 날아온다.
진흙 물고 와서 거문고와 책을 더럽히더니
또다시 날벌레 잡느라 사람을 치고 다닌다.

「其五」

腸斷江春欲盡頭,　　장단강춘욕진두

杖藜徐步立芳洲.　　장려서보입방주

顛狂柳絮隨風舞,　　전광류서수풍무

輕薄桃花逐水流.　　경박도화축수류

강가의 봄이 다 가려는 즈음에 애가 끊어

명아주 지팡이로 천천히 걸어 향기로운 모래톱에 섰다.

미친 듯한 버들솜은 바람 따라 춤을 추고

경박한 복숭아꽃은 물 따라 흐른다.

「其九」

隔戶楊柳弱嫋嫋,　　격호양류약뇨뇨

恰似十五女兒腰.　　흡사십오여아요

誰謂朝來不作意,　　수위조래부작의

狂風挽斷最長條.　　광풍만단최장조

지게문 너머 버들의 하늘하늘 여린 모습

흡사 열다섯 살 소녀의 허리 같다.

아침에 바람이 불어올 때 별생각 없었다고 누가 말하겠는가?

미친 바람이 가장 긴 가지를 당겨 끊어버렸다.

　이 연작시는 시인이 봄에 여러 날에 걸쳐 쓴 것인데, '만흥(漫興)'이라는 제목에서 풀어진 마음을 담겠다는 의도가 이미 보인다. 제1수[其一]에서는 첫 구에 '객수(客愁)'를 언급하여 전체 시상을 이끌고 있다. 이 객수로 인해 봄을 대하는 시인의 심리와 태도는 일반적인 경우와 다르게 된다. 봄날에 나그네의 시름 자체를 읊는 것은 고전시에 흔하다. 하지만 두보의 이 시처럼 투정부리듯 쓴 경우는 드물다. 두보는 봄이 왔는데 기뻐하기는커녕 심사가 몹시 뒤틀려 있다. 그래서 '무뢰한 봄빛[無賴春色]'이라고 나무라고 있으며, 꽃 핀 것은 너무 성급하고 꾀꼬리도 지나치게 수다스럽게 운다며 일일이 트집잡듯 투정을 부리고 있다.

제2수[其二]에서 이런 뒤틀린 투정은 계속된다. 앞에서는 봄꽃이 너무 빨리 피었다고 불만을 터뜨리더니 여기에서는 봄바람이 꽃가지를 꺾어버렸다고 화를 내고 있다. 그 이유를 대는 것이 더욱 우습다. 봄바람이 촌 늙은이의 집 담장이 너무 낮다고 우습게 봤다는 것이다. 이런 코믹한 투정 속에 시인의 본심이 드러난다. 사실 시인은 봄과 꽃을 너무나도 아끼고 있는 것이다. 제1수에서처럼 봄꽃에 불만이었다면 여기에서 왜 꽃가지 꺾인 것조차 아까워하겠는가? 오히려 이러한 뻔히 보이는 논리의 허술함 속에 시인의 본심이 담겨 있다.

제3수[其三]에서는 제비를 또 나무라고 있다. 제비조차 자신의 집이 누추하다고 무시하며 고의로 자주 날아와 서책도 더럽히고 사람도 치며 성가시게 군다는 것이다. 역시 뒤틀린 감정인데 다만 불만은 제비에게 있는 것이 아니라 다른 데 있을 따름이다. 좋은 봄을 고향에서가 아니라 나그네 신세로 맞았기 때문이다.

그렇게 투정을 부리더니 제5수[其五]에서는 봄이 다 가려하니 도리어 아쉬움에 애가 끓어 봄을 찾아 불편한 몸을 이끌고 모래톱에까지 나가고 있다. 이런 변덕은 어린아이들이 매일 싸우다가 막상 멀리 헤어질 때가 되면 서로 부둥켜안고 우는 장면을 연상시킨다. 그러다가 후반부에서 시인은 바람에 날리는 버들솜을 미쳤다고 하고 물에 떠 흐르는 복숭아꽃을 경박하다며 또다시 투정을 부리고 있다. 버들가지와 복숭아꽃을 당시의 소인배들을 비유하는 것으로 보는 설도 있는데, 그러면 좀더 무게있는 투정이 된다.

제9수[其九]에서는 광풍에 의해 버들가지가 꺾인 것을 안타까워하고 있다. 하늘거리는 버들가지의 모습을 열다섯 소녀의 허리와 같다고 한 비유가 매우 감각적이다. 이 버들가지를 바람이 별 생각 없이 꺾은 것이 아니라 가장 긴 가지를 고의로 당겨 꺾어버렸다고 한다. 이 부분에서 시인의 어투는 자못 진지한데, 봄에 대한 애착과 함께 때를 만나지 못하고 좌절해버린 시인의 심경을 아울러 담았다고 볼 수 있다.

「흥이 나는 대로 쓴 절구 9수」는 전반적으로 구어(口語)적인 표현을 많이 쓰고 시상의 전개도 다소 산만하다. 봄에 대한 애정을 투정 부리듯 해학적으로 표현한 것이 특징적이다. 두보는 뜻이 매우 컸기 때문인지 생활이 조금 나아지고 비교적 안정된 때에도 쉽게 만족하지 못했고 곧장 권태와 불만에 휩싸이는 경우가 많았다. 그때에 속어를 많이 사용하고 시상이 자유로운 시들을 지었는데 여기에 독특한 유머와 해학이 발휘되어 있다.

두보는 중만년에 각지를 유랑하면서 숱한 고생을 겪었고 종종 비참하고 극한적인 상황을 맞이하곤 하였다. 이런 비극적인 상황을 시로 읊으면서 두보는 유머와 시적 언어유희도 곁들이고 있는데, 이 점이 주목할 만하다. 두보가 동곡(同谷)에서 극도의 배고픔과 생활고에 시달릴 때 지은 「건원 중에 동곡현에 우거하면서 지은 노래 7수, 1[乾元中寓居同谷縣作歌七首, 其一]」을 보자.

有客有客字子美,	유객유객자자미
白頭亂髮垂過耳.	백두란발수과이
歲拾橡栗隨狙公,	세습상률수저공
天寒日暮山谷裏.	천한일모산곡리
中原無書歸不得,	중원무서귀부득
手脚凍皴皮肉死.	수각동준피육사

嗚呼一歌兮歌已哀,　오호일가혜가이애
悲風爲我從天來.　　비풍위아종천래

객이여 객이여 자는 자미인데
흰 머리에 헝클어진 머리카락이 귀를 지나 드리워졌네.
세모(歲暮)에 도토리와 밤을 주우며 원숭이를 따르는데
날씨는 춥고 해질무렵 산골짜기로다.
중원에서 편지가 없어 돌아갈 수 없고
손발이 얼어 터져 피부와 살이 죽었네.
오호, 첫 번째 노래여, 노래가 이미 슬픈데
슬픈 바람이 나를 위해 하늘에서 내려오네.

　이 시는 건원 2년[759] 11월에 두보가 동곡에 우거하면서 지은 것이다.
동곡은 지금의 감숙성(甘肅省) 성현(成縣)으로 중국의 서북쪽 변방에 있는 춥
고 척박한 곳이다. 두보가 이곳에서 겨울을 보내며 당시의 생활과 심정을
특이한 형식으로 거침없이 쏟아낸 작품이다. 위의 시는 전체 7수의 서두이자
총괄이다. 우선 제1구의 '유객유객자자미(有客有客字子美)'라는 표현이 특이한
데 이는 『시경』과 「이소(離騷)」에서 사용된 수법을 적절히 배합한 것이다.
어떤 나그네가 있는데 자(字)가 자미(子美)라며 마치 제삼자를 소개하듯 말하
고 있다. 제2구에서는 자신의 헝클어진 흰 머리를 남의 머리 보듯 묘사하고
있다. 노년의 나그네 생활을 뜻하는 이 '유객(有客)'과 '백두(白頭)'는 전체 시
를 이끌면서 시의 비극성을 고조시킨다. 또한 제1, 2구에는 동어반복이 주는
묘한 리듬감과 옛 시의 전통을 패러디한 듯한 유희적 요소도 가미되어 있다.
제3, 4구는 춥고 해 저문 산골짜기에서 원숭이처럼 도토리나 줍는다는 것으
로 도치의 수법을 사용하고 있다. 먹을 것이 없어서 도토리나 줍고 있는

자신의 모습을 '원숭이를 따른다'고 표현한 것도 슬프면서 해학적이다. 그 원숭이가 이제 자신의 인도자라도 되는 양 '저공(狙公)'이라 표현하고 있다. 이처럼 비애 속에 해학이 가미되어 있어 독자로 하여금 웃어야 될지 울어야 될지 모르게 만든다. 제5구에서 고향으로부터 편지가 없다는 이야기를 하고, 제6구에서 손발이 얼어 터지고 피부와 살이 썩어 죽어가고 있다며 이곳 생활의 참상을 다시 이야기하고 있다. 제7구에서는 '오호(嗚呼)'라고 하며 제문(祭文)이나 산문에서 쓰이는 감탄사를 쓰고, 초사에서 흔히 등장하는 '혜(兮)'자를 삽입하여 쓰고 있는데 이 형식은 7수 전체의 끝부분에 계속 반복해서 등장한다.

극도의 궁핍한 상황에서 해학을 가미한 이 연작시는 기굴(奇崛)하고 독창적이라고 평가받고 있다. 그래서 '동곡가체(同谷歌體)'라는 말도 생길 정도로 후대 시인들이 즐겨 모방해서 짓기도 했다.

두보는 비극적 상황에서 자신의 감정을 거침없이 쏟아부을 때에 칠언가행체(七言歌行體)를 주로 사용하였는데, 여기에 파격과 유머가 가미된 경우가 많다. 두보가 성도의 초당에 있을 때의 곤궁한 상황을 읊은 시로 유명한 「띠집이 가을바람에 부서진 노래[茅屋爲秋風所破歌]」를 단락을 구분하여 보기로 하자.

八月秋高風怒號,	팔월추고풍노**호**
卷我屋上三重茅.	권아옥상삼중**모**
茅飛渡江灑江郊,	모비도강쇄강**교**
高者掛胃長林梢,	고자괘견장림**초**
下者飄轉沉塘坳.	하자표전침당**요**

| 南村群童欺我老無力, | 남촌군동기아노무**력** |

忍能對面爲盜賊.　　　인능대면위도적

公然抱茅入竹去,　　　공연포모입죽거

脣焦口燥呼不得.　　　순초구조호부득

歸來倚杖自嘆息.　　　귀래의장자탄식

俄頃風定雲墨色,　　　아경풍정운묵색

秋天漠漠向昏黑.　　　추천막막향혼흑

布衾多年冷似鐵,　　　포금다년냉사철

嬌兒惡臥踏裏裂.　　　교아악와답리렬

牀頭屋漏無乾處,　　　상두옥루무건처

雨脚如麻未斷絶.　　　우각여마미단절

自經喪亂少睡眠,　　　자경상란소수면

長夜沾濕何由徹.　　　장야첨습하유철

安得廣廈千萬間,　　　안득광하천만간

大庇天下寒士俱歡顏,　대비천하한사구환안

風雨不動安如山.　　　풍우부동안여산

嗚呼何時眼前突兀見此屋,　오호하시안전돌올현차옥

吾廬獨破受凍死亦足.　　오려독파수동사역족

8월에 가을하늘이 높더니 바람이 성난듯 울부짖어

내 지붕 위의 세 겹 띠풀을 말아올리네.

띠풀은 날아 강을 건너 강가 교외에 흩어지는데

위로는 높은 나뭇가지 끝에 걸리고

아래로는 굴러 웅덩이에 빠지네.

남촌의 아이들이 나를 힘없는 늙은이라 업신여기고

차마 이렇게 뻔히 보는 데서 도적질을 하네.

공공연히 띠풀을 안고 대숲으로 도망치는데

입술이 타고 입속은 말라붙어 소리도 지를 수 없네.

돌아와 지팡이에 의지하여 한숨만 쉬었네.

잠시 후 바람은 멎고 먹구름이 몰려오더니

가을날 막막한 들판에 어둠이 깔리네.

베 이불은 해묵어 쇠붙이처럼 차갑고

아이놈들 잠버릇이 나빠 이불 안을 차서 찢어놓았네.

침상 머리엔 지붕이 새어 마른 곳이 없고

삼대 같은 빗발은 그치질 않네.

난리를 겪은 뒤로 잠조차 부쩍 줄었는데

흥건히 젖은 긴 밤을 어떻게 샐까?

어찌하면 넓은 집 천만 칸을 지어

천하의 추위에 떠는 이를 감싸서 모두 환한 얼굴로

비바람이 몰아쳐도 산처럼 끄덕없게 할 수 있을까?

아! 언제라도 눈앞에 우뚝하니 이런 집이 나타나면

내집이야 무너지고 이 몸 얼어 죽어도 괜찮으련만.

첫째 단락은 가을날 갑작스럽게 '성난듯이 분[怒號]' 바람에 띠풀 지붕이 날아간 것을 이야기하고 있다. '권(卷)'자를 써서 바람이 마치 고의적으로 말아가는 느낌을 자아내게 하였다. 매구 압운을 하면서 '호(號)', '모(茅)', '교(郊)', '초(梢)', '요(坳)'로 모두 평성(平聲) 개구운(開口韻)을 사용하고 있다. 이

개구운은 입을 열고 바람을 불어 내는 소리와 비슷하여 묘한 조화를 이루고 있다. 그래서 포기룡은 첫 단락을 "필세(筆勢)가 또한 회오리바람이 불어오는 것 같다[筆亦如飄風之來]"[21]라고 평하고 있다. 이처럼 자신의 집 지붕을 날려버린 바람에 대한 묘사 형식에도 은근한 해학이 담겨있다.

이 시에서 더욱 주목할 부분은 둘째 단락이다. 여기서는 날아간 띠풀을 두고 두보와 아이들 간에 처량하고 기막힌 광경이 펼쳐진다. 촌의 아이들은 두보가 늙고 힘이 없다고 무시하여 그가 보는 앞에서 버젓이 띠풀을 훔쳐 달아나는데, 두보는 어찌지 못하고 애만 태우는 모습을 그리고 있다. 바람에 날아간 띠풀조차 몹시 아까워하는 두보 자신이나, 그 띠풀을 열심히 훔쳐 달아나는 아이들이나 모두 가난하다는 뜻이 내포되어 있다. 곽말약(郭沫若, 1892-1978)은 두보가 지푸라기 따위를 줍는 가난한 시골아이들을 '도적'으로 매도하고 있다며 분노하고 두보가 결국 자산계급의 한계를 벗어나지 못했다고 비판하고 있는데[22] 그 비판이 더욱 가소롭다. 그 띠풀을 어른이 보는 앞에서 버젓이 훔치고서 혹시 잡으러 올까 봐 대숲으로 줄행랑을 치는 아이들의 모습과 이를 두고 입술이 바짝바짝 타며 발만 동동 구르는 두보의 모습은 영락없는 가난한 시골아이들과 옆집 촌로(村老)의 모습으로 순박함을 넘어 해학적이기까지 하다. 극도로 궁핍한 처지에서 발생한 일을 이처럼 자신을 전형적인 촌로의 모습으로 격하하여 해학적으로 묘사하고 있다. 그래서 두보는 돌아와 지팡이에 기대어 스스로 탄식한다. 잠시 흥분했다가 이성을 차리고 보니 자신의 꼴이 우습고 신세가 더욱 처량한 것이다.

셋째 단락에서는 밤이 되고 비가 새는 집안에서 잠 못 이루는 고통을 이야기하고 있다. 날씨가 서늘해졌는데도 여전히 '베 이불[布衾]'이며 그것도 오래

---

21 포기룡(浦起龍), 『독두심해(讀杜心解)』 卷二之二.
22 곽말약 저, 오상훈 옮김, 『곽말약이 쓴 이백과 두보』, 215쪽 참조.

되어 쇠붙이처럼 차갑다. '차갑기가 쇠와 같다[冷似鐵]'는 비유는 차갑고 뻣뻣한 이불의 느낌을 실감 나게 형상화하고 있다. 그런데 상황을 더 고약하게 만드는 것은 자식들이다. 그 이불조차 잠버릇 나쁜 애들이 발로 차서 온통 속을 찢어놓은 것이다. 철없는 아이들을 '교아(嬌兒)'라고 하며, 그래도 귀여워 그 잠버릇을 코믹하게 이야기하고 있지만 이불조차 변변히 갖추어주지 못하는 아버지의 마음은 더욱 씁쓸하다. 설상가상으로 저물녘에 몰려오던 먹구름이 밤에 장대비를 뿌리니 날아간 지붕 탓에 온 방에 물이 떨어져 마른 곳이 없다. 처량함이 극에 다다른 상황이다. 그래도 잠이라도 잘 자면 좀 나으련만, 난리통에 놀란 가슴으로 잠마저 줄어들었으니 축축하고 음산한 긴 밤을 새울 길이 없다. 마지막 단락에서는 시상이 급격히 돈좌되어 거창한 꿈을 이야기하고 있다. 비바람에도 끄떡하지 않을 천만 칸의 집을 지어 천하의 가난한 이들을 다 감싸주고 싶다고 말하고 있다. 이를 자기 한 몸도 잘 간수하지 못하는 처지의 과대망상으로 치부할 수는 없다. 역대로 이 부분은 두보의 애민 정신이 잘 표출되어 있다 하여 높은 평가를 받아왔고, 백거이(白居易, 772-846)를 비롯한 후대의 시인들이 따라하기도 했다.[23]

이상에서 본 것처럼 칠언(七言)을 위주로 절구(絶句)나 고시(古詩)에서 주로 파격과 해학성이 가미된 작품이 많지만 또한 율시(律詩)에서도 궁핍하고 비극적 상황에서 해학성을 발휘한 작품들이 있다.

두보는 다른 사람의 도움을 구해야 하는 궁한 처지에서 시적 안배 속에 독특한 유머를 가미한 작품이 있는데, 두보가 건원(乾元) 2년[759]에 진주(秦州)에 있을 때 지은 「두좌가 산에 돌아간 후에 부친 3수[佐還山後寄三首]」를 보자.

---

23 백거이는 「새로 비단 옷옷을 지어 완성했기에 느낌이 있어 읊다[新制綾襖成而有詠]」에서 "어찌 하면 길이 만 장의 큰 가죽옷을 얻어, 임금님과 함께 낙양성을 다 덮을까?[爭得大裘長萬丈, 與君都蓋洛陽城.]"라고 하였다.

「其一」

山晚黃雲合,　　산만황운합

歸時恐路迷.　　귀시공로미

澗寒人欲到,　　간한인욕도

林黑鳥應棲.　　임흑조응서

野客茅茨小,　　야객모자소

田家樹木低.　　전가수목저

舊諳疏懶叔,　　구암소라숙

須汝故相攜.　　수여고상휴

산에 해 저물 무렵 누른 구름이 모이니

돌아갈 때 길을 헤맬까 걱정이 되는구나.

네가 도착하려 할 무렵 계곡물은 차가울 것이고

숲이 어둑어둑할 때 새들은 깃들려고 하겠지.

들 나그네의 띠집은 조그마할 것이고

농가의 나무는 나지막하겠지.

오래전부터 엉성하고 게으른 숙부를 잘 알테니

모름지기 자네가 나를 이끌어주는 것이 필요하겠지.

「其二」

白露黃粱熟,　　백로황량숙

分張素有期.　　분장소유기

已應春得細,　　이응용득세

頗覺寄來遲.　　파각기래지

味豈同金菊,　　미기동금국

香宜配綠葵.　　향의배록규

老人他日愛,　　노인타일애

正想滑流匙.　　정상활류시

흰 이슬에 기장이 익었으니

나누어주는 것에는 본래 기약이 있는 터.

이미 응당 절구에 잘 빻았을 텐데

자못 부쳐주는 것이 더디다는 생각이 드네.

그 맛이야 어찌 노란 국화와 같겠는가!

향은 의당 푸른 아욱과 잘 어울리겠지.

이 노인네 평소부터 좋아한 것이니

매끈매끈 기장밥이 수저에 미끄러져 내리는 것이 막 생각난다네.

「其三」

幾道泉遶圃,　　기도천요포

交橫落慢坡.　　교횡락만파

葳蕤秋葉少,　　위유추엽소

隱映野雲多.　　은영야운다

隔沼連香芰,　　격소련향기

通林帶女蘿.　　통림대여라

甚聞霜薤白,　　심문상교백

重惠意如何.　　중혜의여하

몇 길 샘물이 채마밭에 흘러들고

푸른 장막 같은 언덕에서 교차해서 떨어지겠지.

무성한 채소는 시든 잎사귀가 적고

많은 들 구름이 은은하게 물에 비치겠지.

못을 사이에 두고 향기로운 마름이 이어져 있고

온 숲에는 여라가 둘러져 있겠지.

이슬 내린 부추가 하얗다는 이야기를 많이 들었으니

그것마저 거듭 은혜를 베풀어줬으면 하는데 자네 생각은 어떠한가?

두보가 진주에 있을 때 조카 두좌(杜佐)가 두보를 찾아왔다가 인근의 동가곡(東柯谷)으로 돌아갔다. 그가 돌아간 뒤에 두보가 이 연작시를 써서 기장과 채소를 부쳐달라고 요청한 것이다. 제1수[其一]에서 제1~6구까지는 조카가 산으로 돌아갈 때의 풍경을 상상한 것이다. 저물녘이라 길을 잃을까 걱정도 하고 도착할 무렵의 산속 풍경을 마치 눈으로 직접 보는 듯이 따뜻한 정을 담아 장황하게 읊고 있다. 그 이유는 바로 뭔가 바라는 것이 있기 때문이다. 제7, 8구에서 비로소 이 시의 본지가 드러난다. 즉 자신은 생계를 잘 꾸리지 못하니 도와달라는 것이다. 이 시가 연작시가 아니고 단편시라면 제1수는 미련에서 갑자기 내용이 바뀌어 수미(首尾)가 전혀 호응이 되지 않고 율시의 장법에도 맞지 않을 것이다.

제2수[其二]에서는 기장을 부쳐달라고 이야기하고 있다. 여기에서는 처음부터 기장이 잘 익었을 때에 나누어주는 것이 상리(常理)라며 다소 노골적으로 이야기를 시작한다. 그러다가 '이미 잘 빻았을 텐데 부쳐주는 것이 자못 더디다는 생각이 든다'고 너스레를 떨면서 재촉하고 있다. 제5, 6구에서는 기장의 맛과 향은 유별나며 푸른 아욱과 같이 곁들여 먹으면 더욱 좋다며 기장을 예찬하고, 제7, 8구에서는 자신은 지금 한창 윤기가 자르르 흐르는 기장밥 먹을 생각에 침을 꼴깍꼴깍 삼키고 있다고 한다. 이러면 안 부쳐주고는 못 배길 것이다.

제3수[其三]에서는 부추마저 곁들여 부쳐달라고 한다. 이를 위해 6구까지 채마밭의 풍경을 잔뜩 아름답게 묘사하다가 끝의 제7, 8구에서 비로소 부추 이야기를 하면서 '거듭 은혜를 베풀어달라[重惠]'고 하여 속내를 드러내었다. 이는 제2수에서 8구 전체를 기장밥 이야기를 한 것과는 차이가 있다. 이에 대해 기장은 주식(主食)이기에 꼭 필요한 것이라서 길게 이야기했고, 부추는 부식(副食)이라서 짧게 이야기했다고 볼 수도 있다. 어쨌든 거듭 부탁하는 것이 염치가 없어서 먼저 딴소리를 하다가 마지막에 가서야 속내를 보이는 것이다. 두보의 겸연쩍은 심리가 표현 형식에도 담겨있는 것이다. 이를 통해 제1수의 시상 전개 양식과 동일하게 하여 연작시에서의 수미상응의 면모도 보이고 있다.

이처럼 이 시는 지금 배가 고프니 먹을 것을 좀 부쳐달라는, 궁핍하고 딱한 이야기를 너스레를 뜨면서 해학적으로 한 것이다. 아랫사람에게 이런 이야기를 너무 진지하게 하는 것도 체면을 상하게 한다. 그래서 두보는 이를 희화하여 상대를 웃게 만듦으로써 숙부로서의 체면도 세우고자 한 것이다.

두보가 성도의 초당에 있을 때 지은 「미친 사내[狂夫]」에서도 불우한 가운데 묘한 웃음이 있다.

萬里橋西一草堂,	만리교서일초당
百花潭水卽滄浪.	백화담수즉창랑
風含翠篠娟娟淨,	풍함취소연연정
雨裛紅蕖冉冉香.	우읍홍거염염향
厚祿故人書斷絶,	후록고인서단절
恒飢稚子色淒涼.	항기치자색처량
欲塡溝壑惟疏放,	욕전구학유소방
自笑狂夫老更狂.	자소광부로갱광

만리교 서쪽 초당 하나

백화담 물이 곧 창랑수로다.

바람 머금은 푸른 대는 곱게 깨끗하고

비에 젖은 붉은 연꽃은 점점 향기로워진다.

봉록 많이 받는 친구는 서신이 끊어져

늘 굶주린 어린 자식은 낯빛이 처량하다.

죽어 구덩이에 뒹굴려고 하는데 그저 멋대로 행동하며

미치광이가 늙어갈수록 더욱 미쳐감에 절로 웃는다.

수련에서는 두보의 초당과 그 옆의 완화계를 소개하고 있는데, 대장을 이루면서 모두 구중자대(句中自對)를 이루고 있다. 특히 제2구는 '백(百)'이 '백(白)'과 '창(滄)'이 '창(蒼)'과 음이 같은 차대(借對)를 이루는 구중자대라서 이채롭다. 경련에서는 바람 속에 비를 맞아 더욱 깨끗한 푸른 대와 비속에 젖은 향기가 풍겨오는 붉은 연꽃을 섬세하고도 아름답게 묘사하고 있다. 그야말로 편안하게 은거할 만한 창랑수가 따로 없는 것 같다. 그런데 후반부에서는 시상이 완전히 바뀌어 자신의 극심한 빈궁함과 광기를 이야기하고 있다. 소위 잘나갈 때 친구가 있는 것이지, 영락한 지금 부귀한 친구들은 연락이 모두 끊어졌다. 부모로서 가장 마음 아픈 것은 자식이 굶주리는 것이다. 이런 때에도 성현들은 꿋꿋이 안빈낙도(安貧樂道)하라고 했다. 맹자(孟子)는 "뜻이 있는 선비는 죽어서 시체가 도랑이나 골짜기에 있을 것을 잊지 않는다[志士不忘在溝壑]"고 했다. 하지만 자신은 겉모양만 이와 비슷할 뿐, 굳건한 뜻도 없고 여전히 엉성하고 제멋대로이다. 사람은 늙으면 철이 든다고 하건만, 늙어갈수록 더욱 미쳐만 가는 자신을 어찌할 것인가! 천성은 고쳐지지 않으니, 고치려고 애쓸 필요도 없다. 그러니 그저 그런 '자신에 대해 웃을 수밖에[自笑]' 없다. 이 웃음은 단순한 실소(失笑)나 자조(自嘲)가 아니며 자신을 받아들이는 초탈이 가미된 웃음이다. 표면상으로는 전반과 후반이 상당히 이질적이다. 하지만 종합적으로 다시 보면 전반부의 경물도 아름답게만 느껴지지 않는다. 어찌 보면 내세울 것이라곤 '하나뿐인 초가집[一草堂]'과 흔한 대나무나 연꽃 정도밖에 없는 것이다. 설사 이것이 아름답다고 해도 늙고 빈곤한 상황에서 공연히 짜증과 광기만 돋울 뿐이다. 광기의 이면에는 열정이 있다. 사람은 젊을 때는 누구나 광기와 열정이 있다. 시는 흔히 청춘의 문학이라고도 한다. 하지만 늙어서 미친 자가 진짜 미친 자이며, 늙어서 시인이 진짜 시인이다. 두보는 늙을수록 시에 미쳤다고 할 수 있다. 사람은 누구나 간신히 미치지 않고 살고 있다. 그렇다면 무엇 하나에 제대로 미치는 것도 미치지 않고 살 수 있는 방법일 것이다.

두보의 만년에 해당하는 대력(大曆) 2년[767] 기주(夔州)에서 지은 「귀가 멀다[耳聾]」에서는 비극 속의 유머가 더 돋보인다.

生年鶡冠子,	생년할관자
歎世鹿皮翁.	탄세록피**옹**
眼復幾時暗,	안부기시암
耳從前月聾.	이종전월**롱**
猿鳴秋淚缺,	원명추루결
雀噪晚愁空.	조작만수**공**
黃落驚山樹,	황락경산수
呼兒問朔風.	호아문삭**풍**

평생 할관자였고
세상을 탄식하는 녹피옹이었네.
눈은 또 언제나 어두워지려나?

귀는 저번 달부터 먹었네.

원숭이가 울어도 가을날 눈물이 흐르지 않고

참새가 조잘대도 저물녘 시름이 없네.

누런 잎이 떨어지는 산의 나무를 보고 놀라서

"얘야, 북풍이 부느냐?"고 물어본다.

    이 시는 늙고 병들어 귀가 먼 상태를 읊고 있다. 수련에서 대뜸 예전의 은자인 할관자와 녹피옹을 언급하며 자신을 이들에 비유하고 있다. 외모는 은자 같지만 이들과 다른 점은 '세상을 탄식하는' 것이다. 왜 그런가? 세상의 현실이 눈에 보이기 때문이다. 그래서 함련에서 두보는 귀가 먹은 김에 눈도 어두워지길 바라는 것처럼 이야기하고 있다. 이러한 역설은 경련에서 귀가 머니 오히려 편하고 좋다는 말에서 그 이유를 알 수 있다. 귀가 머니 가을날 슬픈 원숭이 울음소리도 들리지 않아 눈물 흘릴 일이 없어 좋고, 저물녘에 시름을 자아내던 참새소리도 들리지 않으니 참 좋다고 한다. 이러한 유머러스한 역설이 더 슬프게 느껴지기도 한다. 그러다가 미련에서 산의 누런 나뭇잎이 우수수 떨어지는 것을 보고 "얘야, 북풍이 부느냐?"고 묻는 대목에 이르면, 웃어야 될지 울어야 될지 모를 씁쓸한 페이소스(pathos)가 느껴진다. 이처럼 두보는 종종 비극적이고 슬픈 상황을 읊을 때 유머를 섞어 표현하곤 한다. 이를 통해 더욱 짙은 비애감을 느끼게 만들면서 한편으로 초탈한 느낌도 자아낸다. 이것도 또한 생의 이치에 정통한 데서 나온 유머라고 볼 수도 있겠다. 두보는 어찌할 수 없는 지경에 이르렀을 때 종종 해학적인 어조로 시를 지었는데, 이로써 마음의 평정을 유지하고자 했던 것 같다.

    필자는 두보와 그의 시에 대해 다음과 같이 말한 적이 있다.[24] 두보의 시를

---

24   졸고, 『두보배율연구』, 127쪽 참조.

문면상의 뜻만 가지고 논한다면 '침울(沈鬱)하고 슬픈' 시들이 더욱 많다. 그러나 이러한 문면상의 뜻이 전부가 아닐 것이다. 왜냐하면 인간은 즐겁지 않은 작업을 지속적으로 하지 않기 때문이다. 두시의 매력은 도통한 척하지 않는 데 있다. 사실 슬프고 괴로우면서 초연한 척, 도통한 척하는 시보다 슬플 때는 슬프다고 우는 시가 수준이 더 높다고 본다. 이 슬픔과 번민을 솔직하고도 절묘하게 시로 승화시켜 표현하는 가운데 두보가 내심 느꼈을 위안과 즐거움, 이것이 두보가 평생 '슬픈 시'를 쓰면서 환갑에 이르도록 건재한 하나의 이유가 아닐까 생각된다. 서증(徐增, 1612-?)은 말했다. "시가 뜻에 맞음에 이르면 천하의 즐거움이 이보다 더한 것이 없음을 알게 되니, 사람이 천지간에 살면서 어찌 하루라도 시를 떠날 수 있겠는가![詩至適意所在, 覺天下之樂, 無有逾于此者, 人生天地間, 那可一日離詩也.]"[25] 그래서 두보는 죽는 순간까지 시를 떠나지 못한 것이 아닐까? 두보가 죽는 순간까지 슬픈 시를 쓰면서 느꼈을 쾌감은 어쩌면 내용보다는 절묘한 표현 형식 속에 은근히 숨어 있다. 형식은 또 다른 내용이다. 사실, 두보는 내심 기뻐했는데 수천 년 동안 읽는 독자들만 슬퍼했다. 다만 남들이 제때에 알아주지 못한 것이 서운할 뿐이었다.

---

25 서증(徐增), 『설당시(說唐詩)』 卷之首, 「與同學論詩」.

3. 백거이(白居易) 시

—— 지족의 웃음과 유머

백거이(白居易, 772-846)는 중당(中唐)의 대표적인 시인으로 자는 낙천(樂天), 호는 향산거사(香山居士)이며, 하규(下邽)[지금의 섬서성(陝西省) 위남(渭南)]사람이다. 그는 집안이 가난했지만 열심히 공부하여 정원(貞元) 16년[800]에 진사에 급제하였다. 헌종(憲宗) 원화(元和) 10년[815]에 재상 무원형(武元衡)의 피살 배후를 밝히고 역적을 처벌할 것을 강력히 주장했다가 강주사마(江州司馬)[강주(江州)는 지금의 강서성(江西省) 구강시(九江市)]로 좌천되었다. 그 이후로 항주자사(杭州刺史), 소주자사(蘇州刺史) 등의 지방관직과 형부시랑(刑部侍郎), 태자소부(太子少傅) 등의 중앙 관직을 두루 역임하며 비교적 순탄한 벼슬 생활을 하였다. 백거이는 어릴 때 이웃집 친구인 상령(湘靈)을 진정으로 사랑했지만 모친의 반대로 결혼하지 못했다고 한다. 37세에 양씨(楊氏)와 결혼하였으며, 만년에 큰딸과 어린 아들이 요절한 아픔을 겪었다. 그는 백성들의 고통에 늘 마음 아파하고 섬세한 감수성으로 주변의 사물을 노래하였으며, 특히 자신의 처지에 만족할 줄 아는 지족(知足)의 삶을 구가하다가 75세의 나이로 생을 마쳤다. 백거이는 평생 시와 술을 즐겼으며 「취음선생전(醉吟先生傳)」이라는 자서전을 지었기에 그의 호를 취음선생(醉吟先生)이라고도 한다. 그는 자신의 시를 풍유시(諷諭詩), 한적시(閒適詩), 감상시(感想詩), 잡률시(雜律詩)로 분류하여 『백

씨장경집(白氏長慶集)』75권에 정성껏 모아 후대에 전하였다. 그래서 2800여 수의 시와 1000여 편의 문장이 전해진다. 원진(元稹, 779-831)과 교분이 깊고 작시 경향도 비슷하여 세칭 '원백(元白)'이라 칭해졌다. 백거이는 시왕(詩王), 시마(詩魔)로도 불리고 있으며, 이백, 두보와 함께 당대 3대 시인으로 꼽힌다.

백거이의 인생은 비교적 무난했지만 그렇게 득의한 삶은 아니었다. 인간은 어떤 상황에서건 만족하기 쉽지 않기에 그의 시에 나타난 지족(知足)의 면모가 더욱 가치가 있다. 본래 생명은 만족해서는 안 된다. 만족하면 발전이 없거나 투쟁력이 약해져 다른 동물에 잡아 먹히거나 생존경쟁에서 도태되기 쉽기 때문이다. 그래서 생존을 위해서는 불가피하게 진화해야 하는데, 진화는 불만족에서 발생한다. 인간도 마찬가지일 뿐만 아니라 오히려 다른 생물보다 더 심하다. 다른 동물들은 당장의 배고픔만 해결되면 다음 허기가 올 때까지는 느긋하게 만족하고 즐기며 더 이상 욕심을 부리지 않는다. 이와 달리 인간은 두뇌를 생존의 무기로 선택했기 때문에 육체적 요구가 해결되어도 생각이 많고 욕심이 더 발동하는 존재이다. 그래서 다른 동물보다 만족하는 시간의 비율이 훨씬 낮다. 이러한 인간의 모순을 직감하고 깨달음을 통한 해탈과 자유를 추구하는 사람들이 있다. 이런 사람들[흔히 스님, 성직자 등으로 불림]은 욕심을 버림[완전히 버리지는 못하지만, 속인들보다 적게 가짐]으로써 정신적인 자유나 만족을 조금 더 누리는 것 같기도 하다. 하지만 이런 구도자들은 대부분 자식을 낳지 않아 스스로를 멸종시킨다. 그래서 후손을 남기는 인간은 대부분 만족하지 못하는, 만족해서는 안 되는 존재이다. 그런데 문제는 만족하지 못하면 행복하지 못하다는 데 있다. 무한 경쟁의 세계에서 불만족은 생존의 필수요건이지만 기본적인 생존이 보장되는 상황에서의 불만족, 특히 인간의 과도한 불만족은 자신을 해치는 독약이 되어 도리어 경쟁력을 떨어뜨리기도 한다. 그래서 인간은 만족해도 안 되고, 만족하지 않아도 안 되는 진퇴양난의 모순에 처해 있다. 그래서 대부분의 인간은 만족과 불만 사이를 평생 왔다갔다 하며 결국 만족하지 못하는 존재로 살아간다. 그러기에 인간의 만족은 더욱 어렵고 가치가 있다.

시인은 만족과 불만 사이를 왔다갔다 하는 자신을 그대로 받아들이고 노래하며 웃을 수 있는 사람이다. 시인들은 보통 불만을 읊는 것이 습관화되어 있고, 불만이나 불우함을 읊는 것이 좋은 시가 되기 쉽다. 만족의 감정을 읊으면서 좋은 시를 쓰기는 쉽지 않은데, 여기에 성공한 대표적인 시인 중의 하나가 백거이다. 그런 시에는 삶에 대한 깊은 통찰에 기반한 은근한 유머가 가미되어 있는 경우가 많다. 백거이는 또한 시를 평이하게 쓰는데, 여기에도 자신의 철학이 담겨있다. 심각하게 쓰고 고음(苦吟)해야만 삶의 진실이 담기는 것은 아니다. 늘 진지한 것은 철학적 미성숙의 반영이기도 하다. 백거이의 시는 다양한데, 특히 그의 한적시나 만년의 잡률시에서 안분지족(安分知足)의 생활을 읊은 것이 많다. 여기에 낙천적인 그의 인생관과 은근한 지족의 유머가 잘 발현되고 있다.

백거이가 한적시로 분류한 것 중에서 「게으름을 읊다[詠慵]」를 보자.

有官慵不選,	유관용불선
有田慵不農.	유전용불**농**
屋穿慵不葺,	옥천용불즙
衣裂慵不縫.	의렬용불**봉**
有酒慵不酌,	유주용부작
無異樽常空.	무이준상**공**
有琴慵不彈,	유금용불탄
亦與無絃同.	역여무현**동**
家人告飯盡,	가인고반진
欲炊慵不舂.	욕취용불**용**

親朋寄書至,　　친붕기서지

欲讀慵開封.　　욕독용개**봉**

嘗聞嵇叔夜,　　상문혜숙야

一生在慵中.　　일생재용**중**

彈琴復鍛鐵,　　탄금부단철

比我未爲慵.　　비아미위**용**

벼슬이 있어도 게을러 취하지 않고

밭이 있어도 게을러 농사를 짓지 않으며,

지붕이 뚫어져도 게을러 이지 않고

옷이 떨어져도 게을러 깁지 않네.

술이 있어도 게을러 따르지 않으니

술동이가 항상 빈 거나 다름이 없고,

거문고가 있어도 게을러 타지 않으니

또한 무현금(無絃琴)과 같네.

집안사람들이 밥이 없다고 알려주어

밥 짓고 싶어도 게을러 절구질을 안 하고,

친구들이 부친 편지가 와서

읽고 싶어도 봉투를 여는 데 게으르네.

일찍이 혜강(嵇康)이

한평생 게으르게 살았다고 들었지만,

거문고도 타고 쇠도 단련했으니

나에 비하면 게으른 것도 아니라네.

이 시는 원화(元和) 9년[814] 백거이가 43세에 지은 시이다. 우선 시의 앞부분에는 매구에, 중후반부에서는 매연(每聯)에 '용(慵)'자를 쓰고 있는 것이 눈에 띈다. 거의 매구와 매연에 '慵'자를 참 부지런히 써서 자신의 게으름을 강조하고 있다. 매구에 '지(止)'자를 쓴 도연명의 「지주(止酒)」 시가 기실 술에 대한 찬가로도 읽히듯, 백거이의 이 시는 자신의 부지런함을 드러내는 일종의 유머이자 해학이다. 정말 게으르다면 이렇게 부지런히 시를 쓰지도 않았을 것이고, 그 시를 정성껏 분류해서 남기지도 않았을 것이다. 이처럼 가볍게 쓴 것 같은 시풍(詩風)으로 인해 백거이는 폄하를 받기도 한다. 유머를 유머로 받아들일 일이지 너무 진지하게 비판할 것은 아닌 것 같다.

게으름을 부지런히 읊는 것은 일종의 자기모순인데, 백거이는 「노자를 읽고[讀老子]」에서 다음과 같이 말하였다.

言者不知知者黙,　　　언자부지지자묵
此語吾聞於老君.　　　차어오문어로군
若道老君是知者,　　　약도노군시지자
緣何自著五千文.　　　연하자저오천문

말하는 자는 알지 못하고 아는 자는 침묵한다는
이 말을 나는 노자에게서 들었다.
만약에 노자가 진정으로 아는 자라면
무엇 때문에 스스로 오천 자의 글을 지었나?

"아는 사람은 말하지 않고, 말하는 사람은 알지 못한다(知者不言, 言者不知.)"는 노자(老子)의 말이 『도덕경(道德經)』 제56장에 나온다. 그러한 자신의 말과 모순되게 오천 자의 『도덕경』을 남긴 노자의 모순을 지적하고 있다. 이런 논리라면 백거이 자신도 많은 시문(詩文)을 남겼으니 마찬가지로 도를 알지 못하는 사람인 것이다.

다음으로 「스스로 기뻐하다[自喜]」를 보자.

身慵難勉强,　　신용난면강
性拙易遲廻.　　성졸이지회
布被辰時起,　　포피진시기
柴門午後開.　　시문오후개
忙驅能者去,　　망구능자거
閑逐鈍人來.　　한축둔인래
自喜誰能會,　　자희수능회
無才勝有才.　　무재승유재

몸이 게으르니 힘써 노력하긴 어렵고
성품이 졸하니 굼뜨며 머뭇거리긴 쉽다.
무명 이불에서 진시에 일어나고
사립문은 오후에나 연다네.
바쁨은 능력 있는 자를 몰아서 가고
한가함은 우둔한 이를 좇아서 오네.
스스로 기뻐할 뿐 누가 알아주리오?
재주 없는 것이 재주 있는 것보다 낫다네.

이 시는 대화(大和) 7년[833] 62세에 낙양에서 지은 것이다. 당시에 백거이
는 병으로 하남윤(河南尹)을 사직하고, 다시 태자빈객(太子賓客)으로 동도분사
(東都分司)라는 한직을 맡고 있었다. 사람의 욕심이란 끝이 없어 부와 권력에
만족하기도 어렵지만, 자신의 습관이나 재능에 만족하기는 더 어렵다. 전반

4구에서는 게으르고 굼뜬 자신의 생활 습관을 읊고 있다. '무명 이불[布被]'과 '사립문[柴門]'은 가난한 집안의 모습이다. 가난하면 집안을 일으키기 위해 일찍 일어나 일을 하고 사교(社交)에도 적극적이어야 할 것인데, 백거이는 도리어 반대의 모습을 보이고 있다. '진시(辰時)'는 지금으로는 아침 7~9시 무렵인데 예전의 생활 패턴으로 보면 매우 늦게 일어난 것이다. 늦게 일어나고도 계속 꾸물거리다가 오후에서야 겨우 문을 열고 손님을 접대하거나 조금 활동하는 것이다. 후반부에서는 이러한 자신을 합리화하고 있다. "바쁨은 능력 있는 자를 몰아서 가고, 한가함은 우둔한 이를 좇아서 온다.[忙驅能者去, 閑逐鈍人來.]"는 말이 의미심장하다. 능력 있는 자는 사람들이 계속 그를 찾고 일을 맡기기에 늘 바쁘게 내몰리지만, 자신은 우둔하기 때문에 일 시키는 사람도 없어 늘 한가하여 좋다는 것이다. '망(忙)'과 '한(閑)'을 주어로 하여, 이것들이 자기에게 어울리는 사람을 찾아간다는 표현이 재미있다. 그러니 스스로들 돌아볼 때 충분히 기뻐할 일인데, 다른 사람들은 이를 잘 이해하지 못한다. 마지막 구에서 일반인의 상식을 깨는 결론을 내리고 있다. "재주 없는 것이 재주 있는 것보다 낫다[無才勝有才]"고 한다. 그런데 이런 말을 들으면 우리 같은 보통 사람은 은근히 기분 나쁠 수도 있다. 실제로 백거이는 대단한 능력을 가진 사람이고 생계 걱정이 없기 때문에 그런 것 아니냐고 생각하면 조금 얄밉기도 하다. 하지만 능력 있는 사람이 이런 한가한 생활을 하면 도리어 울분에 차기 쉽고 스스로 만족하기는 더욱 어려운 법이다. 또한 사람들은 항상 근면 성실해야 한다는, 마치 당연한 이치인 양 주입된 관념에 억눌려 살며 여기에 못 미치는 자신을 늘 자책한다. 이처럼 나태한 자신과 늘 기대치에 미치지 못하는 자신의 능력을 그대로 받아들여 게으르고 한가하게 살면서 '스스로 기뻐할[自喜]' 수 있다면, 이는 인생을 사는 진정한 능력이 아닐까? 이 시는 이처럼 은근한 지족(知足)의 웃음이 가미된 작품이며, 대교약졸(大巧若拙)이라는 말도 생각나게 한다. 임어당(林語堂)은 "철학의 가치는 사람으로 하여금 자기 스스로에 대해 웃게 만드는 데에 있다"고 했다. 게으르고 우둔한 자신을 그대로 받아들이고 '스스로 기뻐할' 수 있는 능력이야말로 인생을 살아가는 데 있어 가장 필요한 재주가 아닐까?

백거이가 30대 중반에 지은 「송재에 스스로 쓰다[松齋自題]」에 다음과 같은 구절이 있다.

(중략)

才小分易足,　　재소분이족
心寬體長舒.　　심관체관서
充腸皆美食,　　충장개미식
容膝卽安居.　　용슬즉안거
(중략)

재주가 작으니 분수에 쉽게 만족하고
마음이 너그러우니 몸이 늘 편안하다.
배만 채우면 다 좋은 음식이고
무릎만 수용하면 곧 편안한 집이다.

여기서 "재주가 작으니 분수에 쉽게 만족한다[才小分易足]"는 말이 특히 의미심장하다. 이는 역으로 "재주가 크면 분수에 만족하기 어렵다[才大分難足]"는 통찰을 담고 있다. '회재불우(懷才不遇)'함을 탄식하는 것은 시인들에게 있어 상투적인 것이다. 재주를 가지고 있는데 불우하다기보다, 스스로 '재주를 가지고 있다[懷才]'고 생각하니 '불우(不遇)'하게 느껴지는 것은 아닐까? 어쨌든 재주가 큰 사람은 그만큼 기대치도 높기 때문에 만족하기 더 어려운 법이다. 자신의 재주를 작게 보고 재주에 만족할 수 있는 것은 재물에 만족하기보다 더 어렵다. 더구나 한창 젊은 나이라면 더욱 그렇다. 백거이는 이처럼 일찍이 재주에 만족할 수 있었기에 마음이 너그러워지고, 산해진미(山海珍味)나 고대광실(高大廣室) 같은 물질적 욕구도 자연히 사라졌다. 그래서 「졸박함을 기르다[養拙]」에서 "재주 없는 자가 도의 근원을 탐색할 수 있음을 비로소 알겠다.[始知不才者, 可以探道根.]"라고 하였다.

「한가롭게 노니는 데 힘쓰다[勉閑遊]」에서도 비슷한 풍모가 느껴진다.

天時人事常多故,　　천시인사상다고
一歲春能幾處遊.　　일세춘능기처유
不是塵埃便風雨,　　불시진애변풍우
若非疾病卽悲憂.　　약비질병즉비우
貧窮心苦多無興,　　빈궁심고다무흥
富貴身忙不自由.　　부귀신망부자유
唯有分司官恰好,　　유유분사관흡호
閑遊雖老未能休.　　한유수로미능휴

천시나 인간사는 항상 변고가 많으니
일 년 봄에 몇 번이나 놀 수 있으랴!
먼지가 날리지 않으면 곧 비바람이 불고
질병에 걸리지 않으면 곧 슬픔과 걱정에 시달리네.
빈궁하면 마음이 괴로워 흥이 나지 않으며
부귀하면 몸이 바빠 자유롭지 못하네.
오직 분사 벼슬이 나에게 꼭 알맞으니
비록 늙었으나 한가로이 노닐기를 그칠 수 없네.

위 시는 대화(大和) 4년[830]에 59세에 낙양에서 동도분사(東都分司)라는 한 직에 있을 때 지은 시이다. 우선 제목 자체가 다소 모순적이다. 한가하게 노니는 것과 힘써 노력하는 것은 일견 잘 어울리지 않는 말 같다. 하지만 너무나 바쁜 일상에 쫓겨 살다 보면 오히려 한가하게 노니는 것이 어색하게 느껴질 때가 있다. 일 년 중에 정말 제대로 놀 수 있는 것이 몇 번이나 되는 가? 이는 날씨가 좋은 날이 많지 않고 인간사에도 여러 가지 변고가 많기 때문이다. 봄은 날씨도 따뜻하여 그나마 놀기 좋은 계절이다. 하지만 봄에는 황사와 같은 먼지가 많거나 비바람도 자주 불어 진정 놀기 좋은 날씨는 많지 않다. 제3구가 바로 그 이야기다. 오래간만에 날씨가 좋아 한번 놀아보려고 했더니, 봄은 환절기라 감기에 걸려 몸이 좋지 않은 경우가 종종 있다. 그러 다가 정말 모처럼 만에 날씨도 좋고 몸도 건강하여 한번 제대로 놀아보려고 했더니 마음에 근심이나 걱정거리가 있다. 이것이 제4구의 이야기이다. 이러 니 일 년 중에 봄가을이라고 해도 제대로 놀 수 있는 경우가 드물다. 일생을 놓고 봐도 상황은 비슷하다. 사람에게 있어 한창 놀기 좋고 재미있는 때가 청춘 시절일 것이다. 그런데 젊을 때는 놀고 싶어도 돈이 없다는 것이 문제 다. 흔히 '안빈낙도(安貧樂道)'라고 하지만 이는 거짓말이다. 가난하면 편안하 기는커녕 마음이 괴롭고 흥이 나지 않는 게 사실이다. 제5구가 바로 이 이야 기인데, 자본주의 사회인 현대에 더욱 맞는 말이다. 그래서 젊은이들은 미래 의 성공을 위해 이를 악물고 젊음을 바쳐 공부에 매진한다. 다행히 출세하여 높은 자리에 올랐다고 하자. 젊은 시절에 놀지 못한 것에 대한 보상심리로 이제 좀 제대로 놀아보려고 한다. 그런데 막상 부귀해지니 몸이 바빠 자유롭 지 못한 것이다. 즉, 이제는 시간이 없어 놀지 못하는 것이다. 일에 파묻혀 보내는 중년의 모습이기도 하다. 이러다 보니 제대로 놀지도 못하고 청장년 시기가 후다닥 지나가고 노년의 늙은 자신을 마주하게 된다. 그래서 백거이 가 선호한 것이 바쁘고 부담이 있는 중앙요직이 아니라 동도분사와 같은 한직이다. 이 한직에서 평생 제대로 '한가하게[閑]' 놀지 못한 것을 '열심히 [勉]' 채울 수 있으니 자기에게 딱 알맞은 것이다. 이는 백거이의 삶의 철학이 담긴 은근한 유머이기도 하다. 이 '한가하게 노니는 것[閑遊]'은 현실도피나 단순한 유희가 아니라 자신을 되돌아보고 삶의 본질을 생각하게 하는 노닒인 것이다.

백거이는 평생 시와 술을 즐겼다. 「취음선생전(醉吟先生傳)」이라는 자서전에서 처자와 형제들이 그가 술을 너무 과하게 즐기는 것이 아니냐고 비난하자 다음과 같이 말했다.

> 무릇 인간의 본성이란 적당함을 얻기 힘들고 반드시 몹시 좋아하는 것이 있으니, 나도 중용을 지키는 자가 아니다. 만약 불행히도 내가 금전을 좋아하여 이익과 재산을 늘려 많이 보관하고 집을 윤택하게 하려다가 화를 초래하여 몸을 위태롭게 했더라면 어떻게 할 것인가? 만약 불행히도 내가 도박을 좋아하여 수만금의 돈을 한 번에 걸어 재산을 다 파산시켜 처자식을 길거리에서 얼어죽게 했다면 어떻게 할 것인가? 만약 불행히도 내가 단약을 좋아하여 입고 먹는 비용도 덜어서 연단을 만들거나 수은을 태우다가 아무것도 이루지 못하고 몸을 망쳤더라면 어떻게 할 것인가? 지금 나는 다행히도 그것들을 좋아하지 않고 술과 시로 유유자적하고 있다. 방종이라면 방종이지만 도리어 무슨 손해가 있는가? 오히려 저 세 가지를 좋아하는 것보다 훨씬 낫지 않은가? 그래서 유영(劉伶)은 아내가 술을 끊으라고 했지만 듣지 않았고, 왕적(王積)은 취향(醉鄉)에서 노닐며 돌아오지 않았던 것이다.[凡人之性鮮得中, 必有所偏好, 吾非中者也. 設不幸吾好利而貨殖焉, 以至于多藏潤屋, 買禍危身, 奈吾何. 設不幸吾好博奕, 一擲數萬, 傾財破産, 以致于妻子凍餒, 奈吾何. 設不幸吾好藥, 損衣削食, 鍊鉛燒汞, 以至于無所成有所誤, 奈吾何. 今吾幸不好彼而自適于杯觴諷詠之間, 放則放矣, 庸何

傷乎. 不猶愈於好彼三者乎. 此劉伯倫所以聞婦言而不聽, 王無功所以遊醉鄉而不還也.]

이 말에서도 백거이의 만족할 줄 아는 인생관과 함께, 애주가(愛酒家)들의 마음을 편안하게 해주고 그들의 입장을 대변하는 은근한 유머가 담겨있다.

백거이는 여러 가지 상황에서 술을 즐기고 상대방에게 권하기도 하였다. 상대방을 술자리에 초청할 때 가장 효율적인 방법 중의 하나가 유머를 섞어서 부르는 것이다. 그렇게 하면 상호 간에 부담도 줄어들고 술자리도 훨씬 즐겁게 된다. 먼저 「유씨에게 묻다[問劉十九]」를 보자.

綠螘新醅酒,　　녹의신배주
紅泥小火爐.　　홍니소화로
晚來天欲雪,　　만래천욕설
能飮一杯無.　　능음일배무

푸른 개미 같은 새로 담근 술
붉은 진흙으로 만든 작은 화로.
저물녘 하늘이 눈을 내려주려 하니
한 잔 마실 수 있겠니, 없겠니?

이 시는 원화 13년[817] 46세에 강주사마(江州司馬)로 좌천되어 있던 어느 겨울에 지은 것이다. 유십구는 백거이가 강주에서 사귄 친구이다. 녹의(綠螘)는 술독에서 술이 익어갈 무렵 부글거리며 표면에 생기는 녹색 기포인데, 마치 개미가 기어 다니는 것 같다고 해서 붙여진 이름이다. 먼저 새로 담은 술이 '푸른 거품'을 내며 보글보글 익어가는 장면을 제시하여 군침을 돌게 한다. 거기다가 추운 날 '붉은 숯불'[26]을 연상시키는 따뜻한 화로도 있다며 술 마시기 딱 좋은 상황임을 말한다. '푸른 개미[綠蟻]'와 '붉은 진흙[紅泥]'의 색채 대비가 더욱 유혹적이다. 여기까지가 백거이 자신이 술을 마시기 위해 준비한 정성이라면 후반부에서는 하늘의 뜻까지 더해진다. 술과 화로가 있는 데다가 '날이 저물어[晚來]' 술 생각이 나는 때인데, 게다가 하늘에서 '눈까지 내려주려고 한다[欲雪]'. 이런 상황에서 안 마시면 하늘의 뜻을 어기는 것이다. 그래서 "한 잔 마시지 않겠냐?[能飮一杯無]"라며 유우석에게 물어보고 있다. 눈 내리는 것과 음주의 필연적인 관련성은 없지만 애주가들이 자주 쓰는 핑계이자 유머인 것이다. 이런 멋진 음주 초청장을 받은 친구는 한바탕 웃고서 당장 술 마시러 달려갔을 것이다. 유폐운(兪陛雲, 1868-1950)은 "끝구의 '무(無)'자로 묘하게 묻는 말을 만들어 천 년 동안 그 말소리가 들리는 것 같다.[末句之無字, 妙作問語, 千載下如聞聲口也.]"[27]며 평하고 있다.

「봄바람을 탄식하며 이시랑에게 드리는 두 절구[歎春風兼贈李二十侍郞二絶]」는 또 다른 방식으로 친구에게 술 마시자고 부르고 있다.

「其一」

樹根雪盡催花發, 수근설진최화발

池岸冰消放草生. 지안빙소방초생

唯有鬢霜依舊白, 유유수상의구백

春風於我獨無情. 춘풍어아독무정

---

26 '홍니(紅泥)'를 화로를 만든 재료로 보는 경우가 일반적이다. 하지만 대구를 이루는 1구에서 '녹의'가 비유이기에 이것도 '붉은 숯불'을 비유하는 것으로 보는 것도 대구에 적합하고 시적인 맛이 있다.

27 유폐운(兪陛雲), 『시경천설속편(詩境淺說續篇)』, 35쪽.

나무 밑에 눈을 없애 꽃을 재촉하여 피우고
연못 가의 얼음도 녹여 풀을 마음껏 자라게 하는데,
오직 서리 같은 수염만은 여전히 하얗게 있으니
봄바람이 나에게만 유독 무정하구나.

「其二」
道場齋戒今初畢,　　도장재계금초필
酒伴歡娛久不同.　　주반환오구부**동**
不把一杯來勸我,　　불파일배래권아
無情亦得似春風.　　무정역득사춘**풍**

도량에서 재계하는 것도 지금 막 끝났고
술친구와 오래도록 함께 즐기지 못했는데,
술 한 잔 쥐고 와서 나에게 권하지 않으니
무정하기가 또한 봄바람과 같구나.

　이 시는 개성(開成) 원년[836] 65세에 낙양에서 지은 것이다. '이이십시랑(李
二十侍郎)'은 이신(李紳, 772-846)으로 호부시랑(戶部侍郎)을 역임했다. 제1수에서
는 우선 봄바람이 나무 밑의 '눈[雪]'과 연못 가의 '얼음[氷]'을 녹여 꽃을
피우기를 '재촉하고' 풀도 '마음껏' 자라게 했음을 이야기하고 있다. '최(催)'
와 '방(放)'자를 통해 봄이 상당히 적극적이었음을 알 수 있다. 봄바람은 본래
공평무사하고 차별이 없어야 한다. 그런데 이 봄바람이 내 '수염 서리[鬚霜]'
는 녹이지 않아 여전히 하얗게 내버려 두고 있다. 백거이는 봄바람이 유독
자기에게만 무정하다고 투덜거리고 있는 듯하다. 이러한 유머는 제2수를
위한 포석이다. 백거이는 사찰에서 술과 육식을 금하고 심신을 재계하는

생활을 종종 하곤 했다. 그러한 재계 생활이 끝나자마자 오랫동안 마시지 못했던 술 생각이 났다. 이때 술 한 잔 하자고 친구가 먼저 청해주면 얼마나 좋을까? 그런데 그렇지 않았던지 이시랑에게 한 말이 재미있다. "그대가 술 한 잔 쥐고 와서 나에게 권하지 않으니, 무정하기가 또한 봄바람과 같은 경지를 얻었구려!" 이시랑이 이 시를 받고 크게 웃으며 당장 술을 쥐고 백거이를 찾아갔을 모습이 눈에 선하다. 이 시는 생활의 사소한 일이나 편지를 시로 쓴 것인데, 여기에 유머를 가미함으로써 흥취를 더하고 있다.

이어 「황보감에게 장난삼아 답하다[戱答皇甫監]」를 보자.

寒宵勸酒君須飮,　　한소권주군수음

君是孤眠七十身.　　군시고면칠십신

莫道非人身不暖,　　막도비인신불난

十分一盞暖於人.　　십분일잔난어인

추운 밤에 술을 권하니 그대는 꼭 마시게

그대는 홀로 잠자는 70대의 몸이잖소.

사람이 아니면 몸을 따뜻하게 하지 못한다고 말하지 말게

1/10 잔만 마셔도 사람보다 따뜻합니다.

이 시는 백거이가 61세에 낙양에 있을 때 지은 것이다. 그의 자주(自注)에 "당시 황보감은 막 배우자를 잃었다.[時皇甫監初喪偶.]"고 한다.[28] 황보감은 황보용(皇甫鏞)으로 당시 비서감분사(秘書監分司)를 맡고 있었는데, 부인이 먼저

28　백거이가 이처럼 자주(自注)를 친절하게 단 것은 후대인의 이해의 편의를 위한 것이다. 겉으로는 평이하고 쉽게 쓴 것 같지만, 사실 그가 매우 애써 지은 득의한 작품들이기에 후대에 남기고자 한 것이다.

죽어 70대의 나이에 혼자 지내고 있었다. 이런 황보감에게 술을 권하며 위로하고자 쓴 시이다. 이때 백거이에게 『예기(禮記)·내칙(內則)』의 "오십에 쇠해지기 시작하고, 육십에는 고기가 아니면 배부르지 않고, 칠십에는 비단옷이 아니면 따뜻하지 않고, 팔십에는 사람이 아니면 따뜻하지 않고, 구십에는 비록 사람을 얻어도 따뜻하지 않다.[五十始衰, 六十非肉不飽, 七十非帛不暖, 八十非人不暖, 九十雖得人不暖矣.]"라는 구절이 떠올랐다. 나이 칠십은 팔십이나 마찬가지다. '사람이 아니면 몸을 따뜻하게 할 수 없다[非人身不暖]'고 하는데, 그런 말을 하지 말라고 한다. 대신 술은 1/10 잔만 마셔도 몸을 더욱 따뜻하게 할 수 있으니, 내가 권하는 술을 사양하지 말라는 것이다. 아마 황보감이 술을 사양하는 시를 먼저 써 주었고, 백거이는 이 시로 화답한 것이다. 이를 '희작(戲作)'으로 지어 자기보다 나이가 많은 사람에게 술을 권하면서 분위기를 부드럽게 하고 있다. 이처럼 백거이는 자신이 좋아하는 술을 권할 때 상황에 따라 다양한 유머를 구사하여 취흥을 돋우고 있다.

「술을 대하고 지은 5수, 2[對酒五首, 其二]」에서는 한층 적극적인 웃음에의 지향이 보인다.

蝸牛角上爭何事,	와우각상쟁하사
石火光中寄此身.	석화광중기차신
隨富隨貧且歡樂,	수부수빈차환락
不開口笑是癡人.	불개구소시치인

달팽이 뿔 위에서 무엇을 다투는가?
부싯돌 불빛 반짝하는 찰나에 이 몸을 기탁하고서.
부유하건 가난하건 그저 즐겁게 살아야지
입을 벌려 웃지 않으면 어리석은 사람이리.

이 시는 술에 대한 직접적인 언급은 없지만 술을 마신 뒤의 호방한 감회가 잘 표출되어 있다. 제1구는 『장자(莊子)』에 나오는 이야기로, 달팽이 뿔에 사는 두 부족이 서로 싸운 우화를 인용하여 인간사를 풍자한 것이다. 달팽이 왼쪽 뿔에 사는 촉씨(觸氏)와 오른쪽 뿔에 사는 만씨(蠻氏) 두 부족이 서로 싸웠는데, 이들이 서로 영토를 놓고 싸워서 몇 만의 시체가 즐비했고 패군을 쫓아갔다가 15일이 지난 뒤에야 돌아왔다는 이야기가 있다. 끝없는 우주 [cosmos]에서 보면 인간 세상은 달팽이 뿔 위처럼 작고, 인생도 찰나의 불빛에 지나지 않는다. 이러한 세상에서 빈부(貧富)에 일희일비할 필요가 있을까? 이 말이 현실의 모순에 대한 비판을 배제하고 무조건 순응하라는 것은 아니다. 어쨌든 가난해서 웃지 못하는 사람은 부유해져도 역시 잘 웃지 못한다. 여기서 말한 빈부는 재산에만 그치는 것이 아니라 능력, 지식 등 여러 방면에서 생각해 볼 수도 있겠다. 행복해서 웃는 것이 아니라 웃으면 행복해진다는 말도 있듯이, 어쩌면 삶에 있어 깨달음의 최고 표현이 웃음임을 시인은 직감하고 있다.

늙은 자신의 모습을 보고 기뻐하며 웃는 시도 있다. 「거울을 보며 늙은 것을 기뻐하다[覽鏡喜老]」를 보자.

今朝覽明鏡,	금조남명경
鬚鬢盡成絲.	수빈진성**사**
行年六十四,	행년육십사
安得不衰羸.	안득불쇠**리**
親屬惜我老,	친속석아로
相顧興歎咨.	상고흥탄**자**
而我獨微笑,	이아독미소

此意何人知.	차의하인지
笑罷仍命酒,	소파잉명주
掩鏡捋白髭.	엄경날백자
爾輩且安坐,	이배차안좌
從容聽我詞.	종용청아사
生若不足戀,	생약부족련
老亦何足悲.	노역하족비
生若苟可戀,	생약구가련
老卽生多時.	노즉생다시
不老卽須夭,	불로즉수요
不夭卽須衰.	불요즉수쇠
晚衰勝早夭,	만쇠승조요
此理決不疑.	차리결불의
古人亦有言,	고인역유언
浮生七十稀.[29]	부생칠십희
我今欠六歲,	아금흠육세
多幸或庶幾.	다행혹서기
儻得及此限,	당득급차한
何羨榮啓期.[30]	하선영계기

---

[29] 두보(杜甫),「曲江二首(곡강이수)」: 술빚이야 늘 가는 곳마다 있는 것은, 인생살이 칠십이 예로부터 드물었기 때문이다.(酒債尋常行處有, 人生七十古來稀.)

[30] 영계기(榮啓期)는 춘추시대에 공자(孔子)와 동시대에 산 현인이다.『열자(列子)』천서편(天瑞篇)과『공자가어(孔子家語)』육본편(六本篇)에 다음과 같은 이야기가 전한다. 공자가 태산에 놀러 갔을 때에 영계기를 만났는데 그는 사슴가죽 옷에 새끼띠를 둘렀고 거문고를 뜯으며 노래를 불렀다. 공자가 묻기를 "선생이 즐기는 바는 무엇이오?" 하니, 그가 대답하기를 "내가 즐기는 것이 심히 많으나 하늘이 만물을 낳음에 오직 사람이 귀한 것인데 내 사람으

當喜不當歎,　　당희부당탄

更傾酒一巵.　　갱경주일치

오늘 아침에 밝은 거울을 보니

수염과 살쩍이 다 하얗게 되었네.

살아온 나이가 64살인데

어찌 노쇠하지 않을 수 있겠소?

친척들은 내가 늙었다고 안타까워하며

서로 돌아보며 탄식하지만,

나는 홀로 미소를 지으니

이 뜻을 누가 아리오?

웃기를 그치고 술 차리기를 명하며

거울을 덮고서 흰 수염을 쓰다듬었다.

너희들은 잠시 편안히 앉아

조용히 내 말을 경청하라.

생이 만약 연연할 게 못 된다면

늙는다고 또한 어찌 슬프겠는가?

생이 만약 진실로 연연할 만하다면

늙으면 곧 산 시간이 많은 것이다.

늙지 않으려면 반드시 요절해야 하고

요절하지 않으려면 반드시 노쇠해야 한다.

노쇠가 요절보다 나으니

로 태어났으니 첫째 즐거움이요, 남자는 높고 여자는 낮은 것인데 나는 남자인 것이 둘째 즐거움이요, 사람이 태어나 해와 달을 보지 못하거나 기저귀를 면하지 못하고 죽기도 하는 데 나는 나이가 이미 90이 넘었으니 셋째 즐거움이다."라고 하였다.

이 이치를 결코 의심하지 마라.

옛사람이 또한 말하기를

뜬구름 같은 인생에서 70살은 드물다 했는데,

나는 지금 이에 6살만 부족하니

다행히 거의 고희를 바랄 수 있다.

만약에 그 한계에 이른다면

어찌 영계기를 부러워하겠는가?

마땅히 기뻐해야지 탄식해서는 안 되니

다시 술이나 한 잔 따르게나!

이 시는 대화(大和) 9년[835] 64세에 낙양에서 지은 것이다. 늙는 것은 슬픈 일이다. 어느 날 아침 백거이는 거울 속에서 수염과 살쩍이 하얗게 된 자신의 모습을 보았다. 나이가 64살인데 어찌 '쇠약해지지[衰羸]' 않을 수 있겠냐며 백거이도 잠시 탄식한다. 그러다가 자기보다 젊은 친척들이 자신을 불쌍히 여기며 탄식하자 도리어 홀로 미소를 짓는다. 이는 역설적인 억지웃음이 아니라 백거이의 삶에 대한 깨달음과 지족(知足)의 정신에서 나온 것이며, 나아가 늙음을 슬퍼하는 일반적 인식에 대한 반론이자 유머이다. 일반적으로 늙는 것은 슬픈 일로 여겨지고, 시에서도 늙음을 탄식하는 경우가 흔하다. 그런데 백거이는 늙은 자신을 보고 기뻐하면서 자신을 불쌍하게 여기는 사람들을 향해 늙는 것이 전혀 슬픈 일이 아님을 매우 설득력 있게 말하고 있다.

늙는 것이 정말 기쁜 일인가에 대해 논리적으로 따지자면 얼마든지 반론을 제기할 수 있을 것이다. 계속 젊은 상태로 있고 싶고 100살을 살아도 더 살고 싶은 것이 인간의 심리이다. 위의 시를 읽으면 그런 논리를 따지기 전에 "생이 만약 연연할 게 못 된다면 늙는다고 또한 어찌 슬프겠는가? 생이 만약 진실로 연연할 만하다면 늙으면 곧 산 시간이 많은 것이다. 늙지 않으려 면 반드시 요절해야 하고 요절하지 않으려면 반드시 노쇠해야 한다. 노쇠가 요절보다 나으니 이 이치를 결코 의심하지 마라.[生若不足戀, 老亦何足悲. 生若苟可 戀, 老卽生多時. 不老卽須夭, 不夭卽須衰. 晩衰勝早夭, 此理決不疑.]"는 백거이의 말에 절 로 무릎을 치며 수긍하게 된다. 흔히 생로병사(生老病死)를 인생 사고(四苦)라 고도 한다. 위의 말은 이에 대한 풍자로도 읽힌다. 하지만 늙는 것이 기쁘다 고 또 다른 논리로 자위할 수는 있어도 슬픈 감정을 근본적으로 없앨 수는 없다. 위의 시는 너무 논리적이어서 시의 맛이 다소 떨어지는 면이 있으나 늙음에 대한 상투적 인식을 깨주는 것이 매력이다. 어쨌든 늙어서 좋다고 하는 것은 백거이의 지족의 철학이 담긴 유머로 볼 수 있겠다.

백거이는 원진(元稹)과 많은 시를 주고받았다. 그에게 써 준 시에도 유머가 가미된 경우가 종종 있다. 「남은 생각이 아직 다하지 않아 6운시를 추가로 지어 다시 원미지에게 부치다[餘思未盡加爲六韻重寄微之]」를 보자.

海內聲華倂在身,	해내성화병재신
篋中文字絶無倫.	협중문자절무륜
遙知獨對封章草,	요지독대봉장초
忽憶同爲獻納臣.	홀억동위헌납신
走筆往來盈卷軸,	주필왕래영권축
除官遞互掌絲綸.	제관체호장사륜
制從長慶辭高古,	제종장경사고고
詩到元和體變新.	시도원화체변신
各有文姬才稚齒,	각유문희재치치
俱無通子繼餘塵.	구무통자계여진
琴書何必求王粲,	금서하필구왕찬

與女猶勝與外人.　　여여유승여외인

천하의 명성과 영화가 모두 그대 몸에 있고
상자 속의 시문은 절대 짝할 이가 없네.
홀로 밀봉한 상주문을 대하고 있을 것을 멀리서 알겠으니
홀연히 함께 헌납하는 신하가 되었던 때를 생각하네.
붓을 휘갈겨 왕래한 시의 권축이 가득하고
관직에 제수되어 서로 번갈아 조칙 작성을 맡았었지.
조칙은 장경 연간부터 언사가 고상해졌고
시는 원화 연간에 이르러 체제가 새롭게 변했네.
각기 겨우 어린 나이의 문희 같은 딸만 있지
모두 뒤를 이을 통자 같은 못난 아들도 없네.
금과 책을 주려고 채옹처럼 어찌 꼭 왕찬을 찾으리?
딸에게 주는 것이 남에게 주는 것보다 더 낫다네.

이 시는 장경(長慶) 3년[823] 52세에 항주자사로 있을 때 지은 것이다. 원진
은 자(字)가 미지(微之)이며 백거이보다 7살 아래였으나 절친으로 많은 시를
서로 주고받았다. 이 시의 자주(自注)[31]에 그들이 서로 주고받은 백운배율(百韻
排律)을 비롯한 시들이 당시 유행하여 원화격(元和格), 즉 원화체(元和體)라고
불리기도 했음을 밝히고 있다. 아무리 많은 이야기와 시를 주고받아도 여전
히 미진한 아쉬움이 있는 것은 정말 절친한 사이기에 그러한 것이다. 백거이
와 원진은 관직 생활과 작시 풍격뿐만 아니라 자녀 상황도 비슷했다. 둘

31　자주(自注): 뭇 사람들이 원진과 백거이가 천 자의 율시를 지은 것을 칭찬하였으며 혹자는
　　원화격이라 불렀다.[衆稱元白爲千字律詩, 或號元和格.]

다 늙은 나이에도 아들이 없었으니 채옹(蔡邕, 133-192)이 자식으로 딸 채염(蔡琰)[자(字)가 문희(文姬)]만 있었던 것과 비슷하다. 하지만 백거이와 원진은 도연명보다는 못하다. 도연명은 비록 공부는 못하지만 5명의 아들이 있었는데 그들은 우둔한 통자(通子)[도연명의 막내 아들] 같은 아들 하나 없었던 것이다. 이런 한을 끝부분에서 다소 해학적으로 이야기하며 서로 위로하고 있다. 이처럼 백거이가 당시 문풍(文風)의 변화와 개인적인 한을 읊은 칠언배율을 지어 부치자, 원진도 백거이 시의 운자에 차운(次韻)한 칠언배율로 화답시를 지어 부쳤다.[32] 당시에 드문 칠언배율로 차운하며 경쟁하듯 시를 주고받은 것도 흥미롭다.

　백거이에게 희롱의 가장 주요한 대상은 자기 자신이었다. 「스스로를 희롱한 세 절구[自戱三絶句]」를 보자.

　　　　「心問身」　　　　심문신
　　　　心問身云何泰然,　심문신운하태**연**
　　　　嚴冬暖被日高眠.　엄동난피일고**면**
　　　　放君快活知恩否,　방군쾌활지은부
　　　　不早朝來十一年.　부조조래십일**년**

　「마음이 몸에게 묻다」
　마음이 몸에게 물었다. "얼마나 편안하십니까?
　엄동에 따뜻한 이불 밑에서 해가 높이 뜨도록 주무시니.
　그대를 놔두어 쾌적하게 살게 한 은혜를 아시겠습니까?

32　원진의 「수낙천여사부진가위육운지작(酬樂天餘思不盡加爲六韻之作)」이 그것이다. 여기서도 원화체에 대해 언급도 하고 끝부분에서는 자식 문제에 대해 위로하고 있다.

이른 아침 조회에 참석하지 않은 것이 11년째입니다."

「身報心」　　　신보심

心是身王身是宮,　　심시신왕신시**궁**

君今居在我宮中.　　군금거재아궁**중**

是君家舍君須愛,　　시군가사군수애

何事論恩自說功.　　하사론은자설**공**

「몸이 마음에게 답하다」

"마음은 몸의 왕이고 몸은 궁실인데

그대는 지금 내 궁실 안에 살고 계십니다.

이 그대의 집은 그대가 모름지기 아껴야지

무슨 일로 은혜를 논하며 스스로 공을 말하십니까?"

「心重答身」　　　심중답신

因我疏慵休罷早,　　인아소용휴파조

遣君安樂歲時多.　　견군안락세시**다**

世間老苦人何限,　　세간로고인하한

不放君閑奈我何.　　불방군한내아**하**

「마음이 다시 몸에게 답하다」

"내가 엉성하고 게을러서 휴식과 은퇴가 빨라

그대를 편안하고 즐겁게 한 세월이 많습니다.

세간에 늙도록 고생하는 사람이 얼마나 많습니까?

그대를 한가롭게 나두지 않으면 나를 어찌 하겠습니까?"

이 시는 개성(開成) 5년[840] 69세에 낙양에서 지은 것이다. 백거이의 자주에 "한가하게 누워 홀로 시를 읊는데 함께 수창할 사람이 없기에, 애오라지 몸과 마음에 가탁하여 서로 희롱하며 시를 주고받다 보니 우연히 3수를 지었다.[閑臥獨吟, 無人酬和, 聊假身心相戱, 往復偶成三章.]"라고 한다. 이 시는 백거이의 마음과 몸이 서로 대화를 주고받는 형식의 세 절구인데, 그 대화가 자못 유머러스하다. 백거이는 58세에 동도분사를 맡은 이후에 줄곧 한가하게 지냈다. 추운 겨울에 따뜻한 이불 아래에서 해가 중천에 뜨도록 누워있을 수 있는, 안락한 생활의 공을 서로 다투는 몸과 마음의 대화가 재미있다. 첫째 수에서 마음이 먼저 몸에게 11년째 베푼 이러한 은혜를 아느냐고 물었다. 둘째 수에서 몸의 대답이 만만치 않다. "참 왕 같은 말씀 하시네. 마음이 몸의 왕이라면, 이 몸은 당신의 궁전이니, 왕이 자신의 궁전을 아껴야지 은혜는 무슨 은혜냐!"며 맞받아쳤다. 그러자 셋째 수에서 조금 머쓱해진 마음이 다시 자신의 공을 주장한다. "세상에 늙도록 몸을 고생시키는 사람[마음]이 얼마나 많은데, 나처럼 일찍 은퇴하여 몸에 안락을 베푼 사람이 흔한 줄 아느냐!"고 한다. 그러다가 끝 구에서 그대[몸]가 한가롭고 편해야 나[마음]도 편할 수 있다며 일심동체로 수긍하는 모습을 보이고 있다. 이처럼 마음과 몸이 티격태격하며 문답하는 것을 지긋이 지켜보고 있는 이는 또 누구인가? 자신의 마음과 몸을 객관화하여 거리를 두고 귀엽게 지켜보는 여유가 부럽다. 이는 몸도 마음도 진정한 자아가 아니라는, 무아(無我)의 경지를 깨달았기에 가능한 백거이의 유머가 아닐까 생각된다.

백거이는 주변의 사소한 사물에도 관심과 애정을 주며 의인화하여 표현하기를 잘하였다. 「새로 심은 장미에 대해 장난삼아 쓰다[戲題新栽薔薇]」를 보자.

移根易地莫憔悴,   이근역지막초췌
野外庭前一種春.   야외정전일종춘

少府無妻春寂寞,　　소부무처춘적막

花開將爾當夫人.　　화개장이당부인

뿌리를 옮겨 땅을 바꾸었다고 초췌해지지 마라!

들 밖이나 뜰 앞이나 다 같은 봄이다.

이 현위(縣尉)가 처가 없어 봄에 적막하니

꽃이 피면 그대를 부인으로 삼으리라.

　　이 시는 원화 2년[807] 36세에 백거이가 주질현위(盩厔縣尉)로 있을 때 지은 것이다. 백거이가 봄에 들판의 장미를 뜰에 옮겨 심었는데, 그 장미가 시들하다. 백거이는 이 장미를 마치 고향 떠난 여인을 대하듯 3단계로 위로하고 있다. 우선 고향을 떠나 근거지가 바뀌었다고 "초췌하게 시름겨워 하지 마라![莫憔悴]"고 하며 직접적인 위로의 말을 던진다. 너가 좋아하는 것은 봄인데, 너가 원래 있던 야외나 여기 뜰앞이나 다 같은 봄이라고 또 한번 위로한다. 이러한 위로에 장미의 표정이 어느 정도 밝아졌는지 모르겠다. 후반부에서 백거이의 본심이 드러난다. '소부(小府)'는 현위, 즉 백거이 자신을 가리킨다. 백거이는 당시 노총각이었다. 그래서 봄에 몹시 적막하니 꽃이 피면 장미 그대를 부인으로 삼겠다고 한다. 현대 학자인 주금성(朱金城)은 "당시에 백거이는 아직 미혼이라, 이 시에 외롭고 적막한 뜻이 언외에 넘친다.[時居易猶未婚, 此詩孤寂之意, 溢於言表.]"라고 평하고 있다. 일찍이 송나라 임포(林逋, 967-1028)는 매화를 처로 삼고 학을 자식으로 삼으며[梅妻鶴子], 자신의 은자적 고결함을 드러내었다. 하지만 그보다 전에 장미를 '부인으로 삼겠다[當夫人]'는 백거이가 있다. 이는 당시 사대부로서 파격적인 말이고 시제(詩題)의 '희(戲)'의 면모가 잘 드러나는 백거이의 유머이다. 나아가 이는 단순한 희롱이 아니라 화초에까지 미치는 백거이의 자애로움의 표현이기도 하다.

「장난삼아 산 석류에게 묻다[戱問山石榴]」에서는 백거이 아내의 투기를 의식하는 꽃이 등장한다.

小樹山榴近砌栽,　　소수산류근체재
半含紅萼帶花來.　　반함홍악대화래
爭知司馬夫人妒,　　쟁지사마부인투
移到庭前便不開.　　이도정전변불개

작은 산 석류나무를 섬돌 가까이 심었는데
반쯤 머금은 붉은 꽃받침이 꽃을 띠고 있었지.
강주사마 부인이 투기할 줄 어찌 알아서
뜰 앞에 옮겨 놓으니 곧 피지 않느냐?

이 시는 원화 12년[817] 46에 강주사마로 있을 때 지은 것이다. 산에서 옮겨 심은 석류꽃이 제대로 피지 않자, 자기 부인이 투기할 것을 걱정하여 그런 것이 아니냐고 묻는 말이 재미있다. 이 말은 자신의 부인이 투기할 정도로 석류꽃이 예쁘다는 말이기도 하다. 기실 꽃나무를 개화기에 옮겨심으면 환경변화로 인하여 개화가 다소 늦어질 수도 있다. 부인의 투기를 핑계 댄 것은 얼른 꽃을 보고 싶은 마음의 표현이기도 하다.

「영은사 붉은 목련꽃에 제하여 광 스님에게 장난삼아 수답하다[題靈隱寺紅辛夷花戱酬光上人]」에서 출가한 스님의 마음을 흔드는 꽃이 등장한다.

紫粉筆含尖火焰,　　자분필함첨화염
紅胭脂染小蓮花.　　홍연지염소련화
芳情香思知多少,　　방정향사지다소

惱得山僧悔出家.　　뇌득산승회출가

자줏빛 붓은 뾰족한 불꽃을 머금었고
붉은 연지는 작은 연꽃을 물들였네.
춘정과 향긋한 그리움을 얼마나 많이 자아내는지
산속 스님을 번뇌케 하여 출가를 후회하게 하리.

　　이 시는 항주(杭州)에 있을 때 '붉은 목련꽃[紅辛夷花]'을 보고 써서 광 스님에게 수답한 희작시이다. 목련꽃 봉우리는 그 모양이 붓과 같아 '목필화(木筆花)'라고도 한다. 그 색깔이 자줏빛이다 보니 그 붓끝을 뾰족한 불꽃을 머금은 것에 비유하고 있다. 또한 활짝 핀 목련은 붉은 연지 빛으로 작은 연꽃을 물들인 것 같다. 그래서 연지 바른 아름다운 여인과 그리움에 편지를 쓰고픈 붓을 연상시키는 이 붉은 목련은 무한한 '방정향사(芳情香思)'를 자아내게 한다. 이 향기에 스님인들 자유로울 수 있을까? 이 목련꽃이 광 스님 당신을 번뇌에 젖게 할 것인데 출가한 것을 후회하지 않으시냐고 놀리고 있다.

4. 한유(韓愈)의 시

──── 도학자의 해학

한유(韓愈, 768-824)는 중당(中唐)의 대유학자이자 문장가로 자는 퇴지(退之)이다. 본관이 창려(昌黎)이기에 한창려(韓昌黎)라고도 불린다. 일찍부터 부모를 여의고 어려운 가운데 열심히 공부하여 정원(貞元) 8년[792]에 진사에 등과하였다. 이후 감찰어사(監察御使)가 되어 폭정을 일삼는 도성의 장관을 탄핵했다가 양산(陽山, 현재의 광동성(廣東省)에 있음) 현령으로 좌천되었다. 그 후에 소환되어 국자감(國子監)에 근무하였고 형부시랑(刑部侍郎)을 역임하였다. 헌종(憲宗)이 불골(佛骨)을 모시는 것을 반대하여 표문을 올렸다가 조주(潮州, 광동성에 있음)로 좌천되기도 하였으며 이후 이부시랑(吏部侍郎)까지 올랐다. 한유는 육조시대(六朝時代) 이래의 형식에 치우쳐 화려함을 추구하는 변려문(騈儷文)에 반대하고 질박한 문장을 주창하여 고문운동(古文運動)의 영도자로 평가받고 있다. 그의 문장은 기세가 웅대하고 내용의 변화가 많으며, 그의 시는 산문적이고 기험(奇險)하다는 평가를 받고 있다.

한유는 유학의 도통을 계승했다고 자부하는 도학자로 '문이명도(文以明道)'를 제창한 것으로 유명하다. 하지만 그는 엄숙한 유학자만은 아니며 동시에 해학시의 대가이기도 하다. 한유는 「재차 장적에게 답하는 편지[重答張籍書]」에서 "'옛날에 공자께서도 오히려 농담을 한 적이 있고, … 『예기』에서도 긴장하게만 하고 이완시키지 않으면 문왕과 무왕도 정치를 잘 할 수 없었다'고 하였으니, 농담을 하는 것이 어찌 도에 해롭겠는가![昔者夫子猶爲所戲, … 記曰, '張而不弛, 文武不能也,' 惡害于道哉.]"라고 하며 '이문위희(以文爲戲)'의 가치도 인정하였다. 한유의 해학시는 학문을 바탕으로 한 이문위시(以文爲詩)적 특징과도 결부되어 있다. 현존하는 한유의 300여 수의 시 중에 약 1/3이 해학성을 띤다고 주장하는 이도 있으며, 근래에 중국에서 한유시의 해학성에 주목한 학위논문도 나왔다.

먼저 노쇠해진 자신을 희화한 「이가 빠지다[落齒]」를 보자.

去年落一牙,	거년락일아
今年落一齒.	금년락일치
俄然落六七,	아연락륙칠
落勢殊未己.	낙세수미이
餘存皆動搖,	여존개동요
盡落應始止.	진락응시지
憶初落一時,	억초락일시
但念豁可恥.	단념활가치
及至落二三,	급지락이삼
始憂衰卽死.	시우회즉사
每一將落時,	매일장락시
懍懍恒在己.	늠름항재기
叉牙妨食物,	차아방식물
顚倒怯漱水.	전도겁수수
終焉捨我落,	종언사아락
意與崩山比.	의여붕산비

今來落旣熟,　　금래락기숙

見落空相似.　　견락공상사

餘存二十餘,　　여존이십여

次第知落矣.　　차제지락의

儻常歲落一,　　당상세락일

自足支兩紀.　　자족지양기

如其落倂空,　　여기락병공

與漸亦同指.　　여점역동지

人言齒之落,　　인언치지락

壽命理難恃.　　수명리난시

我言生有涯,　　아언생유애

長短俱死爾.　　장단구사이

人言齒之豁,　　인언치지활

左右驚諦視.　　좌우경체시

我言莊周云,　　아언장주운

木雁各有喜.　　목안각유희

語訛黙固好,　　어와묵고호

嚼廢輭還美.　　작폐연환미

因歌遂成詩,　　인가수성시

持用詫妻子.　　지용타처자

작년에 어금니 하나가 빠졌고

올해는 앞니 하나가 빠져,

갑자기 예닐곱 개가 빠지는데

빠지는 기세가 전혀 멈추질 않네.

남은 것도 모두 흔들거리니

다 빠져야 응당 비로소 그치겠지.

처음 하나 빠질 때를 회상해보니

다만 휑한 것이 심히 부끄럽다고 생각했고,

두세 개가 빠졌을 때에는

늙었으니 곧 죽게 될 것을 근심했으니,

매번 하나씩 빠지려고 할 때마다

두려운 마음이 항상 내게 있었지.

들쑥날쑥해진 이는 음식 먹기에 방해가 되고

기울어져 있어서 물로 입을 헹구기도 겁났는데,

끝내 나를 버리고 빠질 때는

마음은 산이 무너지는 듯하였지.

지금은 빠지는 데 익숙해져서

빠지는 걸 봐도 그저 그러려니 하지.

아직 남아있는 20여 개도

차례대로 빠질 것임을 알고 있네.

만약에 꾸준히 한 해에 하나씩 빠지면

24년은 절로 버티기에 충분하지만,

만일 그것이 한꺼번에 빠져 텅 비어도

점차 빠지는 것과 또한 같은 의미이지.

사람들은 "이가 빠지면

장수하는 것은 이치상 어렵다"고 하지만,

나는 "삶에는 끝이 있으니

길거나 짧으나 모두 죽을 뿐이다"고 말하지.

사람들은 "이가 휑해지면

옆 사람들이 놀라 쳐다본다"고 하지만,

나는 "장주가 이르길

나무와 거위는 각기 좋은 점이 있다" 했다고 말하지.

발음이 새면 침묵하게 되어 진정 좋은 일이고

씹지 못하면 부드러운 것만 먹어 또한 좋은 일이니,

그래서 노래하여 시를 완성하여

이것을 가져다가 처자에게 자랑하리라.

　한유는 이가 빠진 것을 해학적으로 노래하면서 긍정적으로 받아들이고 있다. 사람에게 있어 이는 건강과 수명의 상징이다. 그래서 이가 처음 빠질 때에 노쇠했음과 수명이 얼마 남지 않았음을 새삼 느끼며 충격을 받는다. 첫 4구에서는 매구에 '낙(落)'자를 쓰고 있으며 전체 시에서 15번이나 '낙'자를 쓴 것[33]은 이런 충격의 표출이면서 다분히 유희적인 표현이다. 시의 앞부분에서는 처음 이가 빠졌을 때의 부끄러움과 곧 죽을 것 같은 두려움을 어린아이처럼 솔직하게 표현하고 있다. 마치 산이 무너지는 것 같은 마음이었다고 한다. 근엄한 유학자의 이미지나 위신에 아랑곳하지 않는 이런 솔직한 고백은 뒷부분의 반전을 위한 포석이기도 하다. 충격도 자꾸 받으면 익숙해지고 평상시의 감정과 비슷해진다. 이렇게 규칙적으로 일 년에 한 개씩 빠지면 남은 이의 개수대로 24년은 더 살 수 있겠다고 생각한다. 그러다가 그런 규칙대로 되지 않고 한꺼번에 다 빠지더라도 별로 차이가 없다며 스스로 위로한다. 다만 문제는 다른 사람의 눈과 평가이다. 이에 대해 자신의 인생관과 철학을 대화체로 이야기하며 변론하고 있다. 『장자(莊子)·산목(山木)』에

33　이러한 방식은 도연명의 「지주(止酒)」시에서 매 구에 '止'자를 쓰고 있는 것을 연상시킨다. [淸·何焯『義門讀書記』: "擬止酒詩."]

나무는 쓸모없고 보기 흉한 것이 도끼질을 면하여 천수를 누릴 수 있지만, 거위는 잘 울어 쓸모 있는 거위가 죽음을 면하는 이야기가 있다. 즉 쓸모있는 것이나 쓸모없는 것이나 다 나름의 좋은 점이 있으니, 자신이 이가 빠져 쓸모없고 흉한 자신의 처지가 되었다고 걱정할 필요가 없는 것이다. 이 시에서 가장 주목할 부분은 끝부분의 "발음이 새면 침묵하게 되어 진정 좋은 일이고, 씹지 못하면 부드러운 것만 먹어 또한 좋은 일이다.[語訛黙固好, 嚼廢頓還美.]"[34]라는 긍정적 깨달음으로의 전환이다. '어와(語訛)'는 '말은 와전되다'라고 번역해도 좋겠다. 말을 많이 하면 와전되어 해를 당하기 일쑤인데 발음이 잘 안 되어 침묵하게 되면 그러한 해를 면하게 되니 진정 좋은 일이라는 것이다. 또한 이가 없으면 씹지 못 하기에 딱딱하고 거친 음식은 피하고 부드럽고 연한 음식만 먹게 되니 이것도 좋은 일이다. 엄밀하게 논리적으로 하나하나 따지면 안 좋은 점이 더욱 많겠지만 한유의 이러한 말이 논리를 초월하여 가슴에 와닿는 것은 해학적 달관이 곁들어 있기 때문이다. 그래서 역대로 많은 평자들이 이 2구에 주목하며 높이 평가하고 있다.[35] 끝에서 한유는 이 시를 처자에게 자랑하겠다고 한다. 이 시를 짓고나니 이가 빠진 것에 대한 애초의 근심이 사라지고 마음이 밝아졌기 때문이다. 여기에서도 한유의 허물없고 순수한 모습이 보여 독자를 미소짓게 한다.

주이준(朱彝尊, 1629-1709)은 이 시가 진술하면서 통쾌하여 '한유의 본색[昌黎本色]'이라고 평하고 있으며,[36] 사신행(査愼行, 1650-1727)은 마치 바로 앞에서

---

34 "嚼廢頓還美"에 대해서는 이가 빠져서 "씹지 못하면 입안이 부드러워져서 좋다"고 이해하기도 한다.

35 남송(南宋) 황진(黃震), 『황씨일초(黃氏日鈔)』: 이를 읊은 시에서 "어와묵고호, 작폐연환미"라고 끝맺으며 뒤집어 말한 것이 가장 좋다.[齒詩結以 "語訛黙固好, 嚼廢頓還美", 翻說最佳.]

36 청(淸) 장홍(張鴻), 『비한시(批韓詩)』: 주이준은 "구절구절 써내려 간 태세가 매우 허심탄회하며 진술한 뜻을 통쾌하게 말했으니 정말로 한유의 본색이다."라고 하였다.[朱彝尊曰, 節節敍來, 態勢更磊落, 眞率意, 道得痛快, 正是昌黎本色.]

말하듯 곡절 있게 쓰고 있어 도연명의 「지주(止酒)」시와 유사함을 지적하고 있다.[37] 하지만 이처럼 일상적이고 사소한 제재를 해학적으로 표현하는 시가 좋은 평가만 받은 것은 아니었다. 그의 문인(門人)인 이한(李汉)은 『창려선생집(昌黎先生集)』 서문에서 "당시 사람들은 처음에는 놀라다가 중간쯤에서는 웃다가 또한 배척한다.[時人始而驚, 中而笑且排.]"라고 하였다. 한유의 이러한 해학적 필치는 웃음도 자아내지만 그 기괴한 문체가 반감도 자아내게 했던 것이다.

「유사복에게 드리다[贈劉師服]」도 빠진 이에 대한 이야기가 있어 위의 시와 같이 살펴볼 만한 시이다.

羨君齒牙牢且潔,　　선군치아뇌차결
大肉硬餠如刀截.　　대육경병여도절
我今呀豁落者多,　　아금하활락자다
所存十餘皆兀臲.　　소존십여개올얼
匙抄爛飯穩送之,　　시초난반온송지
合口軟嚼如牛呞.　　합구연작여우시
妻兒恐我生悵望,　　처아공아생창망
盤中不飣栗與梨.　　반중부정률여리
祇今年纔四十五,　　지금년재사십오
後日懸知漸莽鹵.　　후일현지점망로
朱顔皓頸訝莫親,　　주안호경아막친
此外諸餘誰更數.　　차외제여수갱수

37　청(淸) 사신행(査愼行), 『초백암시평(初白庵詩評诗评)』: 곡절하게 써내려 간 것이 다만 백화체 같다. 도연명의 「지주」시의 장법이 이와 같다.[曲折寫來, 只如白話. 淵明止酒一篇章法爾爾.]

憶昔太公仕進初, 억석태공사진**초**

口含兩齒無贏餘. 구함량치무영**여**

虞翻十三比豈少, 우번십삼비기소

遂自惋恨形於書. 수자완한형어**서**

丈夫命存百無害, 장부명존백무**해**

誰能點檢形骸外. 수능점검형해**외**

巨緡東釣儻可期, 거민동조당가기

與子共飽鯨魚膾. 여자공포경어**회**

부럽도다, 그대는 치아가 견고하고 깨끗하여

큰 고기나 딱딱한 떡도 칼로 자르는 것 같으니.

나는 지금 휑하니 빠진 것이 많고

남아있는 십여 개도 다 흔들려 불안하네.

숟가락으로 무른 밥을 떠서 온당하게 입에 넣고는

입을 모아 살살 씹는 것이 소가 되새김질하는 것 같으니,

처자식들은 내가 슬프게 바라볼까 걱정하여

소반에 딱딱한 밤이나 배는 두지 않네.

지금 나이가 겨우 45세이니

훗날에는 점점 더 부실해질 걸 미리 알겠는데,

홍안에 목덜미 흰 미인들이 놀라며 나를 가까지 하지 않으니

이 밖에 다른 모든 일은 누가 또 따지겠는가?

생각해 보니 옛날에 강태공이 처음 관직에 나아갔을 때에

입에 치아 두 개만 있고 나머지 이는 없었는데,

우번은 열세 개나 있었건만 그에 비해 어찌 적다고

결국 스스로 한탄하며 상소문에 썼는가?

대장부는 목숨만 살아있으면 백에 하나도 해로울 것이 없으니

누가 능히 몸 바깥의 것을 따지겠는가?

큰 낚싯줄로 동쪽 바다에서 낚시하길 기약하신다면

그대와 함께 고래고기 회를 실컷 먹으리라.

이 시는 한유가 이가 빠진 자신의 상태와 심경을 해학적으로 써서 유사복에게 준 것이다. 유사복은 한유 문하의 사람으로 보이는데 자세한 사적은 알 수 없다. 이 시는 매 4구마다 환운하고 있는데 이에 따라 한유의 심경도 변화하고 있다. 전체적으로 전반 12구에서는 자신의 상황을 탄식하고 있고, 후반 8구에서는 스스로 위안하며 달관의 자세를 보이고 있다. 첫 부분에서는 우선 치아가 튼튼한 유사복에 대한 솔직한 부러움으로 시를 시작하고 있다. 이어서 자신의 가련한 처지를 다소 해학적으로 이야기하고 있다. 이가 빠진 자신이 음식을 살살 씹는 것이 소가 되새김질하는 것 같다고 하고, 처자식이 한유의 마음이 슬플까 미리 걱정하여 딱딱한 음식은 눈에 안 띄게 치운다고 한다. 이것은 견딜 수 있겠는데, 젊은 미인들이 괴이한 자신의 모습에 놀라 가까이하지도 않는 것이 가장 큰 슬픔이라 다른 일은 신경 쓰이지도 않는다는 말이 자못 해학적이다. '억석(憶昔)' 이하에서는 옛 인물들을 떠올리며 위안으로 삼고 있다. 먼저 자신보다 훨씬 많은 나이로 이가 두 개밖에 없었으면서도 큰 뜻을 펼친 강태공을 생각하고, 우번은 강태공보다 이가 더 많았는데도 공연히 탄식하는 글을 올렸다고 나무라기도 한다. "대장부는 목숨만 살아있으면 백에 하나도 해로울 것이 없다[丈夫命存百無害]"는 말도 눈길을 끈다. 목숨이 살아있으니 이가 좀 빠진 것이야 걱정할 것이 없다며 육신의 변화에 얽매이지 않는 달관의 자세를 보이고 있다. 마지막 부분에 동해에서 고래를 잡아 회를 쳐서 배부르게 실컷 먹자는 말도 은근히 재미있다. 이가 약해 고기를 마음대로 못 먹는 한유가 고래고기를 잘 씹어 먹을 수 있을지 모르겠

다. 역시 해학적인 어투로 끝맺고 있는 것이다. 전체적으로 구어 같은 표현을 많이 사용하여 친근감을 주고 있으며, 상대방에게 주는 시에서 무엇보다 자기 자신을 해학의 대상으로 삼고 있는 점이 주목할 만하다. 유머의 최고 경지는 자기 자신에 대해 웃을 수 있는 것이다.

「봄을 느끼다 4수, 3[感春四首 其三]」에서도 자신을 희화하고 있다.

朝騎一馬出,	조기일마출
暝就一床臥.	명취잉상**와**
詩書漸欲抛,	시서점욕포
節行久已惰.	절행구이**타**
冠欹感髮禿,	관의감발독
語誤驚齒墮.	어오경치**타**
孤負平生心,	고부평생심
已矣知何奈.	이의지하**내**

아침에 한 말을 타고 나가서
저녁에 한 침대에 가서 눕네.
시와 서는 점점 던져버리려 하고
절도 있는 행동은 오래전에 이미 게을러졌네.
모자가 기우니 머리털이 빠졌음을 느끼겠고
말이 잘못 나오니 이가 빠졌음에 놀라네.
평생의 뜻을 져버렸으니
그만두어야지 어찌하겠는가?

이 시도 자신의 모습을 우스꽝스럽게 이야기하고 있는데 다소 퇴폐적이고 자포자기의 심정이 느껴진다고 볼 수도 있다. 이처럼 자기 자신을 대상화하여 웃음거리로 삼을 수 있는 것은 이면의 자신감에서 비롯된다. 자신감이 부족한 사람은 자신을 희화하지 못한다. 이런 심리를 측운율시(仄韻律詩)로 표현한 것도 인상적이다. 주이준(朱彝尊)은 "이 시는 측운율시인데 뜻과 모양이 절로 온당하고 순조롭다.[是側律, 意態自妥順.]"라고 평하고 있다.

일상적인 물건을 묘사한 시에서도 해학을 볼 수 있다. 대자리를 묘사한 「정군이 대자리를 주다[鄭群贈簟]」를 보자.

蘄州簟竹天下知,	기주점죽천하**지**
鄭君所寶尤瓌奇.	정군소보우괴**기**
攜來當晝不得臥,	휴래당주부득와
一府傳看黃琉璃.	일부전간황류**리**
體堅色淨又藏節,	체견색정우장절
盡眼凝滑無瑕疵.	진안응활무하**자**
法曹貧賤衆所易,	법조빈천중소이
腰腹空大何能爲.	요복공대하능**위**
自從五月困暑濕,	자종오월곤서습
如坐深甑遭蒸炊.	여좌심증조증**취**
手磨袖拂心語口,	수마수불심어구
慢膚多汗眞相宜.	만부다한진상**의**
日暮歸來獨惆悵,	일모귀래독추창
有賣直欲傾家資.	유매직욕경가**자**
誰謂故人知我意,	수위고인지아의
卷送八尺含風漪.	권송팔척함풍**의**
呼奴掃地鋪未了,	호노소지포미료

光彩照耀驚童兒.　　광채조약경동**아**

靑蠅側翅蚤蝨避,　　청승측시조슬피

肅肅疑有淸飈吹.　　숙숙의유청표**취**

倒身甘寢百疾愈,　　도신감침백질유

卻願天日恒炎曦.　　각원천일항염**희**

明珠靑玉不足報,　　명주청옥부족보

贈子相好無時衰.　　증자상호무시**쇠**

기주의 점죽은 천하가 다 아는 것이지만

정군이 보배로 여기는 것은 더욱 진귀한데,

가지고 온 때가 낮이라 누울 수 없어

온 관청에 누런 유리 같은 자리를 돌리며 보여주었으니,

본체는 단단하고 색깔은 깨끗하며 마디는 숨어있어

아무리 봐도 반들반들하여 전혀 하자가 없습니다.

법조참군인 저는 빈천하여 뭇 사람들이 깔보는데

허리와 배만 쓸데없이 크니 무슨 일을 잘하겠습니까?

오월이 되고부터 더위와 습기에 힘들어하며

깊은 찜통에 앉아서 끓는 증기를 쐬는 것 같았으니,

손과 소매로 땀을 닦으며 마음속으로 중얼거리길

'기름기 살에 땀도 많으니 정말 딱 맞겠다'고 했습니다.

해가 저물어 돌아갈 때에 홀로 슬퍼하며

파는 이가 있다면 곧장 온 가산을 다 털어 사려고 했는데,

그 누가 생각했겠습니까? 친구인 그대가 내 뜻을 알고서

바람 머금은 물결 같은 여덟 척 대자리를 말아 보냈을 줄을.

하인을 불러 땅을 쓸고는 미처 다 펴기도 전에

광채가 번쩍거려 아이들을 놀라게 하였으며,

쉬파리가 날개를 기울이고 이와 벼룩도 도망칠 정도로

서늘하게 맑은 회오리바람이 부는 듯했으니,

몸을 눕혀 달게 자면 온갖 병이 다 나을 것 같아

도리어 하늘의 해가 항상 뜨겁게 내리쬐기를 바라게 되었습니다.

명월주와 푸른 옥으로도 보답하기에 충분치 않으니

그대에게 영원히 사라지지 않을 우호를 드립니다.

이 시는 영정(永貞) 2년[806]에 강릉(江陵)에서 법조참군(法曹參軍)으로 있을 때 지은 것으로 해학적 어조가 두드러진다. 한유는 살이 많고 더위를 많이 타는 체질이었는데 여름날 친구 정군이 좋은 대자리를 선물하자 이 시를 지어 고마운 마음을 전하고 있다. 기주(蘄州)는 지금의 호북성(湖北省) 북쪽에 있으며 좋은 대나무 산지로 유명하다. 첫 6구에서는 이곳에서 난 대나무로 만든 귀한 대자리를 정군이 가져왔음을 말하고 있다. 마침 가지고 온 때가 근무시간이기에 "낮이라 누울 수 없다[當晝不得臥]"는 말로 안타까움을 표현하고 있다. 이는 너무 아름답고 좋은 대자리라 바로 깔고 눕고 싶은 심정을 역으로, 이른바 반친법(反襯法)으로 표출한 것이다.[38] 그래서 누런 유리 같은 진귀한 보물을 온 관청에 자랑삼아 보여주고 있다. 중간 부분에서는 몸집이 비대하여 더위에 약한 자신을 희화하여 대자리의 필요성을 강조하고 있는데 한유의 유머 감각이 돋보인다. 허리와 배만 공연히 큰 말단관리가 한여름에 찜통에 앉아 기름기 많은 땀을 흘리는 모습과, 시원한 대자리 생각이 간절하여 온 가산을 다 털어서 사려고 했다는 말이 웃음을 자아내게 한다. 그때

---

38 청(淸) 고사립(顧嗣立), 『한청시화(寒廳詩話)』: 또한 반친법을 잘 쓴 예로 「정군증점」 시의 "가지고 온 때가 낮이라 누울 수 없다.", "도리어 하늘의 해가 항상 뜨겁게 내리쬐기를 바란다"가 이것이다.[又善用反襯法, 如鄭群贈簟"攜來當晝不得臥", "卻願天日恒炎曦"是也.]

뜻밖에 자신의 마음을 너무나 잘 아는 친구가 시원한 바람과 물결을 머금은 대자리를 보내 주었다. 그 대자리의 광채와 서늘함에 한여름의 쉬파리도 두려워서 피하고 이와 벼룩마저 도망간다는 표현도 재미있다. 나아가 평소에 그렇게 더운 여름을 싫어하던 한유는 이런 대자리가 있으니 "도리어 날씨가 항상 더 더웠으면 좋겠다"는 말까지 하고 있다.[39] 사대부의 근엄한 모습은 온데간데없고 자신을 희화하여 어린애처럼 좋아하는 모습을 거침없이 보여주고 있다. 그 이유는 마지막 2구에서 볼 수 있다. 딱 맞는 선물을 준 친구에 대한 감사의 뜻과 우의를 솔직하면서 편안하게 전달하기 위한 것이다. 친구 사이에 너무 진지하게 감사를 표하는 것도 상대방이 불편하게 느껴질 수 있기에 우스갯소리를 가미하여 상대를 편안하게 해주고 있는 것이다. 이 시를 받아본 정군은 크게 웃으면서 친구의 감사하는 마음과 깊은 우정을 더 잘 느꼈을 것이다. 한유의 이 시가 지금까지 남아 사람들이 정군의 마음 씀씀이를 길이 기억하게 되었으니 대자리에 대한 보답이 이보다 더 클 수 없다는 평도 있다. 자신을 희화하여 이러한 해학적인 시를 쓴 한유의 마음 씀씀이가 더욱 깊다고 볼 수도 있겠다. 주이준이 "물건을 묘사한 것도 뛰어나지만 의취(意趣)를 묘사한 것도 묘한 경지에 들어갔다"[40]고 평한 것도 이런 관점에서 이해할 수 있겠다.

스님의 코골이를 놀린 시에서도 해학이 두드러진다. 「코 골며 자는 것을 비웃다 2수, 1[嘲鼾睡二首 其一]」을 보자.

---

39 청대의 사신행(査愼行)은 『초백암시평(初白庵詩評)』에서 이 2구를 "기이한 생각이다[奇想]"라고 하였고, 근대의 고보영(高步瀛)도 『당송시거요(唐宋詩擧要)』에서도 "반친법을 써서 뜻이 묘하다.[用加倍反襯, 語意幷妙.]"고 평하고 있다.

40 청(淸) 주이준(朱彝尊), 『비한시(批韓詩)』: 描寫物象工, 寫意趣亦入妙.

澹師晝睡時,	담사주수시
聲氣一何猥.	성기일하외
頑飇吹肥脂,	완표취비지
坑谷相鬼磊.	갱곡상외뢰
雄哮乍咽絶,	웅효사열절
每發壯益倍.	매발장익배
有如阿鼻尸,	유여아비시
長喚忍衆罪.	장환인중죄
馬牛驚不食,	마우경불식
百鬼聚相待.	백귀취상대
木枕十字裂,	목침십자렬
鏡面生痱癗.	경면생비뢰
鐵佛聞皺眉,	철불문추미
石人戰搖腿.	석인전요퇴
孰云天地仁,	숙운천지인
吾欲責眞宰.	오욕책진재
幽尋虱搜耳,	유심슬수이
猛作濤翻海.	맹작도번해
太陽不忍明,	태양불인명
飛御皆惰怠.	비어개타태
乍如彭與黥,	사여팽여경
呼冤受菹醢.	호원수저해
又如圈中虎,	우여권중호
號瘡兼吼餒.	호창겸후뇌
雖令伶倫吹,	수령령륜취

苦韻難可改.　　고운난가**개**

雖令巫咸招,　　수령무함초

魂爽難復在.　　혼상난부**재**

何山有靈藥,　　하산유령약

療此願與採.　　요차원여**채**

담 스님께서 낮잠 주무실 때

코 고는 소리가 얼마나 큰가!

거친 바람이 지방 덩어리 몸에 불 때

골짜기와 계곡 같은 울퉁불퉁한 모양을 살펴보면,

큰 소리가 갑자기 막혀 끊어졌다가는

소리를 다시 낼 때마다 곱절로 웅장해지네.

마치 아비지옥의 시체가

길게 소리 지르며 숱한 벌을 견디는 것과 같으니,

말과 소도 놀라 먹지 못하고

온갖 귀신도 모여서 기다리네.

목침이 십자로 갈라지고

거울에 두드러기가 돋으며,

철로 만든 불상이 듣고서 눈썹을 찌푸리고

석상이 두려워서 다리를 떠네.

하늘과 땅이 인자하다고 누가 말했나?

나는 조물주를 책망하고 싶네.

조용할 때는 이가 귓구멍 속을 수색하는 듯하다가

맹렬할 때는 파도가 바다를 뒤집는 듯하니,

태양은 차마 환히 밝지 못하고

비룡과 수레 모는 희화도 모두 게을러지네.

문득 마치 팽월과 경포가

젓갈로 담겨지는 형을 받아 억울함을 호소하는 것 같고,

또한 우리 안의 호랑이가

상처 입고 배고파 울부짖는 것과 같네.

비록 영륜으로 하여금 피리를 불게 해도

듣기 괴로운 소리를 바꾸기 어려울 것이고,

비록 무함으로 하여금 불러오게 해도

혼백은 다시 존재하기 어려우리라.

어느 산에 신령한 약이 있을까?

이 병을 고치고자 그대와 함께 캐길 바라네.

이 시는 담사(澹師) 스님이 심하게 코를 골면서 자는 것을 놀리기 위해 지은 것이다. 담사는 속명이 제갈각(諸葛覺)[또는 제갈각(諸葛珏)]이라 하며, 법명이 담연(澹然)이라 이렇게 부른다. 일찍이 한유, 맹교(孟郊, 751-814) 등과 교유하였다. 담사 스님도 몸집이 비대하여 불룩한 배를 골짜기와 계곡처럼 들썩이고 드렁드렁 코를 골면서 자고 있었던 모양이다. 한유는 그런 스님의 모습과 코 고는 소리를 과장하여 해학적으로 묘사하고 있는데 표현이 기괴하여 괴팍한 느낌도 든다. 그래서 "마치 아비지옥의 시체가, 길게 소리 지르며 숱한 벌을 견디는 것과 같다.[有如阿鼻尸, 長喚忍衆罪.]", "철로 만든 불상이 듣고서 눈썹을 찌푸리고, 석상이 두려워서 다리를 떠네.[鐵佛聞皺眉, 石人戰搖腿.]" 등에서 보는 것처럼 불교 용어를 마구 쓰고 있고 표현이 비루하여 한유의 작품이 아니라고 주장하는 이들도 있다. 하지만 그 대상이 스님이라서 불교 용어를 써서 희롱한 것이라는 반론이 더 설득력이 있다.[41] 표현이 다소 속된 점은 있지만 박학다식하고 거침없는 필채는 한유의 문체에 가깝다.[42] 뒷부분

에서도 코 고는 소리에 대한 과장이 계속 이어진다. 해 수레를 끄는 용과 그 수레를 모는 희화(羲和)가 코 고는 소리에 놀라 태양도 제대로 운행하지 못한다는 비유는 환상적인 느낌을 자아낸다. 하지만 스님의 코 고는 소리가 팽월과 경포가 살을 저며 육장(肉醬)을 만드는 형벌을 당하여 하소연하는 듯하다거나, 우리 안의 상처 입고 배고픈 호랑이의 울부짖음에 비유하는 것은 지나친 감이 있다. 이처럼 지극히 듣기 거북한 소리이기에, 음율을 정한 전설상의 악관인 영윤도 그 소리를 아름답게 바꾸지 못하고, 신령스러운 무당인 무함도 코골이 소리에 달아난 혼백을 다시 불러오지 못한 정도라고 한다. 이 지독한 병을 고칠 영약이 있다면 같이 구하러 가고 싶다고 하며 마지막까지 해학적인 조롱을 하고 있다. 그래서 이러한 해학이 과도하여 장난에 가깝다는 평도 있다.[43] 어쨌든 이전의 시에서 다루지 않던, 코골이처럼 다소 추(醜)하고 극히 일상적인 소재를 시로 읊었다는 점이 주목할 만하다.

한유는 여가가 있을 때 낚시를 즐기곤 했는데, 이런 시에서도 해학이 엿보인다. 「후희에게 주다[贈侯喜]」를 보자.

　　　　吾黨侯生字叔起,　　　오당후생자숙기
　　　　呼我持竿釣溫水.　　　호아지간조온수

41　청(淸) 하작(何焯), 『의문독서기(義門讀書記)』: 이 시는 불경을 많이 인용하고 있는데 그가 스님이기에 그렇게 희롱한 것이다.[此篇多用佛經, 因其浮屠而戲之.]

42　『한창려시계년집석(韓昌黎詩繫年集釋)』에 인용된 방세거(方世擧)의 평어: 비루하고 천속한 가운데 문사가 해박하고 심오하며 필력이 가파르게 꺾이니 한유가 유희적으로 쓴 것이 아니라고 할 수 없다. 한유 외에 누가 이렇게 쓰겠는가?[鄙俚中文詞博奧, 筆力峭折, 未必非昌黎遊戲所及. 昌黎外誰能之耶.]

43　『한창려시계년집석』에 인용된 진항(陳沆)의 평어: 말이 다 기탁하여 풍자하고 있는데 다만 과도하게 해학적이라 장난에 가깝다.[語皆托諷, 但過諧近俳.]

平明鞭馬出都門,	평명편마출도문
盡日行行荊棘裏.	진일행행형극리
溫水微茫絕又流,	온수미망절우류
深如車轍闊容輈.	심여거철활용주
蝦蟆跳過雀兒浴,	하마도과작아욕
此縱有魚何足求.	차종유어하족구
我爲侯生不能已,	아위후생불능이
盤鍼擘粒投泥滓.	반침벽립투니재
晡時堅坐到黃昏,	포시견좌도황혼
手倦目勞方一起.	수권목로방일기
暫動還休未可期,	잠동환휴미가기
蝦行蛭渡似皆疑.	하행질도사개의
擧竿引線忽有得,	거간인선홀유득
一寸纔分鱗與鬐.	일촌재분인여기
是時侯生與韓子,	시시후생여한자
良久嘆息相看悲.	양구탄식상간비
我今行事盡如此,	아금행사진여차
此事正好爲吾規.	차사정호위오규
半世遑遑就擧選,	반세황황취거선
一名始得紅顏衰.	일명시득홍안쇠
人間事勢豈不見,	인간사세기불견
徒自辛苦終何爲.	도자신고종하위
便當提攜妻與子,	변당제휴처여자
南入箕潁無還時.	남입기영무환시
叔起君今氣方銳,	숙기군금기방예

我言至切君勿嗤.　　아언지절군물치

君欲釣魚須遠去,　　군욕조어수원거

大魚豈肯居沮洳.　　대어기긍거저여

우리 무리인 후생은 자가 숙기인데

나를 불러 장대를 가지고 온수에서 낚시하자고 하여,

새벽에 말을 채찍질해서 도성문을 나가

하루종일 가시밭길을 가고 또 갔네.

온수는 아득히 끊어졌다 다시 흐르는데

깊이는 수레바퀴 정도이고 넓이는 수레 끌채만 수용할 정도여서,

두꺼비가 뛰어 건너가고 참새 새끼가 목욕하니

이곳에 설령 물고기가 있다 한들 어찌 잡을 만하리?

나는 후생 때문에 그만둘 수 없어

바늘을 굽히고 낱알을 쪼개서 진흙탕에 던졌는데,

오후부터 꼿꼿이 앉았다가 황혼에 이르러

손과 눈이 피로해져서야 겨우 한 번 몸을 일으켰네.

찌가 잠시 움직이다 다시 잠잠하니 기약할 수 없었고

두꺼비나 거머리가 지나가도 모두 입질하는가 의심스러웠는데,

낚싯대를 들어 줄을 끌어당기니 홀연 잡힌 것이 있었지만

한 치짜리라 겨우 비늘과 지느러미를 구분할 수 있었지.

이때에 후생과 나는

오랫동안 탄식하며 서로 슬프게 바라보았네.

내가 지금 하는 일이 다 이와 같으니

이번 일은 내가 경계할 일로 삼기 딱 좋다네.

반평생을 허둥지둥하며 과거시험에 나아가서

이름 하나 얻고 나니 홍안이 시들어버렸네.

인간세상의 일과 형세를 어찌 보지 않았으랴?

헛되이 스스로 고생할 뿐 결국 무엇을 했던가?

곧장 처와 자식들을 마땅히 거느리고

남쪽으로 기산과 영수에 들어가 돌아오지 않으려네.

숙기 그대는 지금 기운이 한창 왕성하지만

내 말이 지극히 적절하니 그대는 비웃지 말게.

그대가 낚시를 하려면 모름지기 멀리 가야 하나니

큰 물고기가 어찌 얕은 웅덩이에 살겠는가?

한유는 정원 17년[801] 3월에 장안에서 낙양으로 돌아와 있었는데, 이때에 문하생이자 친구인 후희의 요청으로 인근의 온수에 낚시하러 갔었다. 온수는 낙수(洛水)이다. 왕에게 성대한 덕이 있어 감응이 내리면 낙수가 먼저 따뜻해진다고 하여 낙수를 '온락(溫洛)'이라고도 한다. 이 시에서 물이 얕고 좁은 온수의 모습과 온종일 고생만 하는 겨우 피라미 한 마리만 잡은 일을 읊고 있는데 어조가 자못 해학적이다. 두꺼비가 건너가고 참새 새끼가 목욕할 만한 작은 시내에서 반나절을 따분하게 기다렸다. 그러다 미세한 입질에 긴장하며 낚아 올린 것이 '한 치[一寸]'짜리 피라미이다. 이는 반평생을 과거시험 보느라 허둥지둥하며 겨우 얻은 '이름 하나[一名]'와 오버랩된다. 이 일을 통해 자신의 살아온 모습을 반추해보고, 후희에게 큰 물고기를 잡으려면 보다 멀리 큰물에 갈 것을 권하고 있다. 이 시도 보는 이에 따라 평가가 갈린다. 청대의 주이준이 "천근한 일을 천근하게 서술했는데, 다만 말이 너무 번다함이 꺼려질 따름이다.[淺事淺敍, 只嫌語太繁耳.]"라고 다소 혹평을 하였다. 근대의 장포현(蔣抱玄)은 "주이준은 이 시가 너무 번다하고 했지만 내가 보기에는 번다하지 않으며 또한 처량한 상음이다.[竹垞嫌此詩太繁, 以余視之, 非繁

也, 亦淅瀝之商音也.]"라고 옹호하는 반론을 펴기도 했다.

질병을 유발하는 역귀를 꾸짖는 시에서도 해학성이 가미되어 있는 시가 있다. 「학질을 꾸짖다[譴瘧鬼]」와 같은 것이 그 예이다. 『수신기(搜神記)』에 따르면, 물의 황제 전욱(顓頊)에게는 세 명의 아들이 있었는데 죽어 역귀(疫鬼)가 되었고 그중 하나가 장강에 살면서 학질 귀신이 되었다고 한다. 학질이 걸리면 구토와 설사를 하게 된다. 한유는 학질이 훌륭한 조상의 '불초자(不肖子)'임을 밝히고, "구토와 설사에서 먹을 것을 구하니, 나쁜 냄새가 안 좋은 것인 줄도 모른다.[求食歐泄間, 不知臭穢非.]"라고 하며 꾸짖고서, 끝부분에서 고향인 장강에 "내려가 모여서 「구가」 의식을 따르며, 좋은 향기를 마시고 먹고 살아라. 너희에게 좋은 글을 주니, 예끼, 너희는 떠나가서 어기지 말거라.[降集隨九歌, 飮芳而食菲. 贈汝以好辭, 咄汝去莫違.]"라고 하며 '좋은 말[好辭]'로 견책하고 있다. 학질이 당시 권문세족의 후예이며 품행이 좋지 않은 이들을 풍자한 것이라는 설명도 있다. 어쨌든 역귀를 해학적인 견책의 대상으로 여길 줄 아는 것에는 한유의 현실주의적인 인문정신이 기반에 깔려 있다.

「형악묘를 배알하고 형산의 절에 묵으며 문루에 쓰다[謁衡嶽廟遂宿嶽寺題門樓]」에서 아래와 같은 대목도 은근히 해학적이다.

(중략)

廟令老人識神意,　　묘령노인식신의
睢盱偵伺能鞠躬.　　휴우정사능국궁
手持杯珓導我擲,　　수지배교도아척
云此最吉餘難同.　　운차최길여난동

(중략)

사당지기 노인은 신의 뜻을 아는 듯

눈을 부릅뜨고 살펴보면서 몸을 굽힐 줄 아는데,

점 보는 옥을 손에 쥐고 내가 던지도록 이끌고는

"이는 가장 길하며 여타인들은 이와 같기 어렵습니다"고 하네.

"눈을 부릅뜨고 살펴보는[睢盱偵伺]" 사당지기 노인에 대한 묘사가 장엄한 듯 해학적인데, 이를 알면서 넌지시 속아주는 한유의 아량도 엿보인다. 이처럼 장엄한 듯하면서 은근히 해학적이고, 정격인 듯하면서 기이한 것이 한유의 필채이다.

한유가 병으로 출근하지 못하자 무료해졌다. 그때 친구를 불러 술을 마시고 논쟁한 일을 쓴 「병중에 장적에게 주다[病中贈張十八]」도 해학성이 두드러진다.

中虛得暴下,	중허득포하
避冷臥北窗.	피랭와북**창**
不蹋曉鼓朝,	부답효고조
安眠聽逄逄.	안면청방**방**
籍也處閭里,	적야처려리
抱能未施邦.	포능미시**방**
文章自娛戲,	문장자오희
金石日擊撞.	금석일격**당**
龍文百斛鼎,	용문백곡정
筆力可獨扛.	필력가독**강**
談舌久不掉,	담설구부도
非君亮誰雙.	비군량수**쌍**

扶几導之言,	부궤도지언
曲節初掁掁.	곡절초창**창**
半塗喜開鑿,	반도희개착
派別失大江.	근별실대**강**
吾欲盈其氣	오욕영기기
不令見麾幢.	불령견휘**당**
牛羊滿田野,	우양만전야
解斾束空杠.	해패속공**강**
傾罇與斟酌,	경준여짐작
四壁堆甖缸.	사벽퇴앵**항**
玄帷隔雪風,	현유격설풍
照爐釘明釭.	조로정명**강**
夜闌縱捭闔,	야란종벽합
哆口疏眉厖.	치구소미**방**
勢侔高陽翁,	세모고양옹
坐約齊橫降.	좌약제횡**항**
連日挾所有,	연일협소유
形軀頓胮肛.	형구돈방**항**
將歸乃徐謂,	장귀내서위
子言得無哤.	자언득무**방**
迴軍與角逐,	회군여각축
斫樹收窮龐.	작수수궁**방**
雌聲吐款要,	자성토관요
酒壺綴羊腔.	주호철양**강**
君乃崑崙渠,	군내곤륜거

籍乃岭頭瀧.　　적내령두**랑**

譬如蟻蛭微,　　비여의질미

詎可陵崆峴.　　거가릉공**앙**

幸願終賜之,　　행원종사지

斬拔蘖與椿.　　참발얼여**장**

從此識歸處,　　종차식귀처

東流水淙淙.　　동류수장**장**

속이 허하여 설사를 하고

냉기를 피해 북창에 누워,

새벽 북소리에 맞춰 조회하러 가지도 않고

편히 자면서 둥둥 북소리를 듣고 있네.

장적은 여염집에 살면서

재능을 가지고도 나라에 펴지 못한 채,

문장으로 스스로 즐기니

아름다운 음악이 날마다 울리고,

용 무늬 백 곡의 솥을

필력으로 혼자서 들어 올릴 수 있지.

말하는 혀를 오랫동안 놀리지 못했으니

그대가 아니면 진정 누가 짝하겠는가?

궤안에 기대어 그대에게 말하도록 유도하니

처음에는 조리가 짱짱하였지만,

도중에 물길 트기를 좋아하여

지류가 큰 강을 벗어났네.

나는 그 기세를 한껏 채워주고자

깃발을 보이지 않게 하고는,

소와 양을 들에 가득 풀어놓고

깃발을 풀어 빈 깃대를 묶었네.

술잔을 기울여 함께 수작하니

사방 벽에 술 항아리가 쌓여가고,

검은 장막 너머에는 눈바람이 부는데

술 화로를 비추려고 밝은 등을 늘어놓았네.

밤늦도록 마음껏 이야기하다 보니

입은 크게 벌어지고 진한 눈썹의 이마가 확 펴져서,

그대의 기세는 고양의 늙은이가

앉아서 제나라 전횡을 잡아 항복시킨 것 같았고,

연일 가진 학식을 믿고 뽐내니

몸도 갑자기 비대해진 듯했네.

그가 돌아가려 하기에 내가 천천히 말하길

"그대의 말이 너무 난잡하지 않은가?"라고 하고,

군사를 돌려 함께 각축하다가

나무를 잘라 궁지에 빠진 방연을 잡아들이니,

그대는 아녀자 같은 소리로 진심을 토해내고는

술병에 양의 갈빗살을 곁들여 내놓으며 말했지.

"그대가 곤륜산의 물줄기라면

저 장적은 고개 마루의 여울입니다.

비유컨대 저는 하찮은 개밋둑과 같으니

어찌 높은 산을 이길 수 있겠습니까?

원컨대 끝내 가르침을 주셔서

움과 그루터기를 베고 뽑고자 합니다."

이로부터 돌아갈 곳을 알고는

동쪽으로 물이 콸콸 흘러갔다네.

　장적(張籍, 766-830)은 정원 14년[798]에 한유를 만났고 그 이듬해에 한유의
추천으로 과거에 급제하였다. 이 시는 정원 14년 겨울에 지은 것으로 보인다.
조회에 나가지 못하여 무료해진 한유는, 평소에 문장을 즐기고 필설로 자부
심이 강한 장적을 불러 술을 마셨다. 설사병으로 쉬는 처지에 친구를 불러
술을 마시는 설정부터 다소 코믹하다. 한유는 장적과 술을 마시며 논쟁을
벌였는데 이를 병법이 뛰어난 장수가 허허실실의 전법으로 적군을 마음대로
농락하여 승리를 거두는 것으로 이야기하고 있다. 처음에 일부러 미끼를
던져 장적이 마음껏 논변을 펼치며 득의양양하게 한 다음에, 손빈이 방연을
잡듯 상대의 허를 찔러 완파시켜버렸다. 끝부분에 장적의 말을 빌려 자신을
스승으로 모시며 따르겠다고 항복 선언을 받아내는 설정도 재미있다. 기증
시에서 이렇게 상대방을 농락하는 것도 흔치 않으며 경우에 따라서는 받는
이가 기분 나쁠 수도 있다. 이는 정말 허물없이 친한 친구에게 가능한 해학이
다. 아마도 장적은 이 시를 받고 크게 웃으며 재미있어했을 것이다. 주이준은
"이 시를 보니 한유는 꾀임을 잘하고 또한 해학도 잘했음을 알 수 있다.[讀此,
知公善誘, 亦善謔.]"라고 했고, 사신행은 "유희적으로 글을 지었는데 온통 종횡
으로 열고 닫는 기세가 있다[戲爲文, 具縱橫開合之勢.]"라고 평하였다.

　한유는 유학의 도통을 자부하고 「논불골표(論佛骨表)」를 쓰며 불교를 배척
한 것으로 유명하지만 개인적으로 여러 스님들과 허물없이 친하였다. 그래
서 그가 스님들과 교유한 시도 적지 않다. 「징관 스님을 보내다[送僧澄觀]」에
서 스님의 외관을 우스꽝스럽게 묘사한 부분이 눈에 띈다.

(중략)

洛陽窮秋厭窮獨,　　낙양궁추염궁독

丁丁啄門疑啄木.　　정정탁문의탁**목**

有僧來訪呼使前,　　유승래방호사**전**

伏犀插腦高頰權.　　복서삽뇌고협**권**

惜哉已老無所及,　　석재이로무소급

坐睨神骨空潸然.　　좌예신골공산**연**

(중략)

낙양 늦가을에 곤궁하고 외로움에 질렸을 때

탕탕 문을 두드리기에 딱따구리인가 했는데,

어떤 스님이 찾아왔기에 불러서 앞에 오게 하니

튀어나온 이마가 뇌에 박혀 있고 광대뼈는 우뚝하였지.

안타깝게도 이미 늙어 시기를 놓쳐

앉아서 신통한 풍골을 곁눈질하며 공연히 눈물만 흘렸지.

　징관 스님은 재주 있고 시를 잘 썼다. 그가 '궁추(窮秋)'에 '궁독(窮獨)'에 질려있던 한유를 찾아왔을 때의 장면과 인물 묘사가 인상적이다. '정정(丁丁)'은 『시경(詩經)·소아(小雅)·벌목(伐木)』의 "나무 베는 소리 쩡쩡 울린다(伐木丁丁)."에서 온 말로 나무 베는 소리이다. 문 두드리는 소리가 나무를 베듯 매우 컸던 모양이다. 이를 '벌목(伐木)'에서 '탁목(啄木)'으로, 나아가 탁목조(啄木鳥) 즉 딱따구리로 비유하고 있다. 누구이길래 이렇게 세차게 문을 두드리는가 하고 불러서 보니, '무소뿔처럼[伏犀]' 튀어나온 이마에 우뚝한 광대뼈의 스님이다. '복서(伏犀)'는 앞이마에서 모발이 있는 부분까지 뼈가 불룩하게 튀어나온 것으로 귀한 인물의 관상이기도 하다. 모발이 없는 스님이다 보니 무소뿔 같은 이마가 뇌에 박힌 것 같다는 것이다. 이처럼 신통한 풍골(神骨)의 기인을 제때에 만나 추천하지 못하고 떠나보내야 하는 아쉬움을 시의 말미에 읊고 있다. 이런 해학적이고 기험한 묘사가 반드시 좋은 평가를 받는 것은 아니다. 정학순(程學恂, 1873-1952)은 『한시억설(韓詩臆說)』에서 "한유의 시에는 골계와 해학이 많은데 바른 말이 아니다.[公詩多涉滑稽俳諧, 非正言也.]"라는 평을 하기도 했다.

「약스님을 전송하는 귀공부의 시에 화답하다[和歸工部送僧約]」도 은근히 해학적이다.

>   早知皆是自拘囚,   조지개시자구수
>   不學因循到白頭.   불학인순도백두
>   汝既出家還擾擾,   여기출가환요요
>   何人更得死前休.   하인갱득사전휴

일찍부터 다 스스로 얽어맨 것임을 알면서도
되는대로 한가하게 사는 법을 배우지 않고 백발에 이르지만,
그대는 이미 출가했는데도 여전히 바쁘고 어지러우니
누가 다시 죽기 전에 휴식을 얻을 수 있으리?

전반부에서 우선 자신을 비롯한 사람들이 속인들이라 스스로 얽어매어 바쁘게 살다가 늙어버린다고 탄식하고 있다. 약스님은 형주(荊州)사람 문약(文約)인데 출가한 뒤 육조(六祖) 혜능(慧能)대사의 교리를 터득하였다고 한다. 그런데도 여전히 속인처럼 바쁘고 어지럽게 산다고 말하고 있다. 그러니 죽기 전에는 누구도 한가하고 편안한 삶을 살 수 없는 것인가 라고 반문하면서 약스님을 은근히 해학적으로 조소하고 있다. 끝의 '휴(休)'는 압운자 때문

이기도 하지만 약스님을 은근히 '소인(小人)'으로 비꼬는 측면도 있다. 『순자 (荀子)·대략편(大略篇)』에서 "위대하도다 죽음이여! 군자는 이에 쉬게 되고, 소인도 이에 쉬게 된다.[大哉死乎, 君子息焉, 小人休焉.]"라고 하며, 군자는 '식 (息)', 소인은 '휴(休)'와 연계시키고 있기 때문이다. 주이준은 "호방한 기운으 로 구사했는데 얽매임이 없고 통쾌하다.[以豪氣驅遣, 磊落痛快.]"라고 했고, 『당 송시순(唐宋詩醇)』에서는 "위엄을 떨치며 한 번 꾸짖으니 삼 일 동안 귀가 멍하다.[振威一喝, 三日耳聾.]"라고 평하였다.

5. 당대 기타 시인의 해학

『전당시(全唐詩)』에는 '해학(諧謔)' 4권(卷)에 200수에 가까운 작품이 있다.
이를 통해서도 해학이 당시(唐詩), 나아가 중국 고전시의 중요한 특징의 하나
임을 알 수 있다. 여기에는 대부분 군소 시인이나 무명씨(無名氏)의 작품이
수록되어 있다. 그중에 이름이 널리 알려진 시인으로 하지장(賀知章, 659-744)
을 들 수 있다.

하지장은 자가 계진(季眞)이며 회계(會稽)[지금의 절강성(浙江省) 소흥(紹興)] 사
람이다. 언변이 좋고 우스갯소리를 잘했으며 젊어서 문명(文名)을 날리고 벼
슬 생활도 순조로웠다. 스스로 사명광객(四明狂客)[사명산(四明山)은 절강성 영파
(寧波) 서남쪽의 산]이라 부르며 자유분방한 생활을 하다가 만년에 고향으로
돌아갔고 죽었다. 『전당시』 '해학' 편에 수록된 시로 하지장의 「조정의 선비
에게 답하다[荅朝士]」라는 시를 보자.

鈒鏤銀盤盛蛤蜊,   삽루은반성합리
鏡湖蓴菜亂如絲.   경호순채란여사
鄕曲近來佳此味,   향곡근래가차미
遮渠不道是吳兒.   차거부도시오아

무늬 새긴 은쟁반에 대합조개를 담고

경호의 순채는 실처럼 어지럽지요.

시골 곳곳에서 요즘 이 맛을 좋다고 하니

오나라 아이라고 하지 않아도 상관없지요.

『전당시』(권869)의 주석에 "조정의 선비가 하지장이 오월 사람인 것을 알고 농담 삼아 '남방의 귀한 물건이 다시 중원에서도 나는군요.'라고 하자, 하지장이 이 시를 읊어 말했다.[朝士以知章吳越人, 戲云, 南金復生中土. 知章賦詩云云.]"라고 한다. '남금(南金)'은 남방에서 산출되는 동(銅)과 같은 귀한 광물로 남방 출신의 우수한 인재를 비유하는 말이다. 즉, 하지장이 남방에서 상경하여 출세한 것을 칭찬한 것 같지만, 기실 남방 사람이라고 놀리는 말이다. 그 말에 대해 하지장은 즉석에서 위의 시로 화답했다. 우선 자신의 고향의 특산품인 대합조개와 순채는 요즘 어디서나 사랑받는 인기 음식이 되었음을 말하고 있다. 전중국에 보편화된 특산물처럼 오 땅 출신의 인재는 너무 흔하니 굳이 '오아(吳兒)'라고 말할 필요가 없다는 것이다. '오아'는 당시에 오나라 사람을 경멸적으로 부르는 말이었다. 자신을 놀린 조정의 선비를 멋지게 한 방 먹인 것이다. 하지장의 재치와 순발력을 볼 수 있다.

하지장이 만년에 고향에 돌아가서 지은 「고향으로 돌아와서 우연히 쓰다[回鄕偶書]」는 널리 인구에 회자되는 시다. 여기에도 은근한 해학이 담겨있다.

少小離家老大回,　　소소리가로대회

鄕音無改鬢毛衰.　　향음무개빈모최

兒童相見不相識,　　아동상견불상식

笑問客從何處來.　　소문객종하처래

어려서 집을 떠나 늙어서야 돌아오니
고향 사투리는 변함없으나 귀밑머리는 다 빠졌네.
아이들이 나를 보고 알아보지 못하고
웃으며 "손님은 어디서 오셨나요?"라고 묻네.

하지장은 37세에 진사가 되었으니 그 이전에 고향을 떠났을 것이고 86세에 은퇴하여 고향에 돌아왔다고 한다. 그러니 귀밑머리마저 다 빠질 정도로 늙었지만 그래도 변함이 없는 것은 고향 사투리이다. 하지장은 남방 사투리가 심했다고 한다. 사투리를 고치려고 젊을 때에 의식적으로 노력해도 나이가 많아지면 다시 원래 고향 사투리로 돌아간다고 한다. 이렇게 늙은 나이에 고향에 돌아왔으니 고향은 참으로 많은 변화가 있고 예전에 알던 이들은 대부분 죽고 없다. 그때 동네 아이들이 낯선 늙은이를 보고 호기심에 다가와 웃으면서 돌직구 같은 물음을 던진다. "손님은 어디서 오셨어요?[客從何處來]" 아이들의 천진난만한 한 마디 물음으로 인해 많은 감회가 시인의 뇌리를 스쳐 갔을 것이다. 하지장은 자기 고향으로 돌아왔건만 아이들의 눈에는 처음 보는 낯선 '손님[客]'일 뿐이다. 이 시는 아이들의 눈을 통해 주인이 졸지에 객이 된, 해학적인 한 장면의 제시로 무궁한 감회와 여운을 자아내게 만든다. 제1, 2, 3구는 구중자대(句中自對)를 이루어 상황 대비를 두드러지게 하는 등의 수사 기교는 굳이 말할 필요도 없을 것 같다.

변새(邊塞) 시인으로 유명한 잠삼(岑參, 718?-769?)도 해학적인 시가 있다. 「화문의 술집 늙은이에게 장난삼아 묻다[戲問花門酒家翁]」를 보자.

老人七十仍沽酒,　　노인칠십잉고주
千壺百甕花門口.　　천호백옹화문구
道傍楡莢巧似錢,　　도방유협교사전

摘來沽酒君肯否.　　적래고주군긍**부**

칠십 노인이 여전히 술을 파는데
천 병, 백 독이 화문 어귀에 있네.
길옆의 느릅나무 열매가 교묘하게 돈 같으니
따 와서 술을 살까 하는데 그대는 어떠시오?

'화문(花門)'은 당나라 북방의 산 이름인데, 이곳에 보루를 설치하여 북방
민족의 침입을 막았다고 한다. 그러다가 천보(天寶) 시기에 회흘(回紇)에게 점
령을 당하였던 곳이다. 그곳에서 칠순 노인이 많은 술병을 진열해 놓고 여전
히 술을 팔고 있었다. 마침 그 옆 길가에 느릅나무가 있었는데, 그 열매 모양
이 엽전과 비슷하여 '유전(榆錢)'이라고도 한다. 술도 마시고 싶고, 장난기가
발동한 시인은 그 '유전'으로 술을 많이 살까 하는데 어떻냐고 물어본다.
물론 잠삼이 진짜 돈을 안 내고 술을 사지는 않았을 것이지만, 살벌한 변경의
분위기를 누그러뜨리는 시인의 유머에 노인은 웃으며 공짜술이라도 주었을
것 같다.
　중당의 노동(盧仝, 795-835)도 해학적인 시로 유명하다. 그는 백성들의 고통
을 잘 반영하였으며 풍격이 독특하고 산문과 구어에 가까운 시를 즐겨 썼다.
그의 「촌에서 취하다[村醉]」를 보자.

　　　昨夜村飲歸,　　작야촌음귀
　　　健倒三四五.　　건도삼사**오**
　　　摩挲青莓苔,　　마사청매태
　　　莫嗔驚著汝.　　막진경착**여**

어젯밤에 촌에서 마시고 돌아가다가
미끄러워 넘어진 것이 세 번, 네 번, 다섯 번.
푸른 이끼를 쓰다듬으며 만지나니
너를 놀라게 했다고 화내지 말게나.

    이 시는 술 취해서 집으로 돌아갈 때의 장면을 해학적으로 이야기하고 있다. 가로등도 없는 옛날 시골의 캄캄한 밤길을 술 취한 시인이 걸어서 돌아가고 있다. '오늘따라 길이 왜 이렇게 미끄럽지' 하며 자꾸만 넘어진다. '세 번, 네 번, 다섯 번[三四五]', 노동다운 표현인데, 흔히 '노동체(盧仝體)'라고 도 불린다. 자신이 중심을 잡기 어려울 만큼 만취했다는 것을 취한 사람은 잘 인정하지 않는다. 그저 길이 이상할 따름이다. 급기야 앞으로 넘어져 길바 닥의 푸른 이끼에 얼굴을 맞대었다. 이때 시인의 말이 재미있다. 이끼를 쓰다 듬으며 "미안해, 내가 너를 놀라게 했지. 화내지 말게나." 술주정도 이렇게 부리면 참 귀엽다. 취중진담이라 했던가. 취하니 만물에 대한 시인의 애정이 절로 나온다.

제4장

송시(宋詩)의 해학

송대에 와서는 시의 창작이 더욱 일상화되고 시가 사대부들의 교제의 필수 수단이 되면서 그 유희성도 증가하였다. '이시위희(以詩爲戱)'가 송시의 주요 특징의 하나였다. 허학이(許學夷, 1563-1633)는 『시원변체(詩源辯體)』에서 "송시는 변격을 주로 하지 정격을 주로 하지 않았으며, 고시와 가행체에서 골계와 의론이 그 뛰어난 점이다.[宋主變, 不主正, 古詩歌行滑稽議論, 是其所長.]"[1]라고 하였다. 송시의 해학적 면모는 송대의 많은 시인들에게서 볼 수 있다. 그중에서도 송시에서 가장 두드러지는 성취를 냈던 소식(蘇軾), 황정견(黃庭堅), 육유(陸游), 양만리(楊萬里) 등 대가들의 시에서 해학성이 더욱 두드러진다. 그래서 이들을 중심으로 살펴보고자 한다.

---

1   명(明) 허학이(許學夷), 『시원변체(詩源辯體)』 후집(後集), 「찬요(纂要)」 권일(卷一).

1. 소식(蘇軾) 시

—— 초탈의 웃음: 인생에서 만나는 것에 불가한 것은 없다[人生所遇無不可]

소식(蘇軾, 1036-1101)은 북송(北宋)대의 대문호이자 천재 예술가로 지금의 사천성(四川省) 미산(眉山) 사람이다. 자는 자첨(子瞻), 호가 동파거사(東坡居士)라서 흔히 소동파(蘇東坡)로 불린다. 아버지 소순(蘇洵, 1009-1066), 아우 소철(蘇轍, 1039-1112)과 함께 당송팔대가(唐宋八大家)의 한 사람이다. 그는 시(詩)뿐만 아니라 사(詞), 서예, 그림, 건축, 요리 등 다방면에 뛰어났다. 21세에 진사(進士)가 되어 벼슬길에 들어선 후에 신법파를 풍자하며 현실에 대한 비판을 과감하게 시로 썼다. 소식은 자기 마음에 들지 않은 것이 있을 때에는, 마치 음식물에서 파리를 발견했을 때처럼 그것을 뱉어내야만 직성이 풀린다고 하였다. 이 때문에 오대시안(烏臺詩案)으로 죽을 뻔한 고비도 넘겼으며, 이후 신법파의 탄압과 질시로 여러 차례 좌천당하는 등 정치적으로 시련을 많이 겪었다.

소식은 유머가 풍부한 사람이며 풍부한 학문을 바탕으로 호방하고 거침없이 시를 써냈다. 그래서 송대 사람인 증민행(曾敏行, 1118-1175)은 "소동파는 고아한 해학을 잘했다[東坡善雅謔]"라고 하였다. '아학(雅謔)'이란 학문과 재주가 바탕을 이룬 전아하고 고상한 해학을 뜻한다. 즉 소식은 재학(才學)이 겸비된 고품격 해학, 폭소를 자아내기보다 은근한 운치를 띤 해학을 추구하고 있다. 유희재(劉熙載, 1813-1881)는 『예개(藝槪)』에서 "이백(李白)은 풍(風)에 뛰어나고, 두보(杜甫)는 골(骨)에 뛰어나고, 한유(韓愈)는 질(質)에 뛰어나며, 소식은 취(趣)에 뛰어나다.[白長於風, 少陵長於骨, 昌黎長於質, 東坡長於趣.]"고 했다. 소식의 시를 읽어보면 도처에서 은근한 웃음을 자아내게 하는 독특한 흥취(興趣)가 느껴진다. 소식 시에 구현된 흥취의 주요한 요소의 하나로 해학성(諧謔性)이 있다.[2]

소식의 천부적인 유머 감각에 대해서는 송원(宋元)대의 필기(筆記) 등에서도 많이 언급하고 있다. 작자에 대한 논란이 있지만 해학적 우언이 풍부한 『애자잡설(艾子雜說)』도 소식이 지었다는 것이 정설로 받아들여지고 있다. 소식은 일상생활에서 늘 우스갯소리를 잘했으며 고난에 처하거나 불우한 상황에서도 웃음을 잃지 않은 사람이었다. 그러한 면모는 시에서도 잘 나타난다. 소식 시에서 '소(笑)'만 434회 출현하는데 그 빈도가 여타 시인에 비해 월등히 높다. 여기에는 "잠깐만 지나면 곧 웃을 수 있게 되어, 만사 시름이 다 풍우처럼 흩어진다.[須臾便堪笑, 萬事風雨散.]"(「교태부견화부차운답지(喬太傅見和復次韻答之)」)처럼 소식의 삶의 태도가 보이는 구절도 있다. 또한 '소(笑)'가 비웃는 뜻으로 쓰인 경우도 있지만 "회포를 푸느라 할 말 안 할 말 가리지 않아, 손뼉을 치며 웃다가 턱이 다 빠졌다.[放懷語不擇, 撫掌笑脫頤.]"(「답이방직(答李邦直)」), "이 일을 가지고 장선생을 조롱하면, 한바탕 웃느라고 턱이 빠질 지경이리.[持此調張子, 一笑當脫頤.]"(「차운왕공유별(次韻王鞏留別)」), "시가 이루어지면 하늘도 한 번 웃어, 만상이 얼어 웅크린 자세를 풀었다.[詩成天一笑, 萬象解寒窘.]"(「李公擇過高郵, 見施大夫與孫莘老賞花詩, 憶與僕去歲會於彭門折花饋筍故事, 作詩二十四韻見戲, 依韻奉答, 亦以戲公擇云」) 등처럼 마음껏 웃는 장면이 자주 나온다.

소식의 유머는 사(詞)나 우언에서 보다 잘 나타나며, 시는 소식의 해학성이

---

2   소식의 해학성에 대해 필자는 「蘇軾 詩의 諧謔과 웃음」(『중국문학』 제96집, 2018)에서 논한 바가 있다. 본 절에서는 여기에서 언급한 시를 다수 참고하여 수정하였다.

상대적으로 적게 발현된 분야라고 볼 수도 있겠다. 하지만 타고난 유머 감각과 글재주를 가진 소식은 시에서 해학성을 발휘하기가 힘든 것이 아니라 절제하기가 더 힘들었던 것 같다. 그래서 소식의 시집을 넘겨보면 해학적인 시가 자주 출현하고 해학성을 띤 시구를 도처에서 발견할 수 있다. 그럼에도 시의 격을 떨어뜨리지 않고 호평을 받을 수 있었던 이유는 무엇일까? 소식은 풍부한 학식과 유머 감각을 바탕으로 따뜻한 마음과 깊은 철학이 담긴 고품격 해학을 자연스럽게 구사하였다. 이를 통해 호방하고 달관적인 면모를 띠게 하여 시의 흥취를 높이며 독특한 소식의 시풍을 이루고 있는 것이다. 한편으로는 넘쳐나는 기지를 주체할 수 없어 시를 다소 경박하게 만든 측면도 있다.

소식의 해학시로 우선 희제시(戲題詩) 부류를 들 수 있다. 『소식시집(蘇軾詩集)』에 시제(詩題)에 '희(戲)'자를 쓴 시는 총 103수, '조(嘲)', '기(譏)', '소(笑)'를 쓴 시는 총 6수이다. 이런 시는 제목에서 해학의 의도를 밝히고 있다. 그래서 시를 감상함에 있어 '희'의 발현을 기대하고 대하게 된다. 이러한 '희'에 대한 기대는 해학의 측면에서 효과가 반드시 긍정적인 것은 아니다. 즉, 기대에서 허무함으로 떨어질 때 웃음이 발생한다는 유머의 기본 원리상에서 보면 '희제(戲題)'는 도리어 역효과가 있을 수도 있다. '농담[戲]'으로 우스울 것이라는 정보를 제목에서 미리 흘리기 때문에 의외의 웃음을 유발하는 효과가 줄어들 수도 있는 것이다. 그래서 희제시가 생각보다 별로 우습지 않아 실망스러울 때도 종종 있다. 시인이 제목에 '희'자를 부치는 것은 다양한 의도가 있을 수 있다. 시가 가벼울 수 있다는 것을 미리 선수치듯 인정하고, 그로 인해 역으로 해학성을 줄이면서 시의 품위를 유지하고자 하는 이유도 있는 것이다. 그래서 희제시는 그다지 해학적이지도 않으면서 시의 품격도 높지 않은 경우가 많기에 일반적으로 선집에 잘 수록되지 않는다.

소식의 희제시에서 해학성이 두드러지는 예로 우선 「태수 서군유와 통판

맹형지가 둘 다 술을 마시지 않기에 시로써 희롱하다[太守徐君猷通守孟亨之, 皆不飮酒, 以詩戲之]」를 보자.

孟嘉嗜酒桓溫笑,　　맹가기주환온소
徐邈狂言孟德疑.　　서막광언맹덕의
公獨未知其趣爾,　　공독미지기취이
臣今時復一中之.　　신금시부일중지
風流自有高人識,　　풍류자유고인식
通介寧隨薄俗移.　　통개녕수박속이
二子有靈應撫掌,　　이자유령응무장
吾孫還有獨醒時.　　오손환유독성시

맹가가 술을 좋아하여 환온이 웃음 지었고
서막이 미치광이 소리를 하여 조맹덕이 의아해했는데,
공들은 유독 그 흥취를 모르시지만
저는 지금 때때로 한번쯤 그 뜻에 들어맞습니다.
풍류가 있었으니 자연히 고수가 알아봤고
변함없이 곧았으니 어찌 경박한 세속을 따랐으리오?
두 분에게 혼령이 있다면 틀림없이 손뼉치겠군요
우리 후손에게도 정신 맑을 때가 있다고.

이 시는 소식이 황주(黃州)에 유배되어 있을 때 술자리에서 황주지주(黃州知州) 서대수(徐大受, 字 君猷)와 황주통판 맹진(孟震, 字 亨之)이 술을 마시지 않는 것을 보고 우스갯소리로 놀린 것이다. 수련에서는 그들과 성이 같으며 술로 유명한 맹가와 서막의 일화를 소개하고 있다.[3] 함련 이하에서 본격적으로

'희(戲)'의 뜻을 드러내고 있다. "공들은 그분들의 후손이면서 어찌 그 흥취를 모르시오? 저도 때때로 성인(聖人)의 뜻에 부합합니다."라고 마치 면전에서 말하는 듯하다. 이어서 맹가는 그러한 '풍류(風流)'가 있어 동진 때 식견이 뛰어난 저부(褚裒) 같은 고수가 알아봤고, 서막은 시류에 부화뇌동하지 않고 '항상 곧은[通介]' 평상시의 모습을 유지하여 칭송을 받았다고 한다. 이는 『진서(晉書)·맹가전(孟嘉傳)』과 『삼국지(三國志)·위지(魏志)·서막전(徐邈傳)』에 나오는 이야기이다. 소식은 후손들이 부끄러워할 정도로 그들의 선조에 대해 자세히 알고 있음을 은근히 과시하면서, 그들이 선조들의 훌륭한 유풍[즉, 음주]을 따르지 않고 있다고 놀리고 있는 것이다. 그러다가 미련에서 두 분의 혼령이 있다면 도리어 손뼉치고 기뻐하며 "우리들은 다 취하여 살았는데, 우리 후손들은 '홀로 깨어있을[獨醒]' 때도 있군요!"라고 할 것이라 한다. 굴원(屈原) 「어부사(漁父辭)」의 "뭇 사람들은 다 취했는데 나만 홀로 깨어있다.[衆人皆醉, 我獨醒.]"를 패러디한 말인데 칭찬인지 비아냥인지 헷갈리는 속에 일종의 급소 문구[punch line] 같은 효과를 내며 웃음을 자아내게 한다. 이 시를 보고서 서군유와 맹형지는 결국 한바탕 웃으며 술을 안 마실 수는 없었을 것이다. 술을 권하는 것이 목적인 이런 시는 술자리에서 즉석으로 짓지 않으면 그다지 효용이 없다. 풍부한 학식을 바탕으로 바로 적절한 전고를 구사한 시를 지어 술자리를 화기애애하게 한 소식의 순발력이 놀랍다. 이처럼 전고를 순발력 있게 사용하며 해학성을 발현한 희작시는 소식에게 흔히 볼 수 있다. 하지만 이러한 시는 그러한 전고를 알거나 그 자리에 참여한 당사자에

---

3 맹가는 동진(東晉) 사람으로 정서대장군(征西大將軍) 환온(桓溫)의 참군(參軍)으로 있었는데 중양절을 맞아 환혼이 용산(龍山)에서 벌인 연회에서 바람에 모자가 날려간 줄도 모르고 술에 잔뜩 취해 즐겁게 놀았다고 한다. 서막은 삼국시대 위나라 사람으로 조조(曹操)가 금주령을 내리자 술꾼들이 청주를 성인(聖人)이라 하고 탁주를 현인(賢人)이라 칭했는데 몰래 술을 마시고는 "성인의 뜻에 맞았습니다[中聖人]"라고 했던 일화가 있다.

게는 웃음을 자아내게 할 수 있어도 보편적인 감동을 주는 수작이라고 볼 수는 없다.

소식은 스님에게도 농담을 잘했으며 희작시를 써주곤 했다. 「변재법사가 상천축사로 돌아갔다는 말을 듣고 시로써 농담 삼아 묻다[聞辯才法師復上天竺, 以詩戲問]」를 보자.

道人出山去,	도인출산거
山色如死灰.	산색여사**회**
白雲不解笑,	백운불해소
靑松有餘哀.	청송유여**애**
忽聞道人歸,	홀문도인귀
鳥語山容開.	조어산용**개**
神光出寶髻,	신광출보계
法雨洗浮埃.	법우세부**애**
想見南北山,	상견남북산
花發前後臺.	화발전후**대**
寄聲問道人,	기성문도인
借禪以爲詼.	차선이위**회**
何所聞而去,	하소문이거
何所見而回.	하소견이**회**
道人笑不答,	도인소부답
此意安在哉.	차의안재**재**
昔年本不住,	석년본부주
今者亦無來.	금자역무**래**
此語竟非是,	차어경비시

且食白楊梅.   차식백양매

도인께서 산에서 떠나가시자
산빛이 다 타버린 재와 같았고,
흰 구름도 도무지 웃을 줄 몰랐으며
푸른 소나무도 슬픔이 넘쳐났는데,
혼연히 도인께서 돌아오신다는 말을 듣고
새들도 지저귀고 산도 얼굴을 폈겠군요.
신령스러운 광채가 육계에서 나오고
법우가 내려 먼지를 씻겠군요.
생각컨대 남쪽과 북쪽 산에서
앞뒤의 누대에 꽃이 피었겠지요.
인편에 편지 보내 도인께 여쭈면서
선적인 표현을 빌려 우스갯소리를 하겠습니다.
"무슨 소리를 듣고 떠나셨다가
무엇을 보았기에 돌아오셨는지요?"
도인께선 웃으실 뿐 대답을 안 하실 터
그 뜻이 어디에 있는 건지요?
'지난 해에도 본래 머물지 않았고
지금도 또한 안 온 것과 같다'고 생각하시겠지요.
이 말도 끝내 옳은 말이 아닐 것이니
그저 흰 양매나 먹겠습니다.

이 시는 17년 동안 상천축사를 다스리던 변재법사가 문첩(文捷)이라는 욕
심 많은 승려의 모함을 받아 하천축사로 쫓겨났다가 다시 돌아가게 되었다

는 소문을 듣고, 쫓겨나건 복귀하건 담담한 변재법사의 모습을 생각하며 "선(禪)적인 표현을 빌려 해학적인 시를 써서[借禪以爲詠]" 부친 것이다. 정작 법사는 어떤 경우에도 마음이 흔들림이 없건만 그가 떠나자 산천이 다 슬퍼하고 그가 돌아오자 조수도 다 기뻐한다며 해학적인 어투로 시작하고 있다. 뒷부분의 선문답 같은 대화에도 은근한 해학이 담겨있다. 왜 떠나셨는지 묻는 말에, 깨달음의 경지에서는 본래 오고 감도 없다고 생각하실 것이라며, 법사의 속마음을 다 헤아린 듯한 말이 재미있다. 그러고는 끝구에서 다시 뒤집는다. '백양매(白楊梅)'는 '성승매(聖僧梅)'라고 하는데 이것을 먹으면 불도 (佛道)를 터득한다는 속설이 있다. 그래서 스님과 감히 상대도 안 되면서 이런 저런 말을 한 것이 옳은 일이 아닐 것이라며 흰 양매나 먹고 불도를 열심히 추구하겠다고 말하고 있다. 짐짓 겸양을 떠는 속에 해학이 넘친다. 아무리 감정 변화가 없는 변재법사라도 이 시를 받고 웃음을 참기 힘들었을 것 같다.

반면에 다음 희제시는 진지한 감정과 사회비판을 곁들이고 있어 그 기풍이 사뭇 다르다. 「소자유를 희롱하다[戲子曲]」를 보자.

宛丘先生長如丘,	완구선생장여구
宛丘學舍小如舟.	완구학사소여주
常時低頭誦經史,	상시저두송경사
忽然欠伸屋打頭.	홀연흠신옥타두
斜風吹帷雨注面,	사풍취유우주면
先生不愧旁人羞.	선생불괴방인수
任從飽死笑方朔,	임종포사소방삭
肯爲雨立求秦優.	긍위우립구진우
眼前勃蹊何足道,	안전발혜하족도
處置六鑿須天游.	처치육착수천유

讀書萬卷不讀律,　　독서만원부독**률**

致君堯舜知無術.　　치군요순지무**술**

勸農冠蓋鬧如雲,　　권농관개뇨여운

送老虀鹽甘似蜜.　　송로제염감사**밀**

門前萬事不掛眼,　　문전만사불괘안

頭雖長低氣不屈.　　두수장저기불**굴**

餘杭別駕無功勞,　　여항별가무공**로**

畫堂五丈容旂旄.　　화당오장용기**모**

重樓跨空雨聲遠,　　중루과공우성원

屋多人少風騷騷.　　옥다인소풍소**소**

平生所慚今不恥,　　평생소참금불**치**

坐對疲氓更鞭箠.　　좌대피맹갱편**추**

道逢陽虎呼與言,　　도봉양호호여언

心知其非口諾唯.　　심지기비구낙**유**

居高志下眞何益,　　거고지하진하익

氣節消縮今無幾.　　기절소축금무**기**

文章小伎安足程,　　문장소기안족**정**

先生別駕舊齊名.　　선생별가구제**명**

如今衰老俱無用,　　여금쇠로구무용

付與時人分重輕.　　부여시인분중**경**

완구 선생은 키가 커서 언덕 같은데

완구 학사는 집이 작아 조각배 같네.

늘상 고개 숙인 채 경전과 사서를 낭송하는데

홀연 하품하며 기지개 켜다 쿵 하고 천장에 머리를 박았네.

빗긴 바람이 장막에 불어 비가 얼굴을 치면
선생은 태연한데 옆 사람이 부끄러워하네.
배 터져 죽을 난쟁이야 동방삭을 실컷 비웃어보렴
기꺼이 빗속에 섰을망정 진나라 가수야 되겠느냐!
눈앞의 다툼이야 말할 것도 없고
여섯 감정을 다 처리하고 천상에서 놀아야지.
책을 만 권 읽었어도 법률은 읽지 않아
우리 임금 요순으로 만들 기술이 없음을 아네.
농사 권하는 관리들이 구름처럼 부산해도
늙은이에겐 나물과 소금이 꿀같이 달다.
문 앞의 모든 일은 거들떠보지도 않고
고개는 늘 숙였어도 기개는 굽히지 않네.
항주의 통판은 공로도 없이
오장기가 들어가는 으리으리한 단청집에 사는데
허공에 걸린 겹겹의 누각에 빗소리도 아련하고
인적 드문 수많은 건물에 바람 소리 스산하다.
평생 부끄럽게 여긴 일을 지금은 부끄러워하지 않고
편히 앉아 지친 백성을 대하고 게다가 채찍질도 한다.
길에서 양호를 만나면 그를 불러 함께 이야기하나니
속으로는 그른 줄 알면서 입으로는 맞장구친다네.
지위만 높고 뜻이 낮으면 정말 무슨 보탬이 되랴
의기와 절개가 쪼그라들어 이제 얼마 안 남았네.
문장은 작은 재주니 어찌 족히 표준이 되랴
선생과 통판이 다 옛날에는 이름을 날렸으니,
지금은 노쇠하여 둘 다 쓸모없을지라도

세인들에게 맡기어 경중을 가려 보세.

이 시는 소식이 항주통판으로 부임한지 얼마 안 된 희령(熙寧) 4년[1071] 12월에 동생 소철(蘇轍)에게 써준 것이다. 소철은 자(字)가 자유(子由)이다. 당시 소철은 청묘법(靑苗法) 실시를 반대하다가 왕안석(王安石, 1021-1086)의 미움을 사서 진주(陳州)의 주학교수(州學敎授)로 밀려나 어려운 생활을 하고 있었다. '완구(宛丘)'는 진주의 별칭이기에 소철을 '완구 선생'이라 장난스럽게 부르며 시를 시작하고 있다. 첫 부분부터 '희(戲)'의 분위기가 농후하다. 큰 키의 소철이 작고 누추한 학교에서 책을 읽다가 기지개 켜며 일어나다 천장에 쿵하고 머리를 박는다는 설정이 먼저 웃음을 자아낸다. 이어 소철을 키가 컸던 동방삭에 비유하고, 당시 신법파를 동방삭을 비웃는 배부른 난장이에 비유하고 있다. 그런 중에서도 소철은 의연하게 지내며 기개를 굽힘이 없다. 소식은 동생의 이러한 기품을 해학적으로 묘사하고 있다. 그와 대조적으로 고대광실에서 호화로운 생활을 하면서 의도치 않게 백성들을 핍박하는 자신의 못난 형태를 자조하고 있다. 그 과정에서 신법파의 갖가지 실정도 은근히 풍자하고 있다. 이 시의 해학에는 실의에 빠진 동생의 마음을 풀어주려는 따뜻한 우애와 함께 현실 비판의 뜻이 담겨있어 더욱 주목할 만하다. 신법파들은『오대시안』에서 이 시를 조목조목 언급하며 소식의 죄를 따지고 과민하게 반응하였다. 이는 소식의 유머가 그만큼 정곡을 찔렀기 때문이다. 이 시는 희제시지만 결코 가벼운 작품이 아님을 알 수 있다. 소철을 놀리려고 했던 것이 결과적으로 신법파를 놀린 꼴이 되어버려 소식은 결국 큰 고초를 겪게 되었다.

소식의 희제시 중에 인구에 회자되는「아이를 씻으며 장난삼아 짓다[洗兒戲作]」를 보자.

人皆養子望聰明,　　인개양자망총**명**

我被聰明誤一生.　　아피총명오일**생**

惟願孩兒愚且魯,　　유원해아우차로

無災無難到公卿.　　무재무난도공**경**

남들은 다 자식이 총명하길 바라지만

나는 총명함으로 일생을 망쳤으니,

오직 이 아이가 어리석고 노둔해

무난하게 공경의 지위에 오르길 바라네.

　소식이 황주에 있던 원풍(元豐) 6년[1083] 9월 27일에 시첩 왕조운(王朝雲)이 아들 둔(遯)을 낳았다. 이 시는 아이가 태어난 지 사흘째 되는 날에 아이의 몸을 씻어주며 잔치를 벌여 축복해주는 세아회(洗兒會) 때 지은 것이다. 자식이 총명하길 바라지 않는 부모는 없을 것이다. 그런데 일견 소식은 그 반대로 바라고 있다. 소식은 자신의 총명함으로 인해 큰 고난을 겪고 이렇게 유배를 왔기 때문에 아이는 도리어 어리석고 노둔하길 바라고 있다. 부모는 늘 자식이 자신의 과오를 되풀이하지 않고 자신이 부족했던 점을 채워주기를 바라기 때문이다. 그러다가 마지막 구에서 다시 반전이 있다. 그렇게 해서 나처럼 재난을 겪지 말고, '무난하게' '공경(公卿)'에 오르길 바라고 있다. 소식은 거리낌 없이 말하고 처세에 서툴러서 재난을 겪었다. 그래서 자신보다 더 처세를 잘해서 자기도 오르지 못한 공경의 지위에 무난하게 오르길 바라고 있다. 이는 사실 자기보다 더 총명하길 바라고 있는 것이다. 부모의 욕심이란 이런 것이다. 이 시는 전편에 '희'의 뜻이 넘치는 가운데 자식에 대한 깊은 사랑이 담겨있다. 전고도 쓰지 않고 단순히 유희에 그치지 않는, 기품 있는 해학으로 인해 널리 인구에 회자 되고 있다.

소식은 일찍부터 시의 소재로 쓰인 서재나 정자 등의 건물 명칭에 기민하게 반응하여 위트를 발휘한 시를 잘 지었다. 「수주의 스님 본영의 정조당[秀州僧本瑩靜照堂]」에서는 '정조당(靜照堂)'이라는 이름을 붙여 놓고 여기저기 떠돌아다니기를 좋아하는 승려 본영을 짐짓 나무라고 있다. 그러면서 쉽게 안주하지 못하는 인간의 본질에 대한 통찰과 위트가 엿보이는 해학을 구사하였다. 「석창서의 취묵당[石蒼舒醉墨堂]」에서는 '취묵당(醉墨堂)'이라 할 만큼 병적으로 서예에 빠져 있는 석창서를 "인생에서 글자를 알게 된 것이 우환의 시작이다[人生識字憂患始]"라는 말로 시작하여 해학적으로 충고하였다. 그 외에 '야옹정(野翁亭)'[「於潛令기同年野翁亭」], '횡취각(橫翠閣)'[「法惠寺橫翠閣」], '낙전당(樂全堂)'[「張安道樂全堂」], '취면정(醉眠亭)'[「李行中秀才醉眠亭三首」], '광록암(光祿庵)'[「光祿庵二首」], '취원루(聚遠樓)'[「單同年求德興兪氏聚遠樓詩三首」], '희희당(熙熙堂)'[「杜介熙熙堂」] 등 뭔가 그럴싸한 명칭만 보면 그 주인과 관련지어 재치 있고 해학적 시를 곧잘 지었다.

그중에서 '취면정'을 읊은 「이행중 수재의 취면정 3수[李行中秀才醉眠亭三首]」를 차례대로 살펴보자. 제1수에서는 다음과 같이 읊었다.

已向閑中作地仙,　이향한중작지선
更於酒裏得天全.　갱어주리득천전
從敎世路風波惡,　종교세로풍파악
賀監偏工水底眠.　하감편공수저면

이미 몸이 한가로워 지상신선이 다 됐는데
더구나 술잔 속에서 천성을 보전하네.
인생길의 풍파가 고약하다 할지라도
하비서감은 물 밑에서 특히 잘 잔다네.

소식은 항주를 떠나 밀주지주(密州知州)로 부임해 가는 길에 이무회(李無悔, 字는 行中)의 취면정(醉眠亭)에 들렀다. 평소 누각 명칭에 민감한 소식은 '술에 취해서 잠자는 정자'라는 '취면정'에 들르자 넘쳐흐르는 위트를 억제하기 힘들었는지 3수의 연작시를 지었다. 제1수에서는 우선 이행중의 자유분방한 성품과 생활을 읊고 있다. 그는 당시 송강(淞江)에 옮겨 와서 살고 있었는데 인품이 고상하여 벼슬에 나아가지 않았다고 한다. 제1, 2구에서 대구의 사용이 인상적이다. 이미 몸이 한가로워 '지상의 신선[地仙]'이 다 되었는데 술잔 속에서 천성을 보전하여 '하늘의 신선[天仙]'의 경지에 올랐다고 짐짓 칭송하고 있다. 그에게는 두보가 「술 마시는 여덟 신선의 노래[飮中八仙歌]」에서 노래한 신선 중 한 사람인 하지장(賀知章)의 풍모가 있다. 하지장은 "말을 탄 것이 배를 탄 것 같은데, 눈이 어질하여 우물에 빠지면 물 밑에서 잤다.[知章騎馬似乘船, 眼花落井水底眠.]"던 사람이다. 이행중은 여기서 좀 더 나아가 좁은 우물물 밑이 아니라 고해(苦海) 인생의 풍파가 심할지라도 취하여 그 파도 물 밑에서 더욱 잘 잔다고 한다. 이는 '취면정'과도 부합할 뿐만 아니라 '풍파(風波)'와 '수저(水底)'가 '물'의 이미지로 이어지고 있어 해학을 더한다. 즉 '지선(地仙)'이자 '천선(天仙)' 같은 분이 술을 매개로 '수선(水仙)'으로까지 나아간 것 같다. 다음 제2수를 보자.

君且歸休我欲眠,　　　군차귀휴아욕**면**
人言此語出天然.　　　인언차어출천**연**
醉中對客眠何害,　　　취중대객면하해
須信陶潛未若賢.　　　수신도잠미약**현**

"나 졸리니 그대 일단 돌아가서 쉬게나"
남들은 이 말이 초탈한 말이라 하나,

취하여 손님 앞에서 잔들 뭐 어떠리?

도잠도 그대만은 못했음을 알아야 하리.

여기에서는 그의 초탈한 풍모가 도연명(陶淵明)이나 이백(李白)을 능가한다
고 한다. 『송서(宋書)』에 의하면, 도연명은 자기가 먼저 취하면 곧 손님에게
"나는 취해서 자고 싶으니 그대는 가는 게 좋겠소[我醉欲眠卿可去]"라고 말했다
한다. 이백도 「산속에서 은자와 대작하다[山中與幽人對酌]」에서 "나는 취해서
자고 싶으니 그대도 일단 가시오[我醉欲眠卿且去]"라고 했다. 사람들은 이를
천연의 경지에서 나온 초탈한 말이라고 칭송한다. 소식은 "진정으로 취했으
면 손님 챙길 정신이 어디 있고, 또 굳이 가라고 할 것은 뭐가 있는가? 취하면
손님 앞에서도 바로 자고, 손님도 자고 싶으면 자는 거지. 바로 여기가 '취면
정'아닌가? 도연명도 그대의 경지에 비하면 한참 아래구만!"하고 껄껄거리
는 듯하다. 이행중이 사실 그렇게 초탈했다기보다는 '취면정'을 통해 짐짓
최고 '주선(酒仙)'의 반열로 추켜세우고 있는 것이다. 이어 제3수를 보자.

孝先風味也堪憐,　　　효선풍미야감**련**

肯爲周公晝日眠.　　　긍위주공주일**면**

枕麴先生猶笑汝,　　　침국선생유소여

枉將空腹貯遺編.　　　왕장공복저유**편**

효선의 풍류도 좋아할 만하니

주공을 만나기 위해 낮잠을 자려했네.

누룩 베고 잔 분은 오히려 그대를 비웃겠지

쓸데없이 빈 뱃속에 옛날 책이나 넣었다고

마지막 시에서도 박식한 소식은 끊임없이 생각나는 관련된 전고를 주체할 수 없었던 것 같다. '취면정에 시흥이 동하여 이행중을 너무¯추켜세웠나? 이제 원래 자리로 좀 내려놓아야 되겠다.'고 생각한 듯한 소식은 제3수에서 잠과 관련된 전고를 쓰고 있다. 효선(孝先)은 후한 사람 변소(邊韶)의 자(字)이다. 『후한서(後漢書) · 변소전(邊韶傳)』에 의하면, 하루는 변소가 의자에 앉은 채로 낮잠을 자는데 제자들이 흉보기를 "효선은 배가 뚱뚱해서 책 읽는 데는 게으르고 잠이나 자고 싶어 한다."라고 했다. 변소가 이 말을 듣고 적당한 기회에 말했다. "배가 뚱뚱한 것은 오경(五經)이 잔뜩 들어있기 때문이고, 잠만 자려고 하는 것은 꿈에 주공(周公)을 만나 이야기하려고 그러는 것이다. 스승을 흉보아도 된다는 말이 어느 경전에 적혀 있더냐?" 이 말을 듣고 제자들이 크게 부끄러워했다고 한다.[4] 『논어(論語) · 술이(述而)』에 "오래되었도다, 내가 더 이상 꿈에 주공을 보지 못함이![久矣吾不復夢見周公.]"라는 말이 있다. 어쩌면 이행중은 취면정에서 주로 책을 읽으며 휴식을 취하거나, 책이 그곳에 널려 있었을 수도 있다. 이는 분명 '취면정'이 기분 나빠할 일이다. 그래서 「주덕송(酒德頌)」을 지으며 누룩을 베고 잤던 유영(劉伶, 221?-300?) 선생이 그대를 비웃을 것이라고 말한다. "공복에는 술을 넣어야 제맛이지, 쓸데없는 옛날 책이나 넣고 자면 어떡하나? 취면정이 얼마나 속상해하겠나?" 사실 뱃속에 누구보다 책이 많이 들어있는 소식이 이런 말을 할 자격이 있는지 모르겠다.

　　건물만이 아니라 술을 소재로 위트와 해학을 발휘한 작품도 있다. 「묽디묽은 술 2수와 서문[薄薄酒二首幷引]」을 보자.

4　　류종목 역주, 『소동파시집2』, 263쪽.

膠西先生趙明叔, 家貧, 好飮, 不擇酒而醉. 常云, "薄薄酒, 勝茶湯, 醜醜婦, 勝空房." 其言雖俚, 而近乎達, 故推而廣之, 以補東州之樂府, 旣又以爲未也, 復自和一篇, 聊以發覽者之一噱云爾.[교서의 조명숙 선생은 집안이 가난하지만 술 마시기를 좋아하여 무슨 술이든 가리지 않고 취하도록 마셨다. 그는 늘 "맑디맑은 술일지라도 차보다는 낫고, 못생기디 못생긴 아내일지라도 독수공방하는 것보다는 낫다"라고 말했다. 그의 말이 비록 속되기는 할지라도 통달한 경지에 가깝기 때문에 이것을 바탕으로 더욱 확장하여 동쪽 고을의 악부를 보충하려고 했는데, 짓고 나서 보니 또 제대로 되지 않은 것 같은 생각이 들어 다시 1편에 스스로 화답하여 보는 사람이 그럭저럭 한 번 웃음을 터뜨리게 하고자 한다.]

薄薄酒,	박박주
勝茶湯.	승차**탕**
麤麤布,	추추포
勝無裳.	승무**상**
醜妻惡妾勝空房.	추처악첩승공**방**
五更待漏靴滿霜,	오경대루화만**상**
不如三伏日高睡足北窗涼.	불여삼복일고수족북창**량**
珠襦玉柙萬人祖送歸北邙,	주유옥합만인조송귀북**망**
不如懸鶉百結獨坐負朝陽.	불여현순백결독좌부조**양**
生前富貴,	생전부귀
死後文章,	사후문**장**
百年瞬息萬世忙.	백년순식만세**망**
夷齊盜跖俱亡羊,	이제도척구망**양**
不如眼前一醉是非憂樂兩都忘.	불여안전일취시비우락양도**망**

묽디묽은 술일지라도

차보다 낫고,

거칠디거친 베옷도

안 입은 것보다 낫고,

못생긴 아내와 고약한 첩도 없는 것보다 낫다네.

오경에 날새길 기다리면 신발에 서리가 가득 차니

찌는 듯한 삼복더위에 시원한 북창 밑에서 해가 중천에 뜨도록 실컷 자는 것만 못하다네.

진주 장식 저고리와 옥 장식 바지 입혀 만인에게 전송받으며 북망산으로 돌아가느니

차라리 메추리인 양 백 번 기운 옷을 입고 아침 햇살 등에 받으며 혼자 앉아 있는 게 낫겠네.

살아있을 때 온갖 부귀 다 누려 보고

죽은 뒤에 멋진 글이 남기를 바라지만

백 년도 순식간이요 만세도 후딱 지나간다네.

백이 숙제나 도척이나 모두 길을 잃었으니

차라리 눈앞에 있는 술이나 마시고 잔뜩 취해 옳고 그름도 우수와 쾌락도 다 잊는 게 낫겠네.

「其二」

薄薄酒,	박박주
飮兩鍾.	음양**종**
麤麤布,	추추포
著兩重.	착양**중**
美惡雖異醉暖同,	미악수이취난**동**

醜妻惡妾壽乃公.　　　추처악첩수내**공**

隱居求志義之從,　　　은거구지의지**종**

本不計較東華塵土北窗風.　본불계교동화진토북창**풍**

百年雖長要有終,　　　백년수장요유**종**

富死未必輸生窮.　　　부사미필수생**궁**

但恐珠玉留君容,　　　단공주옥류군**용**

千載不朽遭樊崇.　　　천재불후조번**숭**

文章自足欺盲聾,　　　문장자족기맹**롱**

誰使一朝富貴面發紅.　수사일조부귀면발**홍**

達人自達酒何功,　　　달인자달주하**공**

世間是非憂樂本來空.　세간시비우락본래**공**

묽디묽은 술이라도

두어 사발 마시고

거칠디거친 베옷도

두 겹으로 입으면

좋고 나쁜 건 달라도 취하고 따스하긴 한가지네.

못생긴 아내와 고약한 첩이 나를 장수케 하려고

내가 은거로 뜻을 추구하면 의로운 나를 따라오지

동화문의 먼지든 북쪽 창의 바람이든 본래부터 따지고 비교하지 않았다네.

인생 백년 길다 해도 끝나고야 마는 법

부유한 죽음이 궁핍한 삶보다 못할 거야 없겠지만

진주 저고리와 옥 함이 그대 얼굴을 남겨 놓아

천 년토록 안 썩다가 번숭을 만날까 두렵네.

문장이란 장님과 귀머거리를 속이면 충분한 것

누가 하루아침에 부귀해져서 거드럼 피우던 사람에게 얼굴이 벌게지게 하겠나?

달인은 스스로 통달하나니 술이 무슨 역할을 하겠나?

이 세상의 시비와 고락은 본래 공허한 것이라네.

이 시는 밀주에 있을 때 지은 것으로 서문에 그 취지가 잘 나타나 있다. 우선 「박박주(薄薄酒)」라는 시제부터 다소 해학적이다. 제1수에서 묽디묽은 술에서 시작하여 못생긴 아내와 고약한 첩도 없는 것보다 낫다는 등 갖가지 위트와 해학이 넘치는 비유를 통해 지족(知足)의 달관을 말하고 있다. 나아가 죽어서 호화로운 장례식을 치르고 명예를 남기는 것보다 지금 눈앞의 한 잔의 술에 취해 시비(是非)와 우락(憂樂)을 모두 잊어버리는 것이 낫다는 깨달음을 표출하고 있다. 제2수[其二]에서는 묽디묽은 술이라도 두어 사발 계속 마시다 보니 어느새 취기가 도는 듯하다. 못생긴 아내와 고약한 첩이 없는 것보다 나은 정도가 아니라 이들은 내가 어떤 상황에 처하건 잘 따르기 때문에 도리어 나를 장수하게 한다고 한다. 전체적으로 긴 설명이 필요 없을 정도로 도처에 위트와 해학이 넘친다. 또 하나 눈길을 끄는 것은 "문장이란 장님과 귀머거리를 속이면 충분하다[文章自足欺盲聾]"는 구절이다. 이는 겸손한 표현으로 볼 수도 있지만, 소식의 시문을 읽고 줄곧 찬탄해온 독자들이 졸지에 '장님과 귀머거리'가 된 것 같아 기분 나쁠 수도 있다. 서문에 말한 것처럼 "한 번 웃음을 터뜨리게 하고자" 쓴 것이기에 굳이 따질 필요는 없으며, 다만 소식의 해학적 문장관이 드러난 것으로 이해할 수 있겠다. 어쨌든 평소 글재주로 자부하는 소식이지만, 서문에서 말한 것처럼 글이 잘 되지 않았던 것 같다. 하지만 이때에도 만족하며 웃을 수 있는, 한층 원숙한 지족의 경지를 보여주고 있다. 전체적으로 '박박주'로 시작했지만 끝에서 "달인은 스스로 통달하나니 술이 무슨 역할을 하겠나[達人自達酒何功]"라며 술의 역할을 부정하는 반전의 묘미도 보인다. 여기에는 "이 세상의 시비와 고락은 본래 공허한 것[世間是非憂樂本來空]"이라는 소식의 철학이 그 바탕을 이루고 있다.

소식 시의 해학성은 희제성(戲題性)의 명칭을 붙이지 않은 일반적인 시에서 더욱 다양하게 발현되고 있다. 바꾸어 말하면 제목이나 부제에서 웃음에 대한 암시를 주지 않았기 때문에 도리어 반전에 의한 해학적 효과가 더 클 수도 있다. 해학이 두드러지는 이러한 류의 시가 더욱 많은데 이를 저작 시기가 빠른 것부터 살펴보고자 한다.

소식이 20대에 지은 초기 시부터 해학적인 작품이 있지만 36세에 항주통판으로 부임한 이후에는 해학적인 시가 한층 풍부하다. 먼저 풍자를 주로 하는 속에 해학을 가미한 「산촌 5절구[山村五絶]」를 들 수 있다. 그 제2수를 보자.

煙雨蒙蒙雞犬聲,　　연우몽몽계견성
有生何處不安生.　　유생하처불안생
但令黃犢無人佩,　　단령황독무인패
布穀何勞也勸耕.　　포곡하로야권경

이슬비 자욱한 곳에 닭과 개 울음소리 들리나니
생명 있는 것은 어디선들 편안히 살지 않으리오?
허리에 송아지를 차는 사람만 없게 하면
뻐꾸기마저 어찌 힘들여 밭갈이를 재촉하리오?

「산촌(山村)」이라는 제목은 우선 고요한 전원시를 연상시킨다. 위 시도 전반부에서 이슬비가 자욱한 마을에서 들리는 '닭과 개 울음소리[雞犬聲]'는 「도화원기(桃花源記)」의 도화원의 모습5을 연상시키는 평화로운 모습이다. 그러다가 후반부에서 반전이 일어나는데 '허리에 송아지를 차는 사람'이라는 말이 웃음을 자아낸다. 이는 『한서(漢書)·순리전(循吏傳)』에서 공수(龔遂)가 발해태수(渤海太守)로 있을 때 백성들 가운데 칼을 차고 다니는 사람에게 칼을 팔아 송아지를 사라고 권유하면서 "어찌 소와 송아지를 허리에 차고 다니는가?"라고 한 말에서 따온 것이다. 『오대시안(烏臺詩案)』에 「산촌」 제2수는 이때 사염판매업자들 가운데 칼과 무기를 차고 다니는 사람이 많았기 때문에 전한(前漢) 사람 공수의 일을 가져다 쓴 것이다. 이는 염법을 너그럽고 공평하게 하여 사람들로 하여금 칼과 검을 차고 다니는 대신 소를 사고 송아지를 사게 하기만 하면 스스로 힘써 농사를 지을 것이므로 권농하느라 애쓸 필요가 없다는 말이다. 이로써 조정의 염법이 너무 가혹하여 불편함을 풍자한 것이다.[山村第二首, 言是時販私鹽者多帶刀仗, 故取前漢龔遂事, 意謂但將鹽法寬平, 令人不帶刀劍而買牛買犢, 則自力耕不勞勸督, 以譏諷朝廷鹽法太峻不便也.]"6라고 자세히 평하고 있다. 이를 통해 소식의 반전에 의한 풍자가 신법파를 자극하고 상당한 효과를 발휘했음을 알 수 있다.

이어서 「산촌 5절구[山村五絶]」 제3수를 보자.

老翁七十自腰鐮,　노옹칠십자요겸
慚愧春山筍蕨甛.　참괴춘산순궐첨
豈是聞韶解忘味,　기시문소해망미

5　도연명(陶淵明), 「도화원기(桃花源記)」: "좋은 밭과 아름다운 연못, 뽕나무와 대나무 등이 있고, 두렁길이 서로 통하며, 닭과 개 울음소리가 서로 들렸다.[有良田美池桑竹之屬, 阡陌交通, 雞犬相聞]."

6　왕문고(王文誥) 집주(輯註), 『소식시집(蘇軾詩集)』, 438쪽의 사주(查注).

邇來三月食無鹽. 　　이래삼월식무**염**

일흔 살 먹은 늙은이도 스스로 허리에 낫을 차니
봄 산의 죽순과 고사리 달콤한 것이 고맙기만 하네.
어찌 「소」 음악을 듣고 맛을 잊을 줄 아는 것이랴?
근래에 석 달 동안 음식에 소금이 없어서라네.

제3수에서는 '허리에 낫을 찬 일흔 살 노인'이 봄 산의 '죽순과 고사리
단맛[筍蕨甛]'에 빠져 있는 것이 공자가 순임금의 「소」 음악을 듣고 석 달
동안 고기 맛을 잊은 경지처럼 보이지만 실상은 다름을 말하고 있다. 그
이유는 다름이 아니라 '음식에 맛을 낼 소금이 없어서[食無鹽]'라는 마지막
구의 반전이 씁쓸한 웃음을 자아낸다. 『오대시안』에서 "제3수의 뜻은 다음
과 같음을 말한다. 산속의 사람들이 굶주리고 가난하여 먹을 밥이 없어서
비록 늙은이라고 할지라도 오히려 스스로 죽순과 고사리를 캐서 허기를 채
운다. 당시의 염법이 너무 가혹하여 궁벽한 곳의 사람들이 걸핏하면 여러
달 동안 소금을 먹지 못했다. 옛날의 성인 같으면 「소」 음악을 듣고 음식
맛을 잊을 수 있겠지만 산속의 백성들이 어떻게 싱거운 것을 먹고 즐거워할
줄 알겠는가? 이 시 또한 염법이 너무 가혹함을 풍자한 것이다.[第三首, 意言山
中之人饑貧無食, 雖老猶自採筍蕨充饑, 時鹽法太峻, 僻遠之人無鹽食, 動經數月, 若古之聖人, 則
能聞韶忘味, 山中小民, 豈能食淡而樂乎? 亦以譏鹽法太峻也.]"[7]라며 자세히 분석하고 있
다. 소식은 젊은 시절에 이처럼 사회현실을 풍자한 시를 곧잘 지었기에 오대
시안의 빌미가 되어 뒤에 큰 고초를 겪게 되었다.

일상적인 교유나 생활을 노래한 시에서 한층 해학이 돋보이는 시가 많다.

7　왕문고 집주, 위의 책, 439쪽의 사주(査註).

「길상사의 꽃이 곧 지려고 하는데 진술고가 오지 않아[吉祥寺花將落而述古不至]」를 보자.

今歲東風巧剪裁,　　금세동풍교전재
舍情只待使君來.　　함정지대사군래
對花無信花應恨,　　대화무신화응한
直恐明年便不開.　　직공명년변불개

금년에도 동풍이 교묘하게 오려내어
은근한 정을 품고 태수 오기를 기다리네.
꽃에게 신용 없으면 꽃이 원망할 것인즉
내년이면 안 필까 봐 그게 줄곧 걱정이네.

　　이 시는 소식이 항주통판으로 있을 때, 길상사의 모란꽃이 다 지도록 꽃구경을 오지 않는 항주지주 진양(陳襄)에게 써준 것이다. 진양은 자(字)가 술고(述古)이다. 그는 소식의 상관이었지만 소식과 친구처럼 자주 어울려 놀았다. 이 시는 제목만 보면 소식 자신의 아쉬움과 고독을 노래할 것 같지만, 시 본문을 보면 아쉬워하는 주체를 모란꽃으로 설정하고 있다. 제1구는 하지장(賀知章) 「버들을 읊다[咏柳]」의 "가는 잎을 누가 마름질했는지 모르겠구나, 2월의 봄바람은 가위손 같네.[不知細葉誰裁出, 二月春風似剪刀.]"라는 표현을 응용한 것이다. 버들잎을 벽옥처럼 가위질해냈던 동풍이 금년에도 '정교한[巧]' 솜씨로 아름다운 모란꽃을 '오려내었다[剪裁]'. 미인에게는 태수 같은 위인이 어울리듯이 아름다운 모란꽃은 은근한 정을 가득 품고 태수가 오기를 기다리고 있다. 평소 신의를 중시하는 태수인데 올해는 무슨 일이 그리 바쁜지 오질 않고 있다. "이처럼 약속을 어기고 저를 안 찾으면, 전 내년에는 정말 안 필 거에요!"라고 모란꽃이 투덜거리고 있는 듯하다. 정말 내년에는 꽃이 안 필까 소식 자신도 걱정이라고 넌지시 진술고에게 전한다. 이 시를 받고 한바탕 웃음을 터뜨렸을 진술고는 이튿날 일찍 모란꽃을 보러 왔다.

이어지는 다음 시 「진술고가 이 말을 듣고 이튿날 즉시 왔으므로 좌중에서 다시 지난번 시의 운자를 써서 함께 짓다[述古聞之, 明日卽至, 坐上復用韻同賦]」를 보자.

<blockquote>
仙衣不用剪刀裁.　　선의불용전도재

國色初酣卯酒來.　　국색초감묘주래

太守問花花有語,　　태수문화화유어

爲君零落爲君開.　　위군영락위군개
</blockquote>

가위 없이 재단한 선녀의 옷인 듯

아침 술이 막 올라오는 경국지색 미인인 듯.

태수가 꽃에게 물으니 꽃이 하는 말

"그대 위해 시들고 그대 위해 핍니다."

진술고가 찾아오자 눈물을 글썽거리는 듯하던 모란꽃의 모습은 온데간데없다. 모란꽃의 모습은 가위의 정교한 재단을 넘어선 천의무봉(天衣無縫)의 자태이다. 게다가 태수가 아침 일찍 찾아와 묘주(卯酒), 즉 묘시(卯時, 새벽 5-7시)에 마시는 술을 같이 기울이니 경국지색의 미인이 따로 없다. "모란아, 내가 늦어 많이 서운했지?"라며 태수가 달래자, 모란은 "뭘요. 저에게는 오직 태수님밖에 없어요."라고 하며 수줍은 듯 웃고 있다고 한다. 소식이 이처럼 즉석에서 모란의 대변인인 듯 차운시를 쓰자, 좌중은 웃음바다가 됐을 것이다. 꽃을 의인화하는 경우는 흔하지만 이처럼 실감 나게 해학적으로 의인화한 경우는 흔치 않다. 더구나 제목상으로는 해학의 의도를 드러내지 않고 있어 반전에 의한 웃음의 효과가 더욱 크기도 하다. 이는 단순히 소식의 재치를 넘어, 관직에 얽매이지 않는 소식과 진술고의 허물없는 사귐을 보여주는 것이기도 하다. 이처럼 사람 사이의 벽을 허무는 데에도 소식 시의 해학성이 일조한 것이다.

소식은 이후에 밀주지주(密州知州)로 근무하였다. 밀주는 척박한 지방이라 업무가 힘들었지만 이 시기에도 해학적인 시를 많이 지었다. 「성에서 나가 손님을 전송하려고 했으나 따라잡지 못하였기에 개울가로 걸어가서[出城送客, 不及, 步至溪上, 二首]」가 대표적이다. 우선 그 제1수를 보자.

送客客已去,	송객객이거
尋花花未開.	심화화미개
未能城裏去,	미능성리거
且復水邊來.	차부수변래
父老借問我,	부로차문아
使君安在哉.	사군안재재
今年好雨雪,	금년호우설
會見麥千堆.	회견맥천퇴

손님을 전송하려 했더니 손님은 이미 가고 없고
꽃을 찾아갔더니 꽃이 아직 피지 않았네.
이대로 성안으로 들어갈 수도 없어
걸어서 잠시 또 개울가로 왔더니,
어떤 노부가 이때 나에게 묻기를
"사또께선 어디에 계시오?"라 하네.

"금년에는 비와 눈이 잘 내려주었으니

보리 낟가리 천 무더기를 틀림없이 보겠지요"라 했네.

소식은 어떤 손님을 전송하기 위하여 밀주성 바깥으로 나갔다가 따라잡지 못하고 허탕을 쳤다. 그러자 나온 김에 개울가로 홀로 나들이하면서 지은 것이다. 이 시는 제목상으로 보면 아쉬움과 쓸쓸함을 읊을 것 같다. 제1, 2구에서도 그런 느낌을 준다. 손님은 이미 가버려 없었고 아직 꽃도 피지 않은 때이다. '객(客)'과 '화(花)'를 의도적으로 2번씩 사용하여 대구를 이룬 것에서도 은근한 투정이 느껴진다. 하지만 "인생에서 만나는 바에 불가한 것은 없다[人生所遇無不可]"(「화장기기차(和蔣夔寄茶)」)는 생각을 가진 소식은, 그렇다고 이대로 성안으로 들어가기는 아쉬워 개울가로 발걸음을 옮긴다. 급히 나오느라 관복을 안 차려입고 나왔을까? 평소 태수랍시고 위세를 떨지 않는 것이 몸에 배어서일까? 그때 개울가의 어떤 노인이 소식을 알아보지도 못하고 묻는다. "사또가 나오신 것 같은데, 사또는 지금 어디에 계시오?" 은근히 미소를 지었을 소식이 자신의 신분을 밝혔을까? 아닐 것 같다. 소식은 남들이 자신을 몰라줄 때 더 편하게 여긴다. 소식은 평소 지위고하를 따지지 않고 다양한 계층의 사람들과 교유했으며, 자신의 신분을 밝히지 않고 백성들과 스스럼없이 어울리는 경우가 많았다. 그래서 넌지시 능청을 떨며 동문서답을 한다. "글쎄요. 올해 농사는 어떨 것 같습니까? 금년에는 비와 눈이 잘 내려주었으니 아마 풍년이 들겠지요." 마치 이웃집 늙은이처럼 농사 이야기를 주고받는 소식은 정말 멋진 태수이다. 이런 것이 소식의 고품격 유머이다.

제2수에서도 이런 유머는 이어진다.

春來六十日, 춘래륙십일

笑口幾回開.　　소구기회**개**

會作堂堂去,　　회작당당거

何妨得得來.　　하방득득**래**

倦游行老矣,　　권유행로의

舊隱賦歸哉.　　구은부귀**재**

東望峨眉小,　　동망아미소

盧山翠作堆.　　노산취작**퇴**

대지에 봄이 온 지 육십 일인데

입 벌리고 웃은 것 몇 번이려나?

그러니 당당하게 봄놀이를 갔다가

우쭐우쭐 신나게 돌아온들 어떠리?

떠돌기에 지친 채 늙어 가는데.

옛날의 은자는 돌아가자 읊었는데.

동쪽으로 바라보니 자그마한 아미산

노산에는 푸르름이 무더기를 이뤘구나.

　어쨌든 관청을 벗어나 야외로 나온 소식은 여기에서 완전히 이웃집 늙은
이로 동화된 모습이 보인다. 오래간만에 더 크게 입을 벌리고 웃고 있다.
안 그래도 떨치고 싶었던 관직, 다행히 자신을 몰라주니 더 '당당(堂堂)'하게
봄놀이를 하며 '우쭐우쭐[得得]' 신나게 돌아올 수 있다. 그러다 보니 평소
늘 간직했던, 고향으로 돌아가고픈 생각도 이때는 없어진다. 동쪽의 푸른
노산이 비록 작지만 고향의 아미산 같고, 자신도 이미 이곳 늙은이가 되었기
때문이다.

소식의 은근하고 기품 있는 해학은 이처럼 타인의 말을 대화체로 형상화한 시에서 자주 보인다. 「어린아이[小兒]」를 보자.

小兒不識愁,　　소아불식수
起坐牽我衣.　　기좌견아의
我欲嗔小兒,　　아욕진소아
老妻勸兒癡.　　노처권아치
兒癡君更甚,　　아치군갱심
不樂愁何爲.　　불락수하위
還坐愧此言,　　환좌괴차언
洗盞當我前.　　세잔당아전
大勝劉伶婦,　　대승유영부
區區爲酒錢.　　구구위주전

어린아이는 근심을 알지 못하여
자리에서 일어나자 내 옷을 잡아끈다.
나는 아이에게 화를 내려 했지만
늙은 아내가 충고하길 "아이는 철이 없어요.
아이도 철이 없지만 당신은 더 심하군요.
즐거워하지 않고 걱정만 하면 뭡합니까?"라 하네.
도로 주저앉아 아내 말에 머쓱해하니
술잔을 씻어서 내 앞에 갖다 놓네.
유영의 마누라보다 훨씬 낫구나!
애써 술 마실 돈을 마련해주니.

이 시도 밀주지주로 있을 때 지은 것이다. 당시 소식은 밀주 지방의 기근과 누리로 인한 피해 등으로 근심이 많았다. 이런 소식의 근심을 알 리 없는 어린 아들이, 업무 걱정으로 자리에서 일어나려는 아빠의 옷자락을 마구 잡아끈다. 소식이 어린 아들에게 화를 내려 하자 늙은 아내의 말이 걸작이다. "아이는 어려서 철이 없지만 나이 꽤나 든 당신은 더 심하군요. 매일같이 업무 때문에 코빼기도 안 비치니 애가 얼마나 아빠가 보고 싶었겠어요. 이런 천륜지락(天倫之樂)도 즐기지 않고 노상 업무 걱정만 하면 뭐합니까?" 정곡을 찌르는 아내의 말에 뒤통수를 맞은 듯 소식은 다시 주저앉아 겸연쩍은 표정을 짓는다. '내가 좀 심했나! 철없는 남편 좀 달래 줘야지'라며 아내는 슬쩍 술잔을 차려놓는다. 소식은 이때 늘 술 끊으라고 구박했던 유영의 처를 떠올리며 해학적으로 마무리 짓고 있다. '우리 마누라는 유영의 처보다 훨씬 고수야! 이러면 내가 애랑 안 놀 수 없지. 내가 오늘 한 수 배웠어'라며 껄껄 웃고 한잔 걸치고는 아이랑 즐겁게 놀아줬을 소식의 모습이 눈에 선하다.

밀주에 있을 때 장기(蔣夔)가 차와 함께 보내온 시에 화답한 것에도 해학적 반전이 보인다. 「장기가 차를 보내며 부친 시에 화답하여[和蔣夔寄茶]」를 보자.

我生百事常隨緣,	아생백사상수**연**
四方水陸無不便.	사방수륙무불**편**
(중략)	
清詩兩幅寄千里,	청시양폭기천리
紫金百餅費萬錢.	자금백병비만**전**
吟哦烹噍兩奇絕,	음아팽초양기절
只恐偸乞煩封纏.	지공투걸번봉**전**
老妻稚子不知愛,	노처치자부지애
一半已入薑鹽煎.	일반이입강염**전**

人生所遇無不可,　　인생소우무불가
南北嗜好知誰賢.　　남북기호지수**현**
(중략)

내 인생은 만사를 늘 인연대로 살았기에
사방의 물이든 뭍이든 불편한 곳이 없었네.

청아한 시 두 폭을 천 리 밖으로 보내시고
자금차 백 덩이에 만 전을 쓰셨으니,
읊조리는 것과 마시는 것 두 가지 다 절묘하나
훔쳐 갈까 달라 할까 그것만이 걱정이라 귀찮음을 마다않고 꽁꽁 묶어 두었
는데,
늙은 아내와 어린 아들이 아까운 줄 모르고
생강 넣고 소금 넣고 벌써 절반을 끓였다오.
사람이 살다 만나는 것에 불가한 것은 없으니
남북의 기호 중에 어느 것이 옳겠어요?

　　장기가 소식에게 귀한 차를 보내주었다. 소식은 이를 누가 훔쳐 갈까 달라
고 할까 노심초사하며 손대지 못하게 꽁꽁 묶어 두었다. 그런데 처자식들이
아까운 줄 모르고 생강과 소금을 넣고 태반을 끓여버렸다. 이런 장면 묘사도
좀 코믹하지만, 보통 사람 같으면 버럭 화부터 낼 일에 소식은 "사람이 살다
만나는 것에 불가한 것은 없다[人生所遇無不可]"라며 인생의 철리를 깨달은 듯
한 말을 하며 웃어넘기고 있다. 소식은 "잠깐만 지나면 곧 웃을 수 있게
되어, 만사 시름이 다 풍우처럼 흩어진다.[須臾便堪笑, 萬事風雨散.]"(「교태부견화
부차운답지(喬太傅見和復次韻答之)」)라고도 했다. 이처럼 살다가 부딪치는 모든

일을 다 웃어넘길 수 있었기에 소식에게는 받아들이기 불가한 일이 없었다. 남북의 기호가 다 옳다고 하는데, 훗날 소식이 먼 남방으로 유배되어 그곳의 음식을 실컷 맛보게 될 줄을 이때는 알지 못했을 것이다.

늘 웃던 소식이었지만 그의 일생에서 가장 심각했던 시기는 『오대시안』 으로 자칫 목숨을 잃을 수 있는 위기에 처했을 때였다. 하지만 그 고비를 넘기고 황주(黃州)로 유배된 이후에는 더한층 달관한 면모를 보이고, 좀 더 원숙한 해학시도 많다.

소식에게 타인이나 사물도 우습지만 가장 우스운 것은 자기 자신이었다. 하지만 이런 자신이 한편으론 슬프기도 하기에 황주 시기 이후에는 자조(自嘲)가 곁들인 해학적 시를 많이 지었다. 그 첫 출발점인 「막 황주에 도착하여 [初到黃州]」를 보자.

自笑平生爲口忙,	자소평생위구**망**
老來事業轉荒唐.	노래사업전황**당**
長江繞郭知魚美,	장강요곽지어미
好竹連山覺筍香.	호죽련산각순**향**
逐客不妨員外置,	축객불방원외치
詩人例作水曹郞.	시인례작수조**랑**
只慚無補絲毫事,	지참무보사호사
尙費官家壓酒囊.	상비관가압주**낭**

우습게도 평생 동안 입 때문에 바쁘다가
늘그막에 일이 더욱 황당하게 되었네.
장강이 성곽을 감싸고 흐르니 고기가 맛있겠고
좋은 대가 산마다 있으니 죽순이 향긋하겠네.

쫓겨난 객이라 원외랑이 된 게 문제될 것 없겠고

뛰어난 시인은 으레 수부랑 벼슬을 했었지.

다만 나랏일엔 추호도 보탬이 안 되면서

여전히 관가의 술이나 축내는 것이 부끄러울 뿐이네.

이 시는 오대시안으로 죽을 고비를 넘기고 황주에 유배되어 막 도착했을 때의 감회와 황주에 대한 인상을 쓴 것이다. 첫 구의 평생 '입 때문에' 바쁜 자신의 꼴이 우습다는 말은 중의적 표현이다. 먹고 살기 위해 이리저리 관직을 전전했다는 말도 되고, 할 말을 안 하면 음식물에 파리가 든 것처럼 뱉어 내야 풀리는 직성 때문에 늘그막에 쫓겨나게 되었다는 뜻이기도 하다. 하지만 '인생소우무불가(人生所遇無不可)'의 소식에게 황주의 첫인상은 나쁘지 않다. 장강의 풍부한 물고기와 산마다 자라는 죽순을 보니 벌써 입에 군침이 돈다. 그러다가 쫓겨나며 받은 '검교상서수부원외랑황주단련부사(檢校尙書水部員外郎黃州團練副使)'라는 허울뿐인 직함이 우스우면서 한편으론 참 명실상부하다는 생각이 들었다. '그래, 나는 쫓겨난 사람이니 '원외(員外)'의 사람이 맞지. 양(梁)나라 하손(何遜)이나 당(唐)나라 장적(張籍) 같은 뛰어난 시인들은 으레 '수부랑(水部郎)', 즉 '수조랑(水曹郎)'을 역임했으니, 나도 그 반열인걸. 게다가 나는 장강(長江)을 두르고 살게 되었으니 나야말로 진짜 수부랑이지.'라며 또 한 번 '자소(自笑)'를 한다. 이렇게 생각하니 나라에 도움도 못 주면서 과분한 은혜를 받은 것 같아 부끄러운 마음도 들었고 이에 처음의 '황당(荒唐)'함이 다 풀려버렸다. 소식이 일찍이 읊었던 "잠깐만 지나면 곧 웃을 수 있게 되어, 만사 시름이 다 풍우처럼 흩어진다.[須臾便堪笑, 萬事風雨散.]"는 말과도 딱 들어맞는 시이다. 소식에게 '자조(自嘲)'란 말은 그다지 적당한 말은 아니다. 소식의 시에서 '자소(自笑)'라는 말만 24번 등장하는데 자신의 상황을 받아들이는 달관의 웃음인 경우가 대부분이다.

소식은 집구시(集句詩)나 회문시(回文詩) 등의 유희적인 시를 짓기도 했고 다른 사람의 이러한 시를 평하기도 했다. 다른 사람의 집구시를 평한 다음 시는 기존의 근엄한 시인을 해학적으로 설정하고 있어 이채롭다. 「공의보가 옛날 사람들의 시구를 모아서 지은 집구시를 보내 왔기에 그것에 차운하다 [次韻孔毅父集古人句見贈五首]」의 제1수를 보자.

羡君戱集他人詩,　　선군희집타인시

指呼市人如使兒.　　지호시인여사아

天邊鴻鵠不易得,　　천변홍혹불이득

便令作對隨家雞.　　변령작대수가계

退之驚笑子美泣,　　퇴지경소자미읍

問君久假何時歸.　　문군구가하시귀

世間好句世人共,　　세간호구세인공

明月自滿千家墀.　　명월자만천가지

그대가 장난삼아 남의 시를 한데 모아서

애 부리듯 저자 사람을 부린 것이 부럽네.

하늘 끝의 홍혹은 얻기 쉽지 않은데

곧 짝을 지어 집닭을 따라다니게 했네.

퇴지가 놀라 웃고 자미가 눈물을 흘리며

오래 빌려 언제나 돌려줄지 묻는데,

이 세상의 명구란 세인들의 공유물

달빛이 천 집의 계단에 가득한 것과 같다네.

이 시는 황주에 있을 때 공의보가 옛날 시인들의 시구를 모아 지은 집구시다섯 수를 보내오자 소식이 그것에 차운하여 지은 것이다. 공의보가 집구시를 능수능란하게 짓는 것을 칭찬하는 듯하면서 은근히 조롱하고 있다. 제1, 2구에서는 그가 쉽게 집구시를 짓는 능력을 부러워한다고 하더니, 제3, 4구에서는 홍혹과 집닭을 짝지은 우스운 꼴이라고 한다. 공의보는 한유와 두보의 시에서 많이 집구한 모양이다. 제5, 6구에서 자신의 시가 이렇게 도용(盜用)되고 있는 것을 본 한유와 두보의 반응을 상상한 구절이 재미있다. 한유는 마구 도용한 것에 우선 놀라지만 그 모양이 가소로워 웃고 있고, 시에 온 심혈을 다 기울였던 진지한 두보는 눈물을 뚝뚝 흘리며 "언제 돌려줄 것입니까?"라고 묻는다는 설정이 웃음을 자아내게 한다. 제7, 8구에서 이런 한유와 두보를 달래는 말이 가히 걸작이다. "세상의 명구는 세인의 공유물"이라는 논리로 두보와 한유의 시구를 추켜세우면서도 말문을 닫게 한 다음, '월인천강(月印千江)'하는 부처님의 자비심으로 이해하라고 한다. 한편으로 공의보의 집구시를 기롱하는 말 같기도 하다. 즉 세인들이 다 공유해야 할 달처럼 빛나는 명구를 당신이 마구 가져가서 집닭과 섞어 놓으면 되겠느냐고 놀리고 있는 것이다.

황주 시기 이후에도 '하동사자후(河東獅子吼)'로 유명한 「오덕인에게 부치면서 아울러 진계상에게 편지하다[寄吳德仁兼簡陳季常]」를 비롯한 많은 해학적인 시가 있다. 만년에 더욱 먼 남방의 혜주(惠州)[지금의 廣東省에 있음], 담주(儋州)[지금의 海南島에 있음]에서 유배생활을 하면서 한층 원숙한 해학성을 띠는 작품을 많이 창작하였다.

소식이 생애 끝 무렵에 지은 「금산사의 초상화에 스스로 쓰다[自題金山畵像]」를 보자.

心似已灰之木,　　심사이회지목
身如不繫之舟.　　신여불계지주

問汝平生功業,　　문여평생공업
黃州惠州儋州.　　황주혜주담**주**

마음은 이미 재가 되어버린 나무 같고
몸은 매이지 않은 배와 같네.
너에게 평생의 공업을 물으니
황주, 혜주, 담주라네.

이 시는 만년에 먼 해남도의 유배에서 풀려나 돌아오는 길에 금산사에서, 예전에 이공린(李公麟, 1040-1106)이 그린 자신의 초상화를 보고 쓴 것이다. 온갖 인생풍파를 다 겪고 살날도 얼마 남지 않은 소식의 마음은 차갑게 식어버린 재와 같고, 그 풍파 속에 몸은 매이지 않은 배처럼 벼슬살이로, 폄적으로 여기저기를 떠돌았다. 초상화 속의 자신을 안쓰럽게 바라보며 소식은 묻는다. "너의 평생 공업이라고 할 만한 게 무엇이냐?" 소식이 평생 남긴 각 방면의 공적은 적지 않은데, 초상화 속 소식의 답변이 걸작이다. "황주, 혜주, 담주밖에 더 있니?" 즉 평생 공업이라곤 궁벽한 곳에서 폄적으로 떠돈 것밖에 없다는 것이다. 이 시는 신법파의 박해를 받은 소식의 정치적 좌절과 비참한 일생의 감회를 개괄한 작품으로 널리 애송된다. 이 시가 이렇게 애송되는 것은 우선 그 리듬에 있다. 6언시는 리듬이 단조로워 일반적으로 잘 짓지 않는데, 여기서는 '황주/혜주/담주'라는 세 지명의 병치와 잘 어울려 독특한 리듬감을 형성하며 묘한 울림을 준다. 나아가 초상화와의 대화 설정과 같은 '구조 만들기[set up]'와 '급소 문구[punch line]' 같은 방식에 의한 자조적(自嘲的)인 답변이 자아내는 은근한 반전의 해학성도 한몫하고 있다. 어쨌든 필자는 그 답변이 맞다고 생각한다. 팔방미인 소식은 사실 많은 업적을 남겼지만, 그중에서 황주, 혜주, 담주에서 지은 풍부하고 빼어난 시문은 단연

압권이기 때문이다.

시와 해학은 원초적 관련성이 있지만 시에서 해학의 추구는 시의 격을 떨어뜨릴 수 있다. 소식은 풍부한 학식과 유머 감각을 바탕으로 진정(眞情)과 철학이 담긴 고품격 해학을 구사하였다. 이를 통해 그의 시에 호방하고 달관적인 면모를 더하게 하여 흥취를 높였다. 시에서 해학과 품격이라는 병존하기 쉽지 않은 요소를 묘하게 섞음으로써 독특한 자신의 시풍을 이룬 것이다. 일상생활의 사소한 일을 읊은 시에서도 품격 있는 유머를 구사하기도 했고, 폄적을 당하거나 실의에 빠졌을 때에 해학적인 시를 통해 웃음을 회복함으로써 다시 일어서는 힘을 얻기도 했다. 소동파가 대중의 폭넓은 사랑을 받고 자신이 부딪친 온갖 상황을 받아들일 수 있었던 것은 풍부한 유머를 통해 늘 웃음을 잃지 않았던 것이 중요한 이유의 하나이다.

소식 시의 이러한 해학성이 후대에 긍정적인 영향만 미친 것은 아니다. 남송의 대복고(戴復古, 1167-1250)는 「시를 논한 10절구[論詩十絶]」 제2수에서 소식을 평하며 다음과 같이 말하였다.

> 古今胸次浩江河,　　고금흉차호강**하**
> 才比諸公十倍過.　　재비제공십배**과**
> 時把文章供戱謔,　　시파문장공희학
> 不知此體誤人多.　　부지차체오인**다**

> 고금에 걸친 흉회가 장강과 황하 같이 넓고
> 재주는 여러 시인들보다 열 배도 더 뛰어나네.
> 때때로 시를 가지고 해학적인 놀이로 삼았는데
> 이런 시체가 많은 후인들을 그르치게 할 줄은 몰랐겠지.

후대의 시인들이 소동파를 흠모하여 그의 해학적인 시도 곧잘 흉내 내게 되었다. 소동파와 같은 흉회와 재주도 없으면서 그의 해학적인 시를 흉내 내다보니 도리어 시를 경박하고 우스꽝스럽게 만드는 병폐도 있었다는 말이다. 어쨌든 이런 평가를 통해서도 소식 시의 해학적인 면모가 얼마나 두드러지고 영향을 미쳤는지 알 수 있다.

다른 어느 시인보다 소식의 시에는 품격 높은 해학이 두드러지는데 이를 설명하기는 쉽지 않다. 일찍이 필자는 소식 시를 읽다가 아래와 같은 자작시를 지었다.

「讀蘇軾詩有感」　독소식시유감

東坡處處諧詼妙,　동파처처해회묘
聊且獨歡難可言.　요차독환난가언
但恐無時空自笑,　단공무시공자소
老妻倏忽告離婚.　노처숙홀고이혼

소식 시를 읽고 느낌이 있어

동파의 시는 도처에 해학이 묘한데
그저 혼자 좋아할 뿐 말로 표현하기 어렵네.
다만 시도 때도 없이 공연히 혼자 웃다가
늙은 처에게 홀연 이혼당할까 두렵네.

송대 이치(李廌, 1059-1109)의 『사우담기(師友談記)』에 다음과 같은 이야기가 전한다. 장원필(章元弼)이란 선비는 소동파의 대단한 숭배자였다. 그는 썩 잘

생긴 편은 아니었으나 그의 아내는 아름다운 여자였다. 결혼한 지 며칠도 되지 않았는데, 장원필은 밤낮으로 소동파 시만 탐독하고 아내에게 눈길도 주지 않았다. 그러자 아내는 더 이상 참을 수 없어 남편에게 이렇게 말했다. "당신은 나보다 소동파를 더 사랑하시는군요. 좋아요. 우리 이혼합시다." 결국 아내의 원대로 그들은 이혼했으며, 장원필은 소동파 때문에 이혼당했다고 친구들에게 말하고 다녔다고 한다. 위 자작시의 마지막 구는 이 고사를 염두에 두고 쓴 것이다. 장원필은 젊은 처에게 이혼당했지만 필자는 '노처(老妻)'에게 이혼당할까 두렵다고 한 것인데, 독자들에게 웃음을 주었는지 모르겠다.

2. 황정견(黃庭堅) 시

—— 환골탈태의 해학

황정견(黃庭堅, 1045-1105)은 분녕(分寧)[지금의 강서성(江西省) 수수(修水)] 사람으로 자가 노직(魯直)이고 호가 산곡도인(山谷道人) 또는 부옹(涪翁)이다. 그래서 황노직, 황산곡 등으로 자주 불린다. 그는 23세에 진사에 급제하여 관직에 나아갔으나 얼마 안 있어 부주(涪州)[지금의 사천성(四川省) 부릉(涪陵)]에 좌천되는 등 폄적생활로 전전하였다. 진관(秦觀, 1049-1100), 조보지(晁補之, 1053-1110), 장뢰(張耒, 1940-1114) 등과 함께 소문사학사(蘇門四學士)의 한 사람에 속하며, 소식(蘇軾, 1037-1101)과 더불어 '소황(蘇黃)'이라 병칭될 만큼 시명(詩名)이 높았다. 그는 두보(杜甫, 712-770)의 시를 '한 글자도 유래가 없는 것이 없다[無一字無來處]'며 높이 평가하였다. 시를 잘 지으려면 먼저 전인들의 글을 많이 읽은 뒤에 그 구절을 적절하게 변형하여 기발한 자신의 구절로 만들어야 한다고 주장하였는데, 이는 '점철성금(點鐵成金)', '환골탈태(換骨奪胎)'의 창작방법론으로 유명하다. 그의 이러한 주장은 송대 시인들에게 많은 영향을 끼쳐 마침내 강서시파(江西詩派)를 열었다.

황정견이 깊은 학문을 바탕으로 전고를 다양하게 활용한 '환골탈태'식의 창작법은 해학적인 시에도 발현되었다. 「장난 삼아 공의보에게 드리다[戲呈孔毅父]」를 보자.

管城子無食肉相,　　관성자무식육상

孔方兄有絶交書.　　공방형유절교서

文章功用不經世,　　문장공용불경세

何異絲窠綴露珠.　　하이사과철로주

校書著作頻詔除,　　교서저작빈조제

猶能上車問何如.　　유능상거문하여

忽憶僧床同野飯,　　홀억승상동야반

夢隨秋鴈到東湖.　　몽수추안도동호

관성자는 고기 먹을 팔자가 없고

공방형은 절교의 편지를 보냈다네.

문장의 쓰임새가 세상을 경륜하지 못하니

거미줄에 이슬방울 꿰인 것과 무엇이 다르랴?

교서랑이나 저작랑으로 자주 봉해졌으니

그래도 수레는 탈 줄 알고 문안인사는 할 줄 알아서라네.

문득 생각나네, 절간에서 함께 지내며 나물밥 먹고

꿈속에서 가을 기러기 따라 동호에 가곤 했던 일들이.

　　이 시는 황정견이 43세 때에 공의보에게 써준 것으로 자조적인 내용 속에 해학적 풍자가 담겨있다. 이를 위해 다양한 전고를 적절히 변형하여 활용한 것이 돋보인다. 제1구의 '관성자'는 붓을 가리킨다. 한유(韓愈, 768-824)의 「모영전(毛穎傳)」에서 유래한 말인데, 진시황(秦始皇)이 몽염(蒙恬)으로 하여금 모영(毛穎)[토끼털로 붓을 의인화 것]에게 봉지(封地)를 하사해 관성(管城) 땅에 봉하게 하였기에 그를 관성자(管城子)라 부르게 되었다고 한다. 관성은 주(周) 문왕(文王)의 아들 관숙(管叔)의 봉지로 지금의 하남성(河南省) 정주시(鄭州市) 일대를 가리키는 지명이면서, 대나무 관(管)으로 만든 '붓대'를 성(城)에 빗댄 쌍관어이다. 또한『후한서(後漢書)·반초전(班超傳)』에 의하면, 반초가 관상쟁이에게 "제비 같은 턱에 호랑이 같은 목을 타고났으니 날아서 고기를 먹는다는 것이니, 이는 만리 영토를 다스릴 제후의 관상이다.[生燕頜虎頸, 飛而食肉, 此萬里侯相也.]"는 말을 듣고 '붓을 던지고[投筆]' 종군하여 서역에서 큰 공을 세워 제후에 봉해졌다고 한다. 즉 '고기 먹을 관상[食肉相]'은 크게 출세할 운수를 의미한다. 결국 붓이나 놀리는 선비는 출세할 팔자가 아니라는 것이다. 제2구의 '공방형(孔方兄)'은 돈을 가리킨다. 서진(西晉) 노포(魯褒)의「전신론(錢神論)」에서 돈에 대해 "친애하기가 형과 같으며, 자를 공방이라 한다[親愛如兄, 字曰孔方]"고 하였다. '공방'은 둥근 모양에 가운데에 네모난 구멍이 뚫린 돈 모양을 말한 것이기도 하다. 일찍이 혜강(嵇康, 224-263)이 산거원(山巨源)에게 절교서(絶交書)를 보내듯, 공방형이 나에게 절교서를 보냈다는 것은 선비는 돈과도 인연이 없다는 뜻이다. 수련은 이처럼 선비의 운명에 대한 자조적 풍자인데 그 표현 하나하나에 전고(典故)와 해학이 담겨있다. 함련은 자신의 문장에 대한 자조적 풍자다. 조비(曹丕, 187-226)는『전론(典論)·논문(論文)』에서 "문장은 나라를 다스리는 큰 사업이고 불후의 성대한 일이다.[文章經國之大業, 不朽之盛事.]"고 했다. 기실 자신이 쓰는 문장이 부질없이 조탁(彫琢)에 얽매였기에 비록 아름답더라도 거미줄에 꿰인 이슬처럼 햇빛에 금방 사라져버림을 말하고 있다. 경련은 당시 교서랑(校書郎)을 거쳐 저작좌랑(著作佐郎)을 지내고 있던 자신의 지위에 대한 풍자이다.『안씨가훈(顔氏家訓)·면학(勉學)』에 "양나라의 전성기에 귀족의 자제들은 대부분 학술이 없었다. 속담에 이르길 '수레에 오르다 떨어지지 않으면 저작랑이요, 몸이 어떠냐고 안부를 물을 줄 알면 비서랑이네.'[梁朝全盛之时, 貴游子弟, 多無學術. 至於諺云, 上車不落則著作, 體中何如則秘書.]"라고 하였다. 황정견 자신은 귀족이 아니지만 능력도 없이 자리만 채우고 있기는 마찬가지라는 것이다. 자신이 할 줄 아는 것은 수레를 타거나 문안인사를 하는 것밖에 없다는 겸양이자 해학인 것이다. 미련은 공의보에게 직접적으로 드리는 말이다. 지난날 가난했지만 강호에서 함께 즐겼던 추억을 거론하며, 부질없는 벼슬을 버리고 공의보와 함께 은거하고 싶은 뜻을 피력하고 있다. 이 시는 칠언고시로 분류될 정도로 파격이 많은 변격(變格) 율시이다. 내용이 서로 연결이 잘 안 될 정도로 파편적인데, 중간의 두 연[함련과 경련]은 격구대(隔句對)를 이루어 황정견의 문장과 벼슬의 상황을 연결하고 있다. 황정견은 자신이 가난하고 벼슬도 형편없다고 투덜거렸지만, 공의보는 당시 그런 벼슬조차 없었다고 한다. 그래서 이 시에서 전편에 흐르는 '희(戱)'는 그러한 상대방을 배려하는 섬세한 마음 씀씀이기도 하다.

황정견의 대표작으로 널리 애송되는 「쾌각에 올라[登快閣]」에도 해학적 요소가 다분히 담겨있다.

癡兒了却公家事,	치아료각공가사
快閣東西倚晚晴.	쾌각동서의만**청**
落木千山天遠大,	낙목천산천원대
澄江一道月分明.	징강일도월분**명**
朱弦已爲佳人絶,	주현이위가인절
靑眼聊因美酒橫.	청안료인미주**횡**
萬里歸船弄長笛,	만리귀선농장적
此心吾與白鷗盟.	차심오어백구**맹**

미련한 사람, 공무를 대충 끝내고서
쾌각에 올라 동서로 비 갠 저녁 풍경을 바라보네.
낙엽 진 온 산에 하늘은 원대하고
맑은 강 한 줄기에 달은 분명하다.

거문고 현은 좋은 지기 때문에 이미 끊어버렸고

반가운 눈빛은 그저 좋은 술 있을 때나 보인다네.

만리 멀리 돌아가는 배에서 장적을 불며

이 마음을 나는 흰 갈매기와 맹세하련다.

　이 시는 황정견이 38세 때 스승 소식의 『오대시안(烏臺詩案)』 필화사건에 연루되어 지금의 강서성(江西省) 남창시(南昌市) 남쪽의 길주(吉州) 태화현(泰和縣)에 좌천되었을 때 지은 것이다. 기분이 쾌(快)할 리 없는 상황에서 '쾌각(快閣)'에 오른 것이다. 첫 구의 '치아(癡兒)'는 바로 그러한 시인의 심정을 보여준다. 함련에서 보이는 쾌각에 올랐을 때 펼쳐진 장쾌한 풍경은 시인의 마음을 다소 풀어준다. 이런 마음은 오래 가지 못하고 경련에서는 다시 원래의 쾌하지 못한 마음으로 돌아간다. 이를 위해 시의 후반부에서는 백아절현(伯牙絶絃)과 완적(阮籍)의 고사 등 다양한 전고를 적절히 변형시켜 활용하고 있다. 궁벽한 곳이라 자연물 외에는 지기(知己)가 없어서일까? 제6구에서 '반가운 눈빛[靑眼]'으로 대하는 대상이 그저 '좋은 술[美酒]'이라는 것이 다소 씁쓸한 웃음을 자아내게 한다. 지기가 없어 백안(白眼)으로 늘 속인을 대하니 눈빛이 생기 잃은 동태 눈알 같다가 술을 볼 때만 반짝반짝 생기가 도는 것이다. 이처럼 자연 풍경과 술 외에는 마음 둘 것이 없기에 고향으로 돌아가고자 하는데, 그 마음을 맹세할 대상도 흰 갈매기일 따름이다.

　황정견은 주변의 사소한 동식물이나 화초를 섬세하게 관찰하여 시로 묘사하곤 하였다. 이런 시에서 해학성이 발휘된 예로 「고양이를 구하며[乞猫]」를 보자.

秋來鼠輩欺猫死,　　추래서배기묘사

窺甕翻盤攪夜眠.　　규옹번반교야**면**

聞道狸奴將數子,　　문도이노장수자

買魚穿柳聘銜蟬.　　매어천류빙함**선**

가을이 오자 쥐 떼는 고양이가 죽은 걸 믿고 날뛰어

항아리 뒤지고 쟁반 엎으며 밤잠을 방해합니다.

듣자 하니 이노께서 장차 자제분을 여럿 거느릴 것이라 하니

생선 사다 버들가지에 꿰어놓고 함선노를 초빙해야겠습니다.

　이 시는 제목이 「수주부로부터 고양이를 구하다[從隨主簿乞猫]」로 되어있는
판본도 있다. 전반 2구는 쥐 떼가 창궐한 모습이다. 당시 황정견 집의 늙은
고양이가 죽은 모양이다. 그래서 가을이 오자 쥐 떼가 마구 설쳐 밤잠을
자기 힘든 상황이다. 후반 2구는 고양이 새끼를 구하겠다는 말인데 그 표현
이 자못 재미있다. '이노(狸奴)'는『전등록(傳燈錄)』에도 나오는 고양이의 별칭
인데 여기서는 새끼를 낳으려는 암쾡이를 가리킨다. '함선(銜蟬)'은 '함선노
(銜蟬奴)'라고 하는데 송나라 사람들의 고양이에 대한 속칭이다. 흰 고양이가
입이 검어 매미를 머금고 있는 것 같다 하여 이렇게 불렀다고 한다. 또한
명(明) 왕지견(王志堅)의『표이록(表異錄)』에 의하면 "후당 경화공주에게 두 마
리의 고양이가 있는데, 하나는 희고 입에 꽃떨기를 물고 있고, 하나는 검고
꼬리가 희다. 공주가 '함선노', '곤륜달기'라고 불렀다.[後唐瓊花公主有二猫, 一白
而口銜花朶, 一烏而白尾. 主呼爲銜蟬奴, 崑崙妲己.]"라고 한다. 이처럼 다양한 전고
속의 표현으로 고양이를 매우 고귀한 신분인냥 지칭하고 있다. 이로써 마치
귀한 집 자제를 최고의 선물로 정성껏 초빙하는 듯이 말하고 있어 독자의
웃음을 자아내게 한다. 진사도(陳師道, 1053-1102)는『후산시화(後山詩話)』에서
"「걸묘」 시는 비록 골계적이지만 재미가 있어 천년 이후의 독자도 새롭게
느낄 것이다.[乞猫詩虽滑稽而可喜, 千歲而下, 讀者如新.]"라고 하였다. 이 시가 단지

해학에만 그치지 않는 것은 위 시 속의 쥐 떼가 당시의 신법파를 비유하는 것으로 이해될 수도 있기 때문이다. 그래서 황정견도 그해에 오대시안에 연루되어 벌을 받은 것이다.

주변의 자질구레한 곤충이나 동물들을 마치 사전(辭典)식으로 나열하며 읊은 특이한 시로 「연아(演雅)」가 있다.

桑蠶作繭自纏裹,	상잠작견자전**과**
珠蝥結網工遮邏.	주모결망공차**라**
燕無居舍經始忙,	연무거사경시망
蝶爲風光勾引破.	접위풍광구인**파**
老鶴銜石宿水飮,	노창함석숙수음
稚蜂趨衙供蜜課.	치봉추아공밀**과**
鵲傳吉語安得閑,	작전길어안득한
雞催晨興不敢臥.	계최신흥불감**와**
氣陵千里蠅附驥,	기릉천리승부기
枉過一生蟻旋磨.	왕과일생의선**마**
蝨聞湯沸尙血食,	슬문탕비상혈식
雀喜宮成自相賀.	작희궁성자상**하**
晴天振羽樂蜉蝣,	청천진우락부유
空穴祝兒成螺蠃.	공혈축아성과**라**
蛣蜣轉丸賤蘇合,	길강전환천소합
飛蛾赴燭甘死禍.	비아부촉감사**화**
井邊蠹李嗜苦肥,	정변두리조고비
枝頭飮露蟬常餓.	지두음로선상**아**
天螻伏隙錄人語,	천루복극록인어

射工含沙須影過.　　사공함사수영**과**

訓狐啄屋眞行怪,　　훈호탁옥진행괴

蟏蛸報喜太多可.　　소소보희태다**가**

鸕鷀密伺魚蝦便,　　노자밀사어하편

白鷺不禁塵土涴.　　백로불금진토**와**

絡緯何嘗省機織,　　낙위하상생기직

布穀未應勤種播.　　포곡미응근종**파**

五技鼫鼠笑鳩拙,　　오기오서소구졸

百足馬蚿憐鼈跛.　　백족마현련별**파**

老蚌胎中珠是賊,　　노방태중주시적

醯雞瓮裏天幾大.　　혜계옹리천기**대**

螳螂當轍恃長臂,　　당랑당철시장비

熠燿宵行矜照火.　　습요소행긍조**화**

提壺猶能勸沽酒,　　제호유능권고주

黃口只知貪飯顆.　　황구지지탐반**과**

伯勞饒舌世不問,　　백로요설세불문

鸚鵡繞言便關鎖.　　앵무재언변관**쇄**

春蛙夏蜩更嘈雜,　　춘와하조갱조잡

土蚓壁蟫何碎瑣.　　토인벽담하쇄**쇄**

江南野水碧於天,　　강남야수벽어천

中有白鷗閑似我.　　중유백구한사**아**

누에는 고치를 지어 <u>스스로</u> 얽어 싸고

거미는 그물을 엮어 공교하게 가려 막네.

제비는 거처가 없어 집 짓느라 바쁘고

나비는 풍광에 의해 다 유혹당하네.

늙은 왜가리는 돌을 물어다 자면서 물을 마시고

어린 벌은 관아로 달려가 꿀을 세금으로 바치네

까치는 기쁜 소식 전하느라 어찌 한가로울 수 있으랴

닭은 새벽 기상을 재촉해야 하니 감히 눕지도 못하네.

기운이 천 리를 넘는 파리는 천리마에 들러붙고

일생을 헛되이 보낸 개미는 맷돌 주위를 도네.

이는 물 끓는 소리 듣고도 여전히 피를 빨고

참새는 집 지어놓고 좋아서 저희들끼리 축하하네.

맑은 하늘에 날개 떨치며 즐거워하는 하루살이

구멍 속에 새끼 생겼다고 축하했더니 커서 나나니벌이 되었네.

쇠똥구리는 쇠똥 굴리며 소합나무를 깔보고

나방은 촛불로 달려가 기꺼이 죽음의 재앙을 맞이하네.

우물가 벌레 먹은 배에는 굼벵이가 피둥피둥 살찌는데

가지 끝에서 이슬 마시는 매미는 늘 배고프다네.

땅강아지는 틈에 엎드려 사람들의 말을 받아쓰고

물여우는 모래를 머금고 먹이 지나가길 기다려야 하네.

올빼미는 지붕을 쪼니 정말 행실이 괴이하고

갈거미는 기쁜 소식을 전하니 아무리 많아도 괜찮네.

가마우지는 물고기와 새우의 동정을 몰래 엿보고

백로는 흙먼지에 더러워지는 것을 어쩔 수 없네.

베짱이는 어찌 베 짜는 일을 빼먹은 적이 있겠는가?

뻐꾸기는 아직 부지런히 씨 뿌릴 때가 아니라 하네.

재주 많은 날다람쥐는 뒤뚱거리는 비둘기를 흉보고

발 많은 노래기는 절뚝거리는 자라를 불쌍히 여기네.

대합은 뱃속의 진주가 자신을 해치는 도적이고
초파리가 단지 속에서 보면 하늘은 얼마나 클까?
사마귀는 수레바퀴 막으며 긴 팔을 믿고
반딧불이는 밤에 다니며 밝은 불 있다고 으스대네.
사다새는 그래도 술을 권하는 재주가 있는데
부리 노란 병아리는 그저 낱알 쪼기만 탐하네.
때까치는 말이 많아도 세상에서 상관하지 않지만
앵무새는 말을 배우자마자 곧 새장에 갇혔네.
봄 개구리와 여름 매미는 갈수록 시끄러워지고
지렁이와 빈대좀은 어찌 그리 자질구레한가?
강남 들판의 물은 하늘보다 푸른데
그 속의 흰 갈매기만 나처럼 한가롭네.

위의 시는 황정견이 젊은 시절 태화현에 좌천되었을 때 지은 것으로 보인
다. 주변의 자질구레한 온갖 사물을 섬세하게 관찰하고 표현하는 송시의
특징이 잘 드러난다. 이 시는 우선 제목부터 의미심장하면서 다소 해학적이
다. '연아(演雅)'의 '연(演)'은 '연기하다' 또는 '꾸며대다'라는 뜻을 가진 '연희
(演戲)'라는 단어를 염두에 두고서 장난스럽게 비틀어 만든 듯하며, 사물을
나열하고 그 특성을 하나하나 묘사하는 것이 마치 옛날의 사전인 『이아(爾雅)』
의 내용을 풀어 설명하는 것 같다.[8] 다양한 곤충과 조류의 생태를 객관적으
로 묘사하는 듯하면서 기실 의인화하여 세상의 다양한 인간 군상의 모습을
풍자하고 있다. 관아로 달려가 모은 꿀을 세금처럼 바치는 어린 벌, 새벽
기상을 재촉하느라 감히 눕지 못하는 닭, 천리마에 붙어 천 리를 달리는

8   홍상훈, 『한시 읽기의 즐거움』, 227쪽.

파리, 평생 맷돌 주위만 헛되이 도는 개미, 물 끓는 소리 듣고도 여전히 피를 빠는 이, 집 지어 놓고 저희들끼리만 축하하며 좋아하는 참새, 죽음의 불로 치달려 들어가는 나방, 놀면서 피둥피둥 살찐 굼벵이, 이슬만 먹으며 언제나 배고픈 매미, 수레바퀴를 팔로 막는 사마귀, 말 배우자마자 새장에 갇히는 앵무새 등 하나하나가 인간군상의 모습을 연상시킨다. 마치 사전(辭典)처럼 객관적인 듯 능청스럽게 묘사하는 속에 담긴 은근한 해학이 풍자의 효과를 높이고 있다. 이러한 온갖 곤충들의 시끌벅적한 모습과 강남 들판의 푸른 물속의 한가로운 들오리로 비유되는 시인 자신의 모습이 끝에서 묘하게 대비된다. 황정견 자신은 이 시를 만년에 자신이 엮은 시집에서 빼버리려고 했으나 나중에 이 책의 편찬자가 다시 끼워넣었다고 한다. 어쨌든 이 시는 후대에 '효연체(效演雅)'라는 시체가 생길 정도로 큰 영향을 미쳐 많은 모방작이 나왔다. 이러한 시를 전문적으로 다룬 연구도 있어 효연체 시를 '의인희학형(擬人戲謔型), 박물유서형(博物類書型), 우언풍자형(寓言諷諭型) 등으로 분류하기도 한다.[9] 이를 통해서도 효연체 시에 해학성이 강함을 알 수 있다. 나아가 우리나라 한시에도 이 작품을 본뜬 것이 있다고 한다.

친구가 보내준 수선화를 읊은 「왕충도가 수선화 50가지를 보내왔는데 흔연히 마음에 들어 그것을 위해 시를 지었다[王充道送水仙花五十枝欣然會心爲之作詠]」를 보자.

凌波仙子生塵襪,　　능파선자생진**말**

水上輕盈步微月.　　수상경영보미**월**

是誰招此斷腸魂,　　수시초차단장혼

種作寒花寄愁絶.　　종작한화기수**절**

9　周裕鍇, 「宋代『演雅』詩研究」, 『文學遺産』, 2005.

含香體素欲傾城,　　향함체소욕경**성**

山礬是弟梅是兄.　　산반시제매시**형**

坐對眞成被花惱,　　좌대진성피화뇌

出門一笑大江橫.　　출문일소대강**횡**

파도 위를 거니는 선녀의 버선에 먼지가 생기고

물 위의 가벼운 자태는 희미한 달을 밟고 가네.

누가 이 애간장 끊는 혼을 불러다가

씨 뿌려 차가운 꽃을 만들어 지극한 시름을 부쳤나?

향기 머금은 몸은 희어 온 성을 기울게 할듯

산반화는 아우이고 매화는 형이라네.

앉아 대하니 진실로 꽃 때문에 번뇌가 생겨

문을 나서 비낀 장강에서 한바탕 웃네.

　수련은 조식(曹植, 192-232) 「낙신부(洛神賦)」의 "파도 위를 거니는 가벼운 발걸음, 비단 버선에 먼지가 생긴다.[凌波微步, 羅襪生塵.]"라는 구절을 염두에 두고 쓴 것으로 수선화의 아름답고 신비한 모습을 묘사한 것이다. 이 부로 인해 '능파선자(凌波仙子)'는 수선화의 아칭(雅稱)으로 쓰이게 되었다. 함련에서 누가 낙수(洛水)의 여신(女神) 복비(宓妃)의 애끓는 혼을 불러다가 이 '한화(寒花)', 즉 수선화를 만들어 지극한 시름을 부쳤느냐고 탄식하고 있다. 경련에서는 그 향기롭고 흰 꽃이 경국지색에 가깝다고 찬탄하고 있다. '산반(山礬)'은 향기가 짙고 작은 흰 꽃이다. 수선화는 그 산반화를 아우로 삼고, 매화를 형으로 삼고 있다고 칭송하고 있다. 여기까지는 지극히 고상하고 아름다운 수선화에 대한 극찬이다. 미련에서 갑자기 반전이 생긴다. 이 아름다운 꽃을 대하니 너무 번뇌에 겨워 도리어 문을 나가 장강 가에서 한바탕 웃는다고 한다. 칭송으로 고조되었던 긴장감이 끝에서 갑자기 엉뚱하게 해소되면서 독자도 또한 웃게 만든다. 이 시의 결말이 제목의 '흔연히 마음에 들다[欣然會心]'라는 말과 표면적으로 어긋나는 것 같지만 그렇지 않다. 아름다운 꽃을 보고 번뇌에 사로잡히는 것은 두보의 「강가에서 홀로 거닐며 꽃을 찾다[江畔獨步尋花七絶句]」(其一)의 "강가의 꽃 때문에 번뇌가 그치지 않는데, 하소연할 곳이 없어 다만 미쳐 날뛴다.[江上被花惱不徹, 無處告訴只顚狂.]"라는 구절과도 통한다. 꽃이 극히 아름다워 마음에 들기 때문에 번뇌를 생기게 만드는 것이며, 문을 나가서 이런 자신을 다시 돌아보며 한바탕 웃는 것이다.

황정견의 대표적인 제화시인 「대나무와 바위, 목동과 소에 제하여[題竹石牧牛]」에도 은근한 해학이 가미되어 있다.

野次小崢嶸,	야차소쟁영
幽篁相依綠.	유황상의록
阿童三尺箠,	아동삼척추
御此老觳觫.	어차노곡속
石吾甚愛之,	석오심애지
勿遣牛礪角.	물견우려각
牛礪角尚可,	우려각상가
牛鬪殘我竹.	우투잔아죽

들판에 작고 기이한 괴석이 박혀 있고
그윽한 대숲이 여기에 의지해 푸른데,
목동이 석 자짜리 채찍을 들고서
이 늙고 벌벌 떠는 소를 몰고 간다.
바위는 내가 심히 좋아하는 것이니

소가 바위에 뿔을 갈게 하지 마라.
소가 뿔을 가는 것은 그래도 괜찮지만
소가 서로 싸워 내 대나무를 부러뜨릴라.

이 시에 딸린 서문[幷引]에 "소식이 대숲과 괴석을 그리자, 이공린이 그 앞 비탈에 목동이 소를 타고 가는 것을 더하였다. 심히 뜻과 자태가 있어 장난삼아 읊었다.[子瞻畫叢竹怪石, 伯時增前坡牧兒騎牛, 甚有意態, 戲詠.]"라고 한다. 원우 3년[1088]에 황정견은 소식, 이공린과 함께 도성에 있으면서 두 사람의 그림에 제화시를 쓰곤 했다. 이 시는 소식과 이공린이 합작한 그림에 황정견이 제화시를 쓴 것이니, 3인의 명가가 합작한 작품이다. 그림은 지금 전해지지 않아 안타깝지만 제화시를 통해 그 그림의 모습도 충분히 유추해 볼 수 있다. 첫 2구는 소식이 그린 괴석과 대나무를 묘사한 것이다. 소식도 그림 솜씨를 꽤 자부하는 사람인데, 당시 최고의 화가로 꼽히는 이공린이 보기에는 뭔가 허전하였던 모양이다. 그래서 그 앞에 소를 타고 가는 목동을 첨가해 그려 넣었다. 그 목동은 석 자나 되는 긴 채찍을 들었고, 늙은 소는 마치 사지(死地)로 가는 듯 벌벌 떨고 있다. '곡속(觳觫)'은 『맹자』에 나오는 표현으로 흔종(釁鍾) 의식을 위해 죽으러 가는 소가 '벌벌 떠는[觳觫]' 것을 보고 양혜왕(梁惠王)이 측은지심이 생겨 살려 준 이야기에서 나온다. 어쨌든 그윽한 운치를 띈 '석죽(石竹)'과는 잘 어울리지 않는 '목우(牧牛)'를 첨가한 것이다. 기실 이공린이 먼저 장난기가 발동한 것이다. 두 사람의 그림을 보자 황정견도 장난기가 발동하여 제화시로 자신의 뜻을 덧붙인 것이 후반 4구이다. 채찍에 벌벌 떠는 소가 무슨 짓을 벌일지 몰라 짐짓 걱정하고 있다. 저 기이한 바위는 내가 아끼는 것이니 우선 소가 뿔을 갈다가 손상시키지 않게 하라고 하였다. 그러다가 그것까지는 봐주겠지만 소가 서로 싸워 대나무를 해칠까 걱정하고 있다. 이는 이공린의 '목우' 그림이 그만큼 생동감이 넘친다는 칭찬인 것 같으면서, 동시에 소식의 '죽석'을 더 아낀다는 뜻도 담겨있다. 그래서 두 사람 다 즐거워하며 웃었던 것이다. 이것이 서문의 '심히 뜻과 자태가 있다[甚有意態]'는 말의 함의이다. 그러면서 '희영(戲詠)'이라고 한 것은 스승처럼 모시고 있는 두 분의 그림을 감히 평하는 것에 대한 겸손의 표현이 기도 하다. 나아가 이 시의 바위나 대숲이 시인이 지키려는 평온한 자연이라면 소는 정치적 야심을 위해 싸우는 당쟁을 비유하는 것으로 의미를 확장하여 보기도 한다.[10] 이런 정치 풍자의 의미를 담는 데도 '희영'의 수법이 의미가 있다. 이 시는 황정견의 20여 수의 제화시 중에서 가장 이채롭고 뛰어난 작품으로 평가받고 있다. 그 이유 중의 하나로 은근히 가미된 해학성을 들 수 있겠다.

「개미와 나비 그림[蟻蝶圖]」은 제화시이면서 세상사에 대한 풍자시이다.

胡蝶雙飛得意,　호접쌍비득희
偶然畢命網羅.　우연필명망라
群蟻爭收墜翼,　군의쟁수추익
策勳歸去南柯.　책훈귀거남가

한 쌍의 나비가 득의하여 날다가
우연히 그물에 걸려 목숨을 잃었네.
개미 떼가 떨어진 날개를 다투어 물고
공훈을 기록하러 남쪽 가지로 돌아가네.

이 시는 병풍에 그려진 그림을 보고 지은 것인데, 마치 실제 장면을 보듯

10　오태석, 『황정견시 연구』, 237쪽.

생생하게 느껴진다. 득의하여 날던 나비가 우연히 그물에 걸려 목숨을 잃은 것은 유능한 인재가 아무런 죄도 없이 모함을 받아 죽임을 당하는 것을 비유한다. 거미가 먹다가 떨어뜨린 나비의 날개를 개미 떼가 다투어 물고 개미집으로 들어간다. 이는 희생양을 찾아 떼를 지어 달려들어 공적을 다투는 소인배들을 비유한다. 당시 신법파와 구법파의 당쟁을 연상시키기도 한다. 개미가 자기의 전리품인 나비 날개를 물고 공훈을 자랑하며 의기양양하게 돌아가는 곳이 '남쪽 가지[南柯]'인 점이 웃음을 자아내게 한다. 이는 당(唐)나라 이공좌(李公佐)의 전기소설 『남가태수전(南柯太守傳)』에 나오는 '남가일몽(南柯一夢)'[11] 고사를 빌려 세상의 공업과 부귀영화의 부질없음을 말하고 있는 것이다. 6언시로 된 짧은 절구 속에 은근한 해학과 풍자를 담아 세태를 묘하게 묘사하였다.

황정견은 무척 다양한 희작시(戱作詩)를 지었는데 그 중에 해학이 담긴 것이 많다. 「장난삼아 새의 말에 화답하다[戱和答禽語]」를 보자.

南村北村雨一犁,　　남촌북촌우일리
新婦餉姑翁哺兒.　　신부향고옹포아
田中啼鳥自四時,　　전중제조자사시
催人脫袴著新衣.　　최인탈고착신의
著新替舊亦不惡,　　착신체구역불악
去年租重無袴著.　　거년조중무고착

남촌 북촌에 비가 내리자 일제히 밭을 갈아

11　당(唐)나라 때 순우분(淳于棼)이란 사람이 꿈속에 괴안국(槐安國)에 들어가 남가군(南柯郡) 태수가 되어 부귀영화를 누리다가 꿈을 깨보니 홰나무 가지 아래 개미집이었다는 고사이다.

며느리가 시어미에게 진지 올리고 노인이 아이를 먹인다.

밭의 새는 절로 사철에 맞춰 울며

사람들에게 바지를 벗고 새 옷을 입으라고 재촉하는데,

새 옷 입고 옛 옷 버리는 것이 또한 나쁜 것은 아니지만

작년에 조세가 무거워 입고 있는 바지가 없다네.

소식의 「다섯 새의 말 5수[五禽言五首]」의 자주(自注)에 "토착민들은 뻐꾸기를 일러 '탈각포고'라고 한다.[土人謂布穀爲脫卻布袴.]"라고 하였다. '포곡(布穀)'은 '포고(布袴)'와 음이 유사하여, 뻐꾸기의 울음소리를 당시 백성들이 '탈각포고(脫卻布袴)', 즉 '묵은 바지를 벗어라'는 뜻으로 이해하였다. 위의 시는 뻐꾸기 울음소리를 듣고 이 뜻에 착안하여 현실을 풍자한 것이다. 봄에 비가 내리자 백성들은 열심히 밭을 갈며 생업에 종사하고 있다. 이때 뻐꾸기가 옛 옷을 벗어버리고 새 옷을 갈아입으라고 재촉하며 운다. 날씨도 더워지는 때이니 뻐꾸기 울음소리에 담긴 뜻이 합당하게 들리는 듯하다. 마지막 구에서는 세금으로 다 내고 나니 입고 있는 바지가 없다고 한다. 즉 벗을 바지도 없는데 아무것도 모르는 뻐꾸기는 묵은 바지를 벗으라고 하는 있는 것이다. 이러한 반전이 폭소와 함께 씁쓸함을 자아내게 한다. 단순한 해학이 아니라 풍자의 효과를 높이는 해학으로 볼 수 있다.

발 데우는 물병을 노파에 비유한 「발 데우는 물병을 장난삼아 읊은 2수[戲詠煖足瓶二首]」를 보자.

小姬煖足臥,	소희난족와
或能起心兵.	혹능기심병
千金買脚婆,	천금매각파
夜夜睡天明.	야야수천명

젊은 여인이 발을 데워 주며 누워있으면
혹 마음속의 군사를 일으킬 수도 있으니,
천금으로 발 데우는 노파를 사서
밤마다 날 밝을 때까지 자련다.

脚婆原不食,　　각파원불**식**
纏裹一衲足.　　전과일납**족**
天明更傾瀉,　　천명갱경사
頮面有餘燠.　　회면유여**욱**

그 노파는 원래 밥도 먹지 않고
몸을 싸는 것도 누더기 하나면 족하며,
날이 밝아 다시 물을 기울여 쏟아
세수할 때에는 온기도 남아 있다네.

　위의 시는 뜨거운 물을 병에 담아 이불 속에 두어 발을 따뜻하게 하는,
'난족병(煖足瓶)'을 노파에 비유하여 읊은 것인데 무척 재미있다. 첫째 수에서
는 이 늙은 여인과는 다른 '젊은 여인[小姬]'에 대해 먼저 언급하고 있다.
젊은 여인과 같이 있으면 '마음속 군사[心兵]' 같은 사심(邪心)이 일어나 편하
지 않고 신경쓸 일도 많다. 그래서 그러한 생각을 일으키지 않으면서 발을
따뜻하게 해주는 노파, 즉 '각파(脚婆)'를 구하였다. 이 노파를 '천금(千金)'으
로 사서 밤마다 날 밝을 때까지 끼고 자겠다고 한다. 둘째 수에서는 이 노파
난족병이 젊은 여인보다 좋은 점을 해학적으로 두루 이야기하고 있다. 이
노파는 밥도 안 먹으니 식비도 들지 않는다. 젊은 여인은 몸단장을 하느라
옷도 얼마나 비싸고 예쁜 것만 찾는가! 이에 비해 이 노파는 누더기 하나만

감싸주면 되기에 의복비도 안 든다. 좋은 점은 여기에 그치지 않는다. 아침에
는 적당한 온기의 세숫물도 대령해 놓는 것이다. 밤새 껴안고 자니 온기가
적당히 남아 있어 아침의 세숫물로 그만인 것이다. 밤이나 낮이나 이렇게
편하고 좋으니 까다로운 젊은 여인은 이와 비교가 되지 않는다. 그러니 '천
금'을 주고 살 가치가 충분히 있는 것이다.

황정견의 희작시가 가벼운 유희로만 흐르는 것은 아니다. 「장난삼아 쓰다
[戱題]」를 보자.

平生性拙觸事眞,   평생성졸촉사진

醉裏笑談多忤人.   취리소담다오인

安得眼前只有淸風與明月, 안득안전지유청풍여명월

美酒百船酬一春.   미주백선수일춘

평생 성품은 졸렬한데 실제 일에 부딪쳐서
취한 속에 웃고 이야기하며 다른 사람의 뜻을 많이 거슬렀지.
어찌하면 눈앞에 청풍과 명월만 있어
좋은 술을 백 척 배에 싣고 봄 내내 수작할까?

좋은 술을 백 척 배에 싣고 청풍명월과 봄 내내 수작하고 싶다고 한다.
그 이유는 졸렬한 성품으로 취한 속에 웃고 이야기하다가 다른 사람의 뜻을
많이 거슬렀기 때문이다. 희작시이면서 세태에 대한 실망과 슬픔이 담겨있
어 장난으로만 읽히지 않는다.

3. 양만리(楊萬里) 시

—— 웃지 않으면 성재의 시라 하기에 부족하다[不笑不足以爲誠齋詩]

양만리(楊萬里, 1127-1206)의 자는 정수(廷秀), 호는 성재(誠齊)이며 강서성(江西省) 길수(吉水) 사람이다. 소흥(紹興) 24년[27세]에 진사(進士)가 되었고, 효종(孝宗) 초에 지봉신현(知奉新縣)을 맡았고 태상박사(太常博士), 태자시독(太子侍讀) 등을 역임하였다. 광종(光宗)이 즉위한 후에 비서감(秘書監)을 맡기도 하였으며 줄곧 금(金)나라와 싸울 것을 주장하였다. 육유(陸游, 1125-1210), 범성대(范成大, 1126-1193), 우무(尤袤, 1127-1194)와 함께 남송사대가(南宋四大家)로 일컬어진다. 그는 애초에 강서시파(江西詩派)의 시풍과 왕안석(王安石, 1021-1086)의 절구를 배웠다. 그 후에 전향하여 만당(晩唐)의 절구를 배우다가 문득 깨달은 것이 있어 더 이상 누구의 시풍도 배우지 않았다고 한다. 「성재형계집서(誠齋荊溪集序)」에 "뒷동산을 걷고 옛 성에 오르며 구기자와 국화를 따고 꽃과 대나무를 당기고 살피면 온갖 사물이 다 나타나서 나에게 시의 재료를 바친다.[步後園, 登古城, 採擷杞菊, 攀翻花竹, 萬象畢來, 獻予詩材.]"라고 한 말에서 알 수 있듯, 일상적인 제재로 시를 매우 쉽게 썼다. 그는 일생 동안 2만여 수의 시를 썼다고 하는데, 지금 4,200여 수가 『성재집(誠齋集)』에 전한다. 그의 시는 활법(活法)을 잘 쓰고 소위 '성재체(誠齋體)'로 불리는 독특한 시풍으로 유명하다. 양만리는 자신의 감정을 사물에 잘 투영하고 시상이 기발하며 천근한 구어를 자주 쓰는데, 이러한 '성제체' 시에 해학과 유머가 담겨있는 작품이 많다. 그의 시는 전고가 많고 다소 현학적인 황정견(黃庭堅, 1045-1105)의 시와 대비되는 측면도 있다. 그렇다고 양만리가 마구 속어를 쓴 것이 아니며, 사용한 속어는 모두 출전이 있고 백화(白話) 안에서 비교적 고아(古雅)한 것들이다.[12] 양만리는 "나에게 좋은 시구 짓는 법이 무엇인지 묻는데, 법도 없고 바리때도 없고 가사도 없다.[問儂佳句如何法, 無法無盂也沒衣.]"(「酢闇皂山碧崖道士甘叔懷贈美名人不及佳句法如何十古風二首」)라고 하였다. 시를 지을 때 이전의 격식과 전통에 얽매이지 않았기에 더욱 창의성과 개성을 발휘할 수 있었던 것이다.

양만리 시의 해학성에 처음 주목한 것은 『송시초(宋詩鈔)』이다. 여기에는 송나라 시인 84인의 시가 선록되어 있는데, 가장 많은 시가 실린 시인이 양만리이고, 그 다음이 육유와 소식(蘇軾, 1036-1101)이다. 여유량(呂留良, 1629-1683)은 『송시초』(권71)의 「양만리성재시초(楊萬里誠齋詩鈔)」 서문에서 "그의 시를 보고 크게 웃지 않는 자가 없다. 아! 웃지 않으면 성재의 시라 하기에 부족하다.[見者無不大笑. 嗚呼, 不笑不足以爲誠齋之詩.]"라고 하였다. 이처럼 해학성은 양만리 시의 주요한 특징이다.

양만리 시가 해학성이 강한 것은 여러 가지 이유가 있겠지만 얽매임 없고 거침없는 그의 성격과도 관련이 깊다. 그는 "젊었을 때에 미쳐 죽을 것 같더니 늙어서는 더욱 미친다[少時狂殺老更狂]"(「화창영숙설중춘작(和昌英叔雪中春酌)」), "내가 늙을수록 더욱 미쳐감을 탄식한다[嗟予老更狂]'"(「송자인질남귀이수(送子仁姪南歸二首)」)라고 하며 그의 자유분방하고 열정적인 성격을 '광(狂)'으로 표현하기도 했다. 그의 광기는 일종의 '청광(淸狂)'이며 그의 풍부한 재치와 유머 감각도 이의 한 표현이다. 나대경(羅大經, 1196-1252)의 『학림옥로(鶴林玉露)』에 다음과 같은 이야기가 전한다.

12　전종서(錢鍾書, 1910-1998), 『담예록(談藝錄)』 참조.

우무(尤袤)는 박식하고 문장에 뛰어났는데 양만리와 금석처럼 굳은 교분을 나누었다. 순희 연간에 양만리는 비서감으로, 우무는 태상경으로 재직하고 있으면서 또 함께 동궁의 관리를 겸임하여 같이 어울리지 않는 날이 없었다. 두 사람은 모두 농담을 잘하였는데, 우무가 일찍이 다음과 같이 말하였다. "경전 구절이 하나 있는데 비서감께 댓구를 청합니다. '양주(楊朱)는 나만을 위했네 [楊氏爲我].'" 양만리가 응대하여 말하였다. "우물[괴이한 물건]이 사람 마음을 흔드네[尤物移人]." 사람들이 모두 그 영민함에 탄복하였다. 양만리는 장난삼아 우무를 '꽃게'라고 불렀고, 우무는 장난삼아 양만리를 '양(羊)'이라고 불렀다. 하루는 양의 창자를 먹다가, 우무가 말했다. "비서감의 비단 같은 심장과 수 놓은 듯한 창자가 또한 사람에게 먹히는군요!" 양만리는 웃으며 말했다. "창자 가 있어 먹을 수 있으니 어찌 한탄하리오? 오히려 창자가 없는데 사람에게 먹히는 것보다 낫지요." 무릇 꽃게는 창자가 없다. 그 자리에 있던 사람들이 모두 크게 웃었다. 그 후에 한가롭게 거하며 안부를 묻는 서신이 오고 갔는데, 우무가 "새끼 양들은 별고 없는가?[羔兒無恙]"라고 하자, 양만리는 "작은 꽃게 는 어디에 있는가?[彭越安在?]"[13]라고 하였다.[尤梁溪延之, 博洽工文, 與楊誠齋爲 金石交. 淳熙中, 誠齋爲秘書監, 延之爲太常卿, 又同爲青宮寮寀, 無日不相從. 二公 皆善謔, 延之嘗曰, "有一經句請秘監對, 曰楊氏爲我." 誠齋應曰, "尤物移人!" 衆皆 歎其敏確. 誠齋戲呼延之爲蝤蛑, 延之戲呼誠齋爲羊. 一日食羊白腸, 延之曰, "秘監錦 心繡腸, 亦爲人所食乎." 誠齋笑吟曰, "有腸可食何須恨, 猶勝無腸可食人." 蓋蝤蛑 無腸也. 一坐大笑. 厥後閒居, 書問往來, 延之則曰, "羔兒無恙", 誠齋則曰, "彭越安 在?"]

---

13 팽월(彭越)은 한(漢)나라 초기의 명장이면서 '팽기(彭蜞)'로 작은 게의 일종을 뜻하는 쌍관
   의 의미이다. 팽월은 한나라 건국에 큰 공을 세웠지만 뒤에 모반죄로 죽임을 당해 젓에 담
   겨졌다. 마치 게가 게장에 담겨진 것과 같은 의미이다.

"양씨위아(楊氏爲我)"는 『맹자(孟子)』에 나오는 말인데 우무가 이기적이라고 평가받는 '양주'로 같은 양씨인 양만리를 비꼰 것이다. 그러자 양만리는 "우물이인(尤物移人)"이라는 『좌전(左傳)』에서 유래한 성어로 맞받아쳤다. '우물(尤物)'은 미인을 가리키는데 여색의 부작용을 말할 때 쓰인다. 역시 같은 한자의 성씨인 우무를 비꼰 것이다. 이처럼 해음(諧音)을 이용한 재치있는 유머는 아래에서도 계속 이어진다. 우무를 '꽃게', 즉 '유모(蝤蛑)'라고 부른 것, 양만리를 '양(羊)'이라 부른 것도 모두 해음을 이용한 것이다.

양만리의 해학은 '적자지심(赤子之心)',[14] 즉 어린아이의 순수한 마음을 잃지 않는 것에 기반한다. 동심설(童心說)을 주장한 이지(李贄, 1527-1602)가 양만리 시를 극찬한 것도 이런 이유이다. 그래서 그의 시에는 어린아이가 자주 등장하며, 아이의 시각에서 주변의 자질구레한 사물을 관찰하고 의인화한 작품이 많다. 여기에는 기발하고 재미있는 착상이 자주 등장한다. 「까마귀[鴉]」를 보자.

稚子相看只笑渠,　　치자상간지소**거**

老夫亦復小盧胡.　　노부역부소로**호**

一鴉飛立鈎欄角,　　일아비립구란각

子細看來還有鬚.　　자세간래환유**수**

아이들은 까마귀를 보고 다만 웃지만

늙은 나도 또한 작은 소리로 껄껄 웃네.

까마귀 한 마리 날아와 난간 모서리에 앉았는데

14　『맹자(孟子)·이루하(離婁下)』: 대인은 어린아이의 마음을 잃지 않는 자이다.[大人者, 不失其赤子之心者也.]

자세히 살펴보니 또한 수염이 있네.

　'아이들[稚子]'은 사소한 것도 신기해하며 즉자적으로 반응한다. 그래서 온통 검은 까마귀를 보고 비웃듯 먼저 웃은 것이다. '늙은 시인[老夫]'도 잠시 동심으로 돌아간 것처럼 껄껄 웃는다. 하지만 그가 웃는 이유는 아이들과는 좀 다르다. 까마귀의 부리 근처에는 유달리 긴 털이 있어 언뜻 보면 수염 같다. 그래서 양만리는 '수염을 보니 까마귀 너도 나처럼 늙었구나'라고 동병상련을 느끼며 웃은 것이다.

　동심을 잃지 않은 양만리는 아이들처럼 가끔 장난을 치기도 한다. 「한가하게 거하며 초여름에 낮잠 자고 일어나 지은 두 절구[閒居初夏午睡起二絶句]」를 보자.

梅子留酸濺齒牙,　　매자류산천치아
芭蕉分綠上窗紗.[15]　파초분록상창사
日長睡起無情思,　　일장수기무정사
閒看兒童捉柳花.　　한간아동착류화

松陰一架半遮苔,　　송음일가반차태
偶欲看書又嬾開.　　우욕간서우라개
戲掬清泉洒蕉葉,　　희국청천쇄초엽
兒童誤認雨聲來.　　아동오인우성래

매실이 신맛을 남겨 치아에 침이 고이고

15　『송시초(宋詩鈔)』 본에는 "梅子留酸軟齒牙, 芭蕉分綠與窗紗."로 되어 있다.

파초가 초록을 나누어 비단 창문으로 올라오네.

긴긴 낮에 자고 일어나니 아무런 생각이 없어

한가로이 아이들이 버들 꽃 잡는 것을 보네.

소나무 그늘 한 시렁이 반쯤 이끼를 가려

우연히 책을 보려 하다가 또 펼치기 게을러지네.

장난삼아 샘물을 손에 떠서 파초 잎에 뿌리니

아이들은 비가 오는 소리인 줄 오해하네.

초여름날 낮잠 자고 일어났을 때의 한가한 정경이 잘 드러나 있다. 제1수의 매실과 파초의 묘사에서 의인화한 '류(留)'와 '분(分)'자가 생동감을 자아낸다. 자고 일어나도 아직 해는 길고 멍하니 아무런 생각이 없다. 어른들의 '심정과 생각[情思]'이 없는, 한가로운 시인의 눈에 아이들이 버들 꽃을 잡는 모습이 들어온다. '버들 꽃[柳花]'은 버들솜이라고 하는데, 초여름에 눈처럼 날리고 바람 따라 오르락내리락하기도 한다. 아이들이 그 버들솜을 잡느라 폴짝폴짝 뛰는 천진한 모습이 눈에 그려진다. 시인의 마음도 동심으로 돌아간 것이다. 제2수에서 이끼를 반쯤 가리며 옮겨간 소나무 그늘을 통해 시간이 좀 흐른 것을 알 수 있다. 무료해서 책이나 볼까 하다가도 막상 펼치기 게을러진다. '우연히' 책이나 보려 하는 것도 한가로움의 표현이지만 '또' 책 펼치기 귀찮아하는 게으름에 맡겨 버리는 것은 더욱 한가로움의 표현이다. 그때 시인에게 아이 같은 동심과 장난기가 발동한다. 앞에서 초록을 나누어준 파초에게 다가가 맑은 샘물을 손에 떠서 넓은 파초 잎에 훅 뿌린다. 버들 솜 잡느라 넋이 빠져 있던 아이들은 "어, 왜 갑자기 비가 오지?"하며 깜짝 놀랐을 것이다. 그 모습을 보고 시인도 빙긋이 웃었을 것이다. 한가한 정취를 읊은 시는 이전의 시인들도 많이 지었다. 양만리는 아이를 등장시켜 동심의 세계에서 해학적 시를 지어 색다른 홍취를 자아내고 있다.

　양만리는 경물을 묘사할 때에 의인화의 수법을 자주 쓰는데 여기에도 해학을 가미하고 있다.「가랑비[小雨]」를 보자.

> 雨來細細復疎疎,　　우래세세부소소
> 縱不能多不肯無.　　종불능다불긍무
> 似妬詩人山入眼,　　사투시인산입안
> 千峯故隔一簾珠.　　천봉고격일렴주

> 비가 가늘게 내리다가 다시 드문드문해지고
> 더 많이 내리지도 않고 없어지려고도 하지 않네.
> 시인의 눈에 산이 들어오는 것을 질투하는 듯
> 수천 산봉우리를 일부러 한 개의 주렴으로 가렸네.

　여기서 가랑비는 시인이 산을 바라보는 것을 질투하여 '일부러 가리는[故隔]', 질투심 많은 이로 등장하고 있다. 가랑비가 내리는 속에 시인은 산봉우리를 보고 있었다. 비는 가늘게 드문드문, 있는 듯 없는 듯 내리고 있다. 그 가랑비 속에 산봉우리도 있는 듯 없는 듯하다. 사물은 은근히 가릴수록 더 신비롭게 드러나는 법이다. 보일 듯 말 듯 아름다운 주렴으로 수천 개의 산봉우리를 은근히 가렸으니, 시인의 눈에는 더욱 아름답고 신비한 산의 모습이 들어왔을 것이다. 자신의 작전이 실패한 줄 모르고 여전히 시샘의 주렴을 드리우고 있는 가랑비의 모습이 귀엽다.

　의인화의 기법을 부분적으로 쓰는 것은 다른 시인들에게도 흔하다. 이에 비해 양만리는 작품 전편에 두드러지게 사용한 것이 많다.「가을 산 2수[秋山二首]」의 제2수를 보자.

烏白平生老染工,　　오구평생로염공
錯將鐵皂作猩紅.　　착장철조작성홍
小楓一夜偸天酒,　　소풍일야투천주
却倩孤松掩醉容.　　각천고송엄취용

오구나무는 평소 노련한 염색공인데
잘못해서 흑갈색을 선홍색으로 물들였네.
작은 단풍나무는 하룻밤 사이에 하늘의 술을 훔쳐 마셨는지
도리어 외로운 소나무에게 취한 얼굴을 가려 달라 청하네.

가을 산에 있는 '늙은 오구나무'와 '어린 단풍나무'가 물든 모습을 사람에
비유하며 해학적으로 묘사하고 있다. 흑갈색 잎의 늙은 오구나무가 '성성이
피 같은 선홍색[猩紅]'으로 붉게 물들었다. 마치 노인이 붉은 립스틱을 '잘못
[錯]' 칠한 듯 어색하다. 시인은 노련한 염색공의 '실수'에 잠시 미소짓는다.
그때 소나무 사이의 어린 단풍나무가 눈에 띈다. 하룻밤 사이에 갑자기 붉어
진 단풍나무는 '어른들이 마시는 술[天酒]'을 몰래 훔쳐먹고 들킨 소년 같다.
그래서 혼날까 두려워 옆의 소나무에게 자신의 취한 얼굴을 가려달라고 청
한다. 그런데 가려지기는커녕 푸른 소나무와 대비되어 붉게 취한 얼굴이
더욱 잘 드러난다. 순진한 아이 같은 이 단풍나무의 모습에 시인은 웃지
않을 수 없다.

사군자의 하나이기에 전통적으로 근엄하게 읊던 매화도 양만리에게서는
친근한 친구로 변한다. 「촛불 아래에서 눈이 녹아가는 꺾어온 매화[燭下和雪折
梅]」를 보자.

梅兄衝雪來相見,　　매형충설래상견

雪片滿鬚仍滿面.　　설편만수잉만**면**

一生梅瘦今却肥,　　일생매수금각비

是雪是梅渾不辨.　　시설시매혼불**변**

喚來燈下細看渠,　　환래등하세간**거**

不知眞箇有雪無.　　부지진개유설**무**

只見玉顔流汗珠,　　지견옥안류한주

汗珠滿面滴到鬚.　　한주만면적도**수**

매형이 눈을 맞고 나를 보러 왔는데

눈 조각이 수염에 가득하고 얼굴에도 가득하네.

한평생 매화는 말랐다가 지금 도리어 살찌니

눈인지 매화인지 도무지 구분이 안 되네.

불러 와서 등불 아래에서 그를 자세히 보니

진정 눈이 있었는지 없었는지 모르겠네.

다만 옥안에 땀 구슬이 흐르는 것만 보이는데

땀 구슬이 얼굴에 가득했다가 방울져 수염에도 맺히네.

　매화를 '매형(梅兄)'이라고 부르는 것에서 친근감과 의인화의 수법이 잘 드러난다. 매화의 꽃술은 '수염[鬚]'으로, 꽃잎은 얼굴에 비유하고 있다. 매형이 그 수염과 얼굴에 눈을 가득 맞은 모습으로 시인을 찾아온 것이다. 기실 시인이 다가간 것이지만 이렇게 역으로 표현했다. 매형은 추운 날씨에 고고하게 절개를 지키느라 평생 마른 모습이었다. 시인은 매형의 갑자기 살찐 모습에 놀란다. 흰 꽃과 흰 눈이 비슷하여 매화인지 눈인지 구분이 안 되는 것이다. 이렇게 구분이 안 되는 이유는 날이 어두워졌기 때문이기도 하다. 흔히 온통 하얗게 핀 매화를 '설매(雪梅)'라 부르기도 한다. 이 매형은 '설중매

(雪中梅)'를 넘어 진정 '눈 매화[雪梅]'인 것이다. 기이하고 아름다운 것은 제대로 감상해야 한다. 날이 어두워져서 잘 보이지 않자, 귀한 분은 모시고 오듯 '꺾어 와서[喚來]' 방안에서 촛불 아래에서 자세히 본다. 그러자 하얀 살 같은 눈이 사라지고 없다. 그 대신 여윈 '옥 같은 얼굴[玉顔]'에 '구슬 같은 땀방울[汗珠]'이 흘러내리는 게 아닌가! 그 구슬 같은 땀방울이 수염 같은 꽃술에 맺혀 촛불 빛을 받아 반짝반짝 빛나고 있다. 매형이 양만리의 접대에 만족했는지 모르겠다.

양만리는 자신의 빈궁한 상황도 동심을 곁들여 해학적으로 표현하였다. 「장난삼아 쓴 2수[戲筆二首]」의 제1수를 보자.

野菊荒苔各鑄錢,　　야국황태각주전
金黃銅綠兩爭妍.　　금황동록량쟁연
天公支與窮書客,　　천공지여궁서객
只買淸愁不買田.　　지매청수불매전

들국화와 거친 이끼가 각각 엽전을 만드니
노란 금전과 푸른 동전이 서로 곱다고 다투네.
하느님이 가난한 서생에게 지불하여 준 것이지만
다만 처량한 시름만 살 수 있을 뿐 밭은 사지 못하네.

전반 2구에서 들국화와 이끼의 모습을 엽전에 비유하고 있다. 아이들이 소꿉놀이하듯 들판의 국화와 이끼가 각각 동전을 만들었다. 그랬더니 국화로 만든 노란 금전(金錢)과 이끼로 만든 푸른 동전(銅錢)이 서로 빛깔이 더 곱다고 다툰다. 그 발상과 표현이 동화처럼 재미있다. 후반부의 발상은 한층 해학적이면서 쓸쓸하기도 하다. '하느님[天公]'이 가난한 서생을 불쌍히 여겨이 돈을 '지불해 주었으니[支與]' 감사해야 하지 않을까? 마지막 구에 반전이 있다. 이 돈으로 '처량한 시름[淸愁]'만 살 수 있지 정작 생계에 필요한 밭은 살 수 없다고 한다. 독자를 웃게 하면서도 한편으로 마음이 애잔해지는 유머이다.

「종가촌의 암벽에 쓴 2수[題鍾家村石嵬二首]」의 제2수에서는 원숭이 비유가 인상적이다.

水與高嵬有底寃,　　수여고애우저**원**

相逢不得鎭相喧.　　상봉부득진상**훤**

若敎漁父頭無笠,　　약교어부두무립

只著蓑衣便是猿.　　지착사의변시**원**

물과 높은 벼랑이 무슨 원한이 있어

만나기만 하면 서로 싸우는 것을 진정하지 못하나!

만약에 어부가 머리에 삿갓을 쓰지 않고

도롱이만 입었다면 곧 원숭이 같으리.

종가촌의 벼랑은 높이가 만 길이라서 늘 바람과 파도가 잘 일어나는 곳이다.[16] 전반 2구에서 강물과 벼랑이 깊은 원한이 있는 것처럼 만나기만 하면 서로 시끄럽게 싸운다고 한다. 마치 강물과 벼랑을 앙숙 관계의 사람들처럼 묘사하고 있다. 고래 싸움에 새우등 터지듯 이들의 싸움에 피해보는 이는 따로 있다. 벼랑에 부딪쳐 이리저리 튀는 물방울에 피해보는 이는 바로 어부

16　「題鍾家村石嵬二首」(其一) 높이 달린 벼랑이 만 길 높이라고 좋아하지 말거라, 다만 험하고 가팔라 바람 파도 일으키기만 잘한다.[莫愛懸嵬萬丈高, 只工險峭作風濤.]

이다. 그나마 삿갓을 써서 머리까지 흠뻑 젖지 않았기에 망정이지, 만약에 어부가 삿갓을 쓰지 않고 도롱이만 입었다면 영락없이 물에 빠진 원숭이 같을 것이라고 한다. 원숭이와 갓이라고 하니 생각나는 고사가 있다. 사마천 (司馬遷)의 『사기(史記) · 항우본기(項羽本紀)』에 의하면, 항우가 진나라를 격파하고도 관중(關中)을 근거지로 삼지 않고 고향으로 돌아가려고 하였다. 이에 실망한 사람이 항우를 풍자하여 "초나라 사람은 '원숭이가 관을 쓴 것[沐猴而 冠]'일 뿐이라고 하는데 과연 그렇다"라고 하였다. 위의 시는 이를 패러디하여 쓴 것이다. 위의 어부가 있는 곳은 예전의 초나라 땅에 속하며, '목후(沐 猴)'는 원숭이의 일종인데 글자 그대로 보면 '머리 감는 원숭이'이다. 어부는 다행히 삿갓을 썼기 때문에 '목후'의 신세는 면했다는 것이다. 이처럼 항우의 고사와 연관지어 보면 더욱 재미있고 웃음을 자아내게 한다. 이 어부는 곧 시인 자신의 모습일 수도 있겠다. 양만리는 「12월 27일 입춘 밤에 잠 못 이루며[十二月二十七日立春夜不寐]」에서 잠을 이루지 못하는 자신의 모습을 "그림자를 돌아보니 진정 병든 한 원숭이가 되었다[顧影真成一病猿]"라고 한 적도 있기 때문이다.

양만리는 향년이 80세로 매우 장수한 시인이다. 『논어(論語) · 옹야(雍也)』 의 "어진 자는 장수한다[仁者壽]"라는 말과 딱 들어맞는다. 그가 낙천적인 유머와 웃음을 잃지 않은 것이 장수한 원인의 하나인 것 같다. 그도 만년에는 여러 가지 병에 시달렸다. 그때의 감회를 쓴 「스스로 감회를 풀다[自遣]」를 보자.

莫將一病苦憂煎,　　막장일병고우**전**

山尚能游石可眠.　　산상능유석가**면**

匹似病風兼病脚,　　필사병풍겸병각

老夫猶是地行仙.　　노부유시지행**선**

병 하나 가졌다고 괴롭게 근심하며 애태우지 말아야지
산에서 여전히 놀 수 있고 바위에서도 잘 수 있으니.
흡사 중풍 걸리고 다리까지 병 걸린 것 같지만
이 늙은이는 그래도 땅을 걸어 다니는 신선이라네.

위 시는 그의 나이 79세에 쓴 것이다. 병 하나만 걸려도 근심스럽기 마련
인데 늙으면 이런저런 온갖 병이 찾아온다. 그러기에 시인은 오히려 산에서
노닐 수 있고 바위에서 쉴 수 있는 것에 새삼 만족한다. 이런 '평범한' 생활이
젊고 건강할 때에는 너무나 당연한 것으로 느껴졌다. 하지만 늙어 병들고
보니 '땅을 거닐 수 있는 이 자체가 바로 신선[地行仙]'의 삶이라는 것을 깨닫
는다. "이 늙은이는 그래도 땅을 걸어 다니는 신선이다[老夫猶是地行仙]"는 말
은 노년의 비애 속에 인생의 이치를 꿰뚫은 듯한 은근한 유머가 담겨있어
더욱 울림이 크다.

다리의 병이 좀 더 심해져도 시인은 여전히 유머를 잃지 않는다. 「병든
중에 다시 다리에 통증이 와서 종일토록 권태롭게 앉아 번민을 풀다[病中復脚
痛終日倦坐遺悶]」를 보자.

滿眼生花雪滿顚,　　만안생화설만**전**
依稀又過四雙年.　　의희우과사쌍**년**
誰知病脚妨行步,　　수지병각방행보
只見端居例坐禪.　　지견단거례좌**선**
墮扇几旁猶懶拾,　　타선궤방유라습
檢書窓下更能前.　　검서창하갱능**전**
世人總羨飛仙侶,　　세인총선비선려
我羨行人便是仙.　　아선행인변시**선**

눈에 가득 꽃이 피고 머리에 흰 눈이 가득하여
흐릿한 상태로 또 8년이 지나갔네.
누가 알리오, 다리에 병이 나 걸음에 방해되니
단정히 앉아 으레 좌선하는 모습만 보이는 것을.
부채가 안석 옆에 떨어져도 줍기 게으른데
책 찾는다고 창 아래로 다시 갈 수 있겠는가?
세상 사람들은 모두 날아다니는 신선을 부러워하지만
나는 걸어 다니는 사람이 곧 신선인 것을 부러워한다네.

  눈에 꽃이 가득 피었다는 것은 노안에 백내장 같은 병이 들어 흐릿하게
보이는 것을 말한다. '사쌍년(四雙年)'은 4년이 2번, 즉 8년을 의미하는 것
같다.[17] 어쨌든 눈에는 꽃이 피고 머리에는 눈이 내리니 봄과 겨울이 시인의
얼굴에 공존하는 듯하다. 그러한 속에 어렴풋한 세월은 자꾸자꾸 흘러간다.
시인은 다리에 병이 들어 걷지 못해서 앉아 있는데, 누가 보면 마치 단정하게
좌선하고 있는 것처럼 보인다. 본래 성품도 게으른데 다리까지 아프니 바로
안석 옆에 떨어진 부채도 줍기 싫어진다. 그러니 예전처럼 서책을 뒤지느라
창 아래로 가는 것은 꿈도 못 꾼다. 이 모습도 누가 보면 시인이 좌선 삼매경
에 계속 빠져 있는 줄 알 것이다. 하지만 시인의 속마음은 그렇지 않다. 마지
막 2구는 솔직하면서 의미심장한 경구이다. 세상 사람들은 모두 날아다니는
도술을 부리는 신선을 부러워한다. 시인도 이전에는 그랬다. 하지만 다리에
병이 들고 보니 알겠다. 걸어다닐 수 있는 '보통' 사람이 바로 신선인 것을.
다리가 건강할 때에는 걸어 다닐 수 있는, 이 '평범한' 생활이 얼마나 황홀하

---

17 보통의 경우 '四二年'으로 하는 것이 일반적인데, 이 경우 평측에 문제가 있다. '二'가 측성
    이라서 율시의 격률에 어긋나기에 평성인 '雙'을 쓴 것 같다.

고 신선 같은 것인지 모르고 늘 수심에 젖어 지냈던 것이다.

양만리의 고시(古詩)에도 해학이 넘치는 작품이 있다. 이백(李白)의 시에 기반하여 달을 의인화한 「중양절 이틀 후 서극장과 함께 만화천곡에 올라 달빛 아래 술을 마시다[重九後二日同徐克章登萬花川谷月下傳觴]」를 보자.

老夫渴急月更急,	노부갈급월갱**급**
酒落杯中月先入.	주락배중월선**입**
領取靑天倂入來,	영취청천병입래
和月和天都蘸濕.	화월화천도잠**습**
天旣愛酒自古傳,	천기애주자고**전**
月不解飮眞浪言.	월불해음진랑**언**
擧杯將月一口呑,	거배장월일구탄
擧頭見月猶在天.	거두견월유재**천**
老夫大笑問客道,	노부대소문객도
月是一團還兩團.	월시일단환량**단**
酒入詩腸風火發,	주입시장풍화**발**
月入詩腸冰雪潑.	월입시장빙설**발**
一杯未盡詩已成,	일배미진시이**성**
誦詩向天天亦驚.	송시향천천역**경**
焉知萬古一骸骨,	언지만고일해**골**
酌酒更呑一團月.	작주갱탄일단**월**

늙은 내가 갈증이 급했는데 달은 더욱 급했는지
술을 잔에 따르자마자 달이 먼저 잔 속에 들어왔네.
푸른 하늘도 데리고 함께 들어오니

달도 하늘도 모두 질퍽하게 젖었네.

하늘이 본래 술을 사랑한다는 것은 예부터 전해지지만

달이 술을 마실 줄 모른다는 것은 완전히 거짓말이네.

잔을 들어 달을 한 입에 삼켰는데

고개를 드니 여전히 하늘에 있는 달이 보이네.

내가 크게 웃고 손님에게 물어 말하길

"달은 한 개인가요? 두 개인가요?"

술은 시인의 창자에 들어가 바람과 불을 일으키고

달은 시인의 창자에 들어가 얼음과 눈을 뿌리니,

한 잔을 다 마시기도 전에 시가 이미 완성되어

하늘을 향해 시를 읊으니 하늘도 또한 놀라네.

어찌 알겠는가, 만고에 해골 하나가

술을 따라 다시 둥근 달 하나를 삼키는 것을.

이 시는 양만리가 68세인 가을에 친구인 서극장과 달빛 아래에서 술을
마시며 지은 것이다. 이백의 「월하독작(月下獨酌)」의 제1수에서 착상했는데
한 걸음 더 나아간 해학과 유머가 있다. 이백 시의 달도 의인화되어 있으나
이백이 부르면 오고 술도 마실 줄 모르며 이백이 노래하면 따라 배회하는
수동적인 달이었다. 양만리 시의 달은 보다 능동적이고 적극적인 달로 의인
화되어 있다. 술을 마실 줄 모르는 것이 아니라 시인보다 더 술에 대한 갈증
이 심해 술을 따르자마자 먼저 술잔 속에 들어가 있다. 그것도 혼자서가
아니라 푸른 하늘을 함께 데리고 들어가 이미 질펀하게 술에 젖어 있다.
술잔 속에 비친 달과 하늘의 모습을 이처럼 해학적으로 묘사한 시인은 없을
것이다. 하늘이 술을 사랑하기에 주성(酒星)이 있다[18]는 것은 인정하겠지만,
이백이 「월하독작」에서 "달은 본래 술을 마실 줄 모른다[月既不解飮]"고 한

말은 완전히 거짓말이라고 한다. '술은 내가 마시려고 따랐는데, 달 네가 먼저 마시다니!' 다소 심통이 난 양만리는 술잔 속의 술과 달을 한꺼번에 마셔버린다. 그런데 고개를 드니 하늘에 달이 여전히 또 있는 게 아닌가. '어, 분명히 내가 조금 전에 마셔버렸는데…' 양만리는 크게 웃고서 손님에게 달이 한 개인지, 두 개인지 물어본다. 마치 동화 속의 한 장면을 보는 듯하다. 양만리가 자신을 이런 천진한 캐릭터로 연출한 것은 유머이면서 달에 대한 짙은 사랑이기도 하다. 어쨌든 술과 달을 '한입에 삼켰으니[一口呑]' '시장(詩腸)'[시인의 창자, 시정(詩情), 시사(詩思)]]에 변화가 없을 수 없다. 술이 장(腸)에 들어가 풍화(風火)를 일으킨다는 것은 갈증날 때 술잔을 한입에 비워본 사람이면 충분히 느낄 수 있다. 그런데 그 술에 달도 포함되어 있어 빙설(冰雪)도 동시에 뿌린다고 한다. 달이 음기와 관련되기도 하는 빙설은 단숨에 비운 술의 시원함을 비유한다. 이처럼 시인의 창자에서 바람이 불고 얼음과 눈을 뿌리는 등 온갖 날씨 변화가 심한 것은 달이 데리고 들어온 하늘도 동시에 마셨기 때문에 그런 것은 아닐까? 술의 열정과 달의 차가움에 하늘의 다변성까지 함께 시장(詩腸)에 들어갔으니 시가 절로 나온다. '하늘까지 들어와 발동한 시인데 하늘을 향해 읊지 않을 수 없지.'라고 생각하며 하늘을 향해 시를 읊자 하늘도 놀라 감탄한다. 이 순간 시인은 시공(時空)과 생사를 초월한 경지에 이른다. 예로부터 사람은 결국 죽어 보잘것없는 하나의 해골이 되고 말 것이지만 이런 것은 알 바가 아니다.[19] 그러하기에 어쩌면 지금 이 순간 술을 따라 '다시[更]' 둥근 달 하나를 삼키는 것이 중요하다. '일해골(一骸骨)'이 '일단월(一團月)'을 삼켰으니 결국 시인은 달과 한 몸이 된 것이고,

---

18 李白, 「月下獨酌」(其二): 하늘이 술을 사랑하지 않았다면, 주성이 하늘에 있지 않았을 것이다.[天若不愛酒, 酒星不在天.]

19 '焉知'의 주체를 하늘로 볼 수도 있다. 하늘도 그저 놀랄 뿐 해골이 달을 삼키는 것을 모른다고 보는 것도 재미있다.

나아가 죽고 나서도 영원히 한 몸이 될 것임을 선언하는 것 같다. 양만리는 이 시를 짓고 매우 득의양양하여 "나의 이 시는 절로 이태백과 비슷하다고 할 만다.[老夫此作, 自謂彷彿李太白.]"라고 자부했다고 한다.[20] 단순한 해학을 넘어 이처럼 술과 달과 자신이 한 몸이 된, 완벽한 물아일체(物我一體)의 경지를 구현한 시도 드물 것이다. '성재체(誠齋體)'의 특성과 면모를 유감없이 보여주는 작품이라 할 수 있다.

책을 읽지 말고 시도 읊지 말라고 권하는 고시도 재미있다. 「책을 읽지 마라[書莫讀]」를 보자.

書莫讀,	서막독
詩莫吟.	시막음
讀書兩眼枯見骨,	독서량안고견골
吟詩個字嘔出心.	음시개자구출심
人言讀書樂,	인언독서락
人言吟詩好.	인언음시호
口吻長作秋蟲聲,	구문장작추충성
只令君瘦令君老.	지령군수령군로
君瘦君老且勿論,	군수군로차물론
傍人聽之亦煩惱.	방인청지역번뇌
何如閉目坐齋房,	여하폐목좌재방
下簾掃地自焚香.	하렴소지자분향
聽風聽雨都有味,	청풍청우도유미
健來卽行倦來睡.	건래즉행권래수

---

20 나내경(羅大經), 『학림옥로(鶴林玉露)』 권십(卷十).

책을 읽지 말고

시도 읊지 마라.

책을 읽으면 두 눈이 말라 뼈가 보이고

시를 읊으면 한 자에도 심장을 토해내야 하네.

사람들은 독서가 즐겁다고 하고

사람들은 시를 읊으면 좋다고 하지만,

입가에서 늘 가을벌레 소리를 내어

다만 그대를 마르고 늙게 할 뿐이네.

그대가 마르고 늙는 거야 따지지 않겠지만

옆 사람도 들으면 또한 번뇌가 생기네.

눈 감고 재계하는 방에 앉아

발 내리고서 바닥 쓸고 향을 피우는 것만 하겠는가?

바람 소리 비 소리 들으면 모두 운치가 있어

건강하면 거닐고 피곤하면 잘 수 있으니.

독서와 음시(吟詩)는 전통적으로 매우 중시하는 것인데 이 시는 이를 모두 부정하고 있다. 사람들이 흔히 말하는 '지락막여독서(至樂莫如讀書)'는 헛소리이며 책을 읽으면 고통스럽고 두 눈은 말라 뼈가 보인다. 또한 시 읊는 것은 자신도 괴롭고 듣는 사람도 시름겹게 한다. 모두 사람을 마르고 늙게 만들 뿐 좋은 게 없다는 것이다. 하지만 읽다 보면 귀여운 투정 같아 절로 웃음이 나온다. 양만리는 사실 많은 책을 읽었고 평생 2만여 수의 시를 썼다. 시를 읊지 말라는 말을 재미있게 시로 읊고 있는 것이다. 이러한 독특한 유머로 인해 이 시는 독서와 시에 대한 찬가로 느껴지기도 한다. 마지막 4구에서 지향하는 자유롭고 유유자적하는 생활도 시로 표현되어 한결 운치가 있다.

송시(宋詩)는 철리적 경향을 띠는 경우가 종종 있는데 양만리의 시에서도 이를 볼 수 있다. 「송원을 지나가다가 새벽에 칠공점에서 밥을 짓다[過松源晨炊漆公店]」를 보자.

莫言下嶺便無難,　　막언하령변무**난**

賺得行人錯喜歡.　　잠득해인착희**환**

正入萬山圈子裏,　　정입만산권자리

一山放出一山攔.　　일산방출일산**란**

재를 내려가는 것은 어려움이 없다고 말하지 마라

행인들에게 잘못 기쁨만 얻게 하나니.

많고 많은 산 속으로 한창 들어가니

산 하나를 벗어나면 산 하나가 막네.

위 시는 6수의 연작시인데 그중에서 5번째 작품이다. 흔히 재를 올라가는 것은 힘들어도 내려가는 것은 쉽다고 생각한다. 이런 착오로 인해 행인들은 헛되이 기뻐하게 된다. 기뻐하는 것 자체가 나쁜 것이 아니라 이로 인해 대비를 철저히 하지 않아 막상 어려움이 닥쳤을 때 더욱 난감하게 된다. 쉬워 보이는 길도 막상 들어가 보면 그렇지 않다. 산 하나를 벗어나니 또 산 하나가 막아선다. 인생길의 모습 같기도 하다. 그렇다면 역으로 어려워 보이는 길도 산 하나하나를 넘다 보면 결국 지나갈 수 있을 것이다. 인생길에 대한 사람들의 선입견은 대부분 착오(錯誤)이다. 그 착오로 공연히 기뻐하거나 슬퍼할 필요가 없는 것이다. 그저 닥쳐온 산 하나하나를 즐기며 지나가면 되지 않을까? 이 시는 이취(理趣)를 담고 있는 해취시(諧趣詩)로 평가받고 있다.[21] 그래서 소동파가 쓴 「서림사 벽에 제하다[題西林壁]」의 "여산의 진면목을 알지 못하는 것은, 다만 내 몸이 이 산중에 있기 때문이다.[不識廬山眞面目, 只緣身在此山中.]"와 같이 논해지기도 한다.

소탈하고 해학적 정취가 있는 양만리의 영향 탓인지, 그의 가족들도 유머가 넘친다.「옷을 말리다[曬衣]」를 보자.

亭午曬衣晡褶衣,　정오쇄의포습의
柳箱布襆自攜歸.　유상포복자휴귀
妻孥相笑還相問,　처노상소환상문
赤脚蒼頭更阿誰.　적각창두갱아수

한낮에 옷 말리고 해 질 무렵 옷을 개어
버드나무 상자에 넣고 베로 싸서 스스로 짊어지고 돌아오네.
처자식이 나를 보고 웃으며 다시 묻기를
"맨발에 머리 희끗한 분은 또 뉘신지요?"

이 시는 양만리 자신이 낮에 옷을 말렸다가 저녁 무렵에 걷어서 맨발로 직접 짊어지고 돌아온 일을 읊고 있다. 양만리는 사대부이고 나이도 많은 노인이기에 하인들에게나 시킬 법한 일을 아무렇지도 않게 직접 한 것이다. 이 모습을 보고 처자식들이 도리어 의아해하며 놀란 모양이다. 보통의 경우 "아버지, 왜 이런 일을 직접 하십니까?"라며 급히 지고 오는 옷을 받는 것이 예상된다. 그런데 처자식들이 한술 더 떠서 웃으며 "'맨발에 머리 희끗한[赤脚蒼頭]' 이 노인장은 뉘신지요?"라고 묻는다. 이는 마치 하지장(賀知章)의 「고향에 돌아와 우연히 쓰다[回鄕偶書]」에서, 오랜만에 고향에 돌아온 시인을 몰

21　常玲,「論誠齋諧趣詩的三昧」, 60쪽.

라보고 아이들이 "웃으며 '손님은 어디에서 오셨어요'라고 묻는다[笑問客從何 處來]"는 구절을 패러디한 것 같다. 하지장 시의 아이들은 몰라서 묻지만, 양만리의 처자식들은 알면서 짐짓 웃으며 묻는다. 이 웃음 속에 더욱 소탈하 고 격의 없는 훈훈한 가정의 모습이 그려진다.

4. 송대 기타 시인의 해학

매요신(梅堯臣, 1002-1060)과 구양수(歐陽修, 1007-1072)는 송대의 새로운 시풍을 개창했다는 평가를 받고 있다. 이들은 서로 자주 시를 주고받았는데 그중에는 해학적인 시가 종종 있다. 이를테면 매요신이 「누각에 오르지 마라[莫登樓]」라는 해학적인 시를 짓자, 구양수가 「매요신의 「막등루」에 답하다[答梅聖俞莫登樓]」를 지었는데 역시 해학적 면모를 띄고 있다. 이는 송대의 작시 기풍이기도 하지만 두 시인도 유머 감각이 상당하였던 것 같다.

매요신이 구양수 집에 있는 애완용 토끼를 보고 읊은 「구양수의 흰 토끼[永叔白兎]」를 보자.

可笑嫦娥不了事,	가소항아불료사
走却玉兎來人間.	주각옥토래인간
分寸不落獵犬口,	분촌불락렵견구
滁州野叟獲以還.	저주야수획이환
霜毛茸茸目睛殷,	상모봉용목정은
紅絛金練相繫攊.	홍조금련상계환
馳獻舊守作異玩,	치헌구수작이완

況乃已在蓬萊山.　　황내이재봉래**산**

月中辛勤莫搗藥,　　월중신근막도약

桂傍杵臼今應閑.　　계방저구금응**한**

我欲拔毛爲白筆,　　아욕발모위백필

研朱寫詩破公顏.　　연주사시파공**안**

우습게도 항아가 일 처리를 제대로 못해

달아난 옥토끼가 인간 세상에 왔는가!

사냥개의 입에 잠시도 떨어지지 않았는데

저주들의 늙은이에게 잡혀서 돌아왔네.

서리 같은 털이 무성하고 눈동자가 크며

붉은 끈과 금빛 비단으로 매달고 입혔네.

옛 태수에게 달려가 바쳐 애완동물로 삼게 하니

마치 아득히 봉래산에 있게 된 것 같네.

달 속에서 수고로이 약을 찧을 필요가 없으니

계수나무 옆의 절구는 지금 응당 한가하리.

나는 털을 뽑아 흰 붓을 만들어

주사(朱砂) 갈아 시를 써서 공을 파안대소하게 하려네.

　위 시는 매요신이 구양수 집에 있는 흰 토끼를 읊은 영물시인데 자못 해학
적이다. 구양수는 일찍이 저주에 태수로 있었다가 당시는 도성에 돌아와
있었다. 구양수를 잊지 못한 저주의 백성이 토끼를 잡아 곱게 단장하여 구양
수에 바친 것이다. 매요신은 그 토끼를 항아의 실수로 달에서 도망친 토끼로
상정하며 재미있는 농담으로 시를 시작하고 있다. 그런 신비한 토끼가 지금
화려하게 꾸며져 사랑받으며 봉래산(蓬萊山)에 있게 되었다고 한다. 당시 매

요신은 한림학사로 있었는데, 궁궐의 비서성(秘書省)을 봉래각(蓬萊閣)이라고 하기에 봉래산에 있게 되었다고 한 것이다. 달나라에 있던 토끼니 인간 세상에 와서도 그에 걸맞는 곳에 있게 된 것이다. 농담은 계속 이어진다. "그러니 달에서 도망치길 참 잘했네. 달에 있었으면 약을 찧느라 계속 힘들었을 텐데. 지금 계수나무 옆의 절구는 한가하겠군." 매요신은 마지막 부분에서 또 한번 재미있는 상상을 한다. 토끼를 보니 한유(韓愈, 768-824)의 「모영전(毛穎傳)」이 떠오른 것이다. 그래서 토끼의 흰 털을 뽑아 흰 붓을 만들어 붉은 글씨의 시를 써서 사람들을 파안대소하게 해주겠다고 한다. 기존의 영물시와는 달리 토끼와 관련된 여러 가지 상상을 가하여 상대방을 즐겁게 해주려는 의도가 돋보이는 시이다. 유반(劉攽, 1023-1089) 등 다른 시인들도 이 토끼에 대해 해학적인 시를 지어 화답하였으니, 송시의 창작 기풍의 한 면모를 볼 수 있다.

구양수는 한유의 고문운동을 계승하여 북송의 문풍을 바꾸었던 인물이다. 그도 종종 해학적인 시를 썼는데, 우울한 정서를 해학적으로 표현하기도 하였다. 「눈에 검은 꽃이 있어 장난삼아 써서 스스로 감회를 풀다[眼有黑花戲書自遣]」를 보자.

洛陽三見牡丹月,	낙양삼견모란월
春醉往往眠人家.	춘취왕왕면인가
揚州一遇芍藥時,	양주일우작약시
夜飮不覺生朝霞.	야음불각생조하
天下名花惟有此,	천하명화유유차
罇前樂事更無加.	준전락사갱무가
如今白首春風裏,	여금백수춘풍리
病眼何須厭黑花.	병안하수염흑화

낙양에서 세 번 모란꽃을 보았을 때

봄에 취하여 왕왕 다른 사람 집에서 잤네.

양주에서 한 번 작약꽃을 만났을 때

밤에 술 마시면 어느새 아침노을이 생겼지.

천하에 좋은 꽃으로 오직 이것들이 있고

술잔 앞의 즐거운 일은 다시 더할 게 없었네.

지금은 흰 머리로 봄바람 속에 있으니

병든 눈 속의 검은 꽃이라고 어찌 꼭 싫어하리?

눈의 '검은 꽃[黑花]'은 안질(眼疾)이다. 노안에 생겨 시야를 가리는 검은 반점 같은 것이다. 늙어서 눈이 침침해지고 이런 반점 같은 것이 어른거리면 우울하고 의기소침해지기 마련이다. 구양수는 이런 감정을 희작시로 풀어내고 있다. 안질이 '검은 꽃' 같다는 것에서 시상이 발동하여, 젊은 시절에 낙양과 양주에서 모란꽃과 작약꽃을 보며 마음껏 취했던 기억을 회상한다. 더할 나위 없이 즐거웠던, 꽃 같은 청춘은 어느새 갔다. "흰 머리에 병든 지금은 꽃이 없는가? 아니다. 도리어 눈에 늘 보이는 또 다른 꽃, 검은 꽃이 있으니 싫어할 필요가 없겠지."라며 스스로 위로하고 있다. 웃어야 될지 울어야 될지 모르게 만드는 다소 씁쓸한 해학이다.

남송의 가장 대표적인 시인은 육유(陸游, 1125-1210)이다. 그의 자는 무관(務觀), 호는 방옹(放翁)이다. 금나라에 빼앗긴 중원 땅의 수복을 강력하게 주장한 애국 시인으로 유명하다. 육유는 9000여 수의 시를 남긴 다작 시인이다. 그 속에는 특유의 솔직하고 소탈한 유머가 가미된 해학적인 시가 종종 있다. 「스스로 웃다[自笑]」를 보자.

自笑謀生事事疏,　　자소모생사사소
年來錐與地俱無.　　연래추여지구무
平章春韭秋菘味,　　평장춘구추숭미
析補天吳紫鳳圖.　　탁보천오자봉도
食肉定知無骨相,　　식육정지무골상
珥貂空自誆頭顱.　　이초공자광두로
惟餘數卷殘書在,　　유여수권잔서재
破篋蕭然笑獠奴.　　파협소연소료노

생계 도모가 일마다 엉성한 것에 내 웃나니
근래에는 송곳과 땅도 모두 없구나.
봄 부추와 가을 배추의 맛을 품평하고
천오와 자주색 봉황 그림 터진 것을 기웠네.
고기를 먹을 관상이 아님을 분명히 아는데
담비꼬리 꽂을 거라며 공연히 내 머리를 속이네.
오직 남은 것이라곤 몇 권의 책만 있는데
낡은 상자가 쓸쓸하여 집안 종들도 웃는다.

이 시는 육유 자신이 생계에 엉성한 것에 대해 스스로 비웃고 있는데,
단순한 자조(自嘲)가 아니라 구절구절 은근한 해학이 가미되어 있어 독자도
웃게 만든다. 첫 구의 '생계 도모가 일마다 엉성하다[謀生事事疏]'는 말이 아래
의 구절을 모두 이끌고 있다. 아주 좁은 땅을 '송곳 꽂을 땅[立錐之地]'이라고
하여, 입추(立錐)의 여지가 없다는 말이 있다. 육유는 그런 작은 땅도 없다는
것에서 한 걸음 더 나아가 그런 송곳과 땅도 모두 없다고 한다. 그러니 계절
마다 먹는 것이라고는 푸성귀밖에 없어 그 맛이나 '품평한다[平章]'고 한다.

먹는 것이 그렇고 옷도 마찬가지다. 이리저리 터진 옷을 무늬가 어울리지 않게 마구 기워 입고 있다. 두보 「북으로 가다[北征]」 시에서 "수신(水神) 천오와 자주색 봉황이 거꾸로 뒤집힌 채 해진 베옷에 달렸다.[天吳及紫鳳, 顚倒在短褐.]"라는 구절이 있다. 천오와 봉황은 두보 딸이 입고 있는 옷의 무늬인데, 베옷이 다 떨어져 무늬에 상관하지 않고 이리저리 기워 입은 모양이다. 육유는 두보의 이 구절을 염두에 두고 쓴 것이다. 제3연에서는 자신의 팔자를 이야기하고 있다. 출세하여 고기 먹을 관상이 아님을 아는데도 중앙의 고관이 되어 머리에 담비꼬리를 꽂을 일이 있을 거라며 부질없이 자신의 '머리[頭顱]'만 속이고 있다. '담비꼬리 귀걸이[珥貂]'는 높은 관리의 관(冠)에 꽂는 장식으로 황제의 측근임을 말한다. 마지막 연에서는 다시 현실로 돌아온다. 가난한 서생이라 자기에게 남아있는 것은 몇 권의 책뿐이다. 그 책을 담은 상자도 낡고 쓸쓸하여 집안의 종들도 비웃는다고 한다. 육유가 종들을 보고 주인 체면이 안 서 민망하여 웃는다고 이해할 수도 있다. 어쨌든 이 시는 웃음[自笑]으로 시작해서 웃음[笑獠奴]으로 끝나는데, 육유의 처지를 동정해야 할지 웃어야 할지 시종 모르게 만든다.

위의 시는 희제시(戱題詩)처럼 제목에서 그 의도가 드러난 경우이다. 육유는 이런 희제시를 많이 지었다. 하지만 제목에서 의도가 드러나지 않은 경우에도 은근한 유머를 담은 시가 종종 있다. 「즉흥적으로 쓰다[卽事]」를 보자.

渭水岐山不出兵,	위수기산불출**병**
却攜琴劍錦官城.	각휴금검금관**성**
醉來身外窮通小,	취래신외궁통소
老去人間毀譽輕.	노거인간훼예**경**
捫蝨雄豪空自許,	문슬웅호공자허
屠龍工巧竟何成.	도룡공교경하**성**

雅聞嶓下多區芋,　　아문민하다구우

聊試寒爐玉糝羹.　　요시한로옥삼갱

위수와 기산으로 출병하지 않고

도리어 금관성에서 거문고와 칼을 끼고 있네.

취하니 몸 밖의 곤궁과 영달이 작게 느껴지고

늙으니 인간 세상의 비방과 칭찬이 가볍게 느껴지네.

이를 잡던 웅건한 호기를 부질없이 자부했나니

용을 잡는 뛰어난 기술로 끝내 무엇을 이루리!

평소 민산 아래에 토란이 많다고 들었으니

애오라지 찬 화로에서 옥삼갱이나 맛봐야지.

　이 시는 육유가 성도(成都)에서 왕염(王炎)의 막부에 있을 때 지은 것이다. 중원을 수복하지 못한 것을 늘 한으로 생각했던 육유는, 제갈량이 북벌을 했던 것처럼 위수와 기산으로 출병하자는 계책을 내었지만 받아들여지지 않았다. 그래서 금관성[성도를 가리킴]에서 부질없이 거문고와 칼을 차고 있었다. 제2연에서 울분에 찬 육유가 도리어 초탈한 듯한 모습을 보이고 있는데, 그 의미와 대구의 표현이 모두 묘하다. 이런 달관도 잠시뿐 제3연에서 다시 탄식하고 있다. 왕맹(王猛)은 젊은 시절에 태연하게 이를 잡으며 동진(東晉)의 대장군 환온(桓溫)과 천하의 일을 논하는 호기를 부렸는데 후에 전진(前秦)에서 큰 공을 세웠다. 육유 자신도 젊은 시절에 그런 호기를 가졌으나 지금까지 아무런 공도 세우지 못했다는 것이다. 『장자(莊子)』에 주평만(朱泙漫)이 천금을 탕진하며 여러 해 동안 지리익(支離益)에게 용 잡는 기술을 배웠지만, 세상에 용이 없어 쓸모가 없다며 탄식하는 이야기가 있다. 육유가 평생 닦은 학문도 바로 이 꼴인 것이다. 하지만 이렇게 탄식한들 무엇하리! 마지막 연에서 돌연 토란 먹는 이야기로 넘어간다. 소동파가 해남도에 유배갔을 때 토란을 넣어서 만든 국을 '옥삼갱(玉糝羹)'이라 불렀다. 마침 이곳에도 토란이 많으니 그저 '찬 화로[寒爐]'에서 토란국이나 끓여 먹겠다는 것이다. 울분 속에 은근한 해학과 달관이 담겨있어 시가 더욱 울림이 있다.

육유의 「매화 절구(梅花絶句)」는 널리 인구에 회자된 작품인데 이를 보자.

聞道梅花坼曉風,　　문도매화탁효풍
雪堆遍滿四山中.　　설퇴편만사산중
何方可化身千億,　　하방가화신천억
一樹梅前一放翁.　　일수매전일방옹

듣자니 매화는 새벽바람에 핀다는데
눈이 쌓여 사방 산속에 두루 가득하네.
어찌하면 이 몸이 천억 개로 변하여
매화 한 그루마다 한 명의 방옹이 있을까?

이 시는 육유가 만년에 고향에 은거하면서 지은 것으로, 시인의 남다른 매화 사랑을 볼 수 있다. 새벽에 일어나니 사방 산에 눈이 가득 쌓였다. 온 산에 매화가 가득 핀 것이다. 봄바람 속에 향기로운 설경을 보는 것도 좋지만, 시인의 욕심은 여기에 그치지 않는다. 마치 손오공처럼 도술을 부려 천억 명의 방옹(放翁, 육유 자신의 호)으로 변화하여 매화꽃 하나하나를 자세히 다 보고 싶다고 한다. 이런 상상만으로도 재미있는데, 사실 비슷한 표현을 먼저 쓴 사람이 있다. 당대(唐代) 유종원(柳宗元, 773-819)은 「호초상인과 함께 산을 바라보며 경사의 친구에게 부치다[與浩初上人同看山寄京華親故]」에서 다음과 같이 읊었다.

海畔尖山似劍鋩,　　해반첨산사검**망**

秋來處處割愁腸.　　추래처처할수**장**

若爲化得身千億,　　약위화득신천억

散上峰頭望故鄉.　　산상봉두망고**향**

바닷가 뾰족 솟은 산이 칼 끝 같아서

가을이 되자 곳곳이 애간장 끊게 하네.

어찌하면 이 몸이 천억 개로 변하여

봉우리마다 흩어져 올라가 고향을 바라볼 수 있을까?

유종원은 고향을 바라보고픈 마음이 간절하여 몸이 천억 개로 변하길 바랐던 것이다. 육유가 이 시를 의식했는지 아니면 무의식중에 쓴 것인지 모르겠지만, 몸이 천억 개로 변하여 보고픈 것에는 매화가 더 어울리는 듯하다.

남송의 시인 중에 범성대(范成大, 1126-1193)도 해학시의 방면에서 주목할 만하다. 그의 자는 치능(致能), 호는 석호거사(石湖居士)이다. 지방관을 거쳐 재상의 지위인 참지정사(參知政事)에 이르렀고, 금(金)나라에 사신으로 갔을 때 부당한 요구에 굴하지 않고 소신을 관철했다고 한다. 양만리(楊萬里) 등과 함께 남송사대가(南宋四大家)의 한 사람이며, 청신(淸新)한 풍격의 전원시가 높은 평가를 받고 있다. 그의 전원시에 현실을 풍자한 시가 종종 있는데, 여기에서 해학과 풍자를 담은 것이 있다. 「세금 독촉의 노래 후편[後催租行]」을 보자.

老父田荒秋雨裏,　　노부전황추우**리**

舊時高岸今江水.　　구시고안금강수

傭耕猶自抱長飢,	용경유자포장기
的知無力輸租米.	적지무력수조**미**
自從鄕官新上來,	자종향관신상**래**
黃紙放盡白紙催.	황지방진백지**최**
賣衣得錢都納却,	매의득전도납**각**
病骨雖寒聊免縛.	병골수한료면**박**
去年衣盡到家口,	거년의진도가**구**
大女臨岐兩分首.	대녀림기량분**수**
今年次女已行媒,	금년차녀이행매
亦復驅將換升斗.	역부구장환승**두**
室中更有第三女,	실중갱유제삼**녀**
明年不怕催租苦.	명년불파최조**고**

늙은 농부의 밭은 가을비 속에 황폐해져 가고
지난날 높은 언덕은 지금 강물이 찼네.
품팔이 농사를 지어도 오랫동안 밥조차 먹지 못했으니
세미 낼 힘조차 없는 줄 잘 알고 있건만,
고을의 원님이 새로 부임하고부터
노란 문서는 세금을 다 탕감해줘도 흰 문서는 독촉하네.
옷을 팔아 돈을 마련해 세금으로 다 낸 덕에
병든 몸이 비록 추워도 애오라지 구속은 면하였네.
작년에는 옷 다 팔고 나니 화가 식구에게 미쳐
갈림길에 이르러 큰딸과 헤어졌고,
올해는 둘째 딸도 이미 중매를 넣었으니
이것 또한 딸을 팔아 곡식 몇 되와 바꾼 것이네.

집안에 아직도 셋째 딸이 남았으니
내년에도 세금 독촉에 고생할 걱정이 없네.

이 시는 범성대가 휘주사호참군(徽州司戶參軍)으로 재직할 때 이전에 지은 「세금 독촉의 노래[催租行]」를 이어 지은 것이다. 부패한 관리의 가렴주구에 시달리는 농민의 실상을 잘 노래하고 있다. 곡식이 익는 가을인데 밥도 제대로 먹지 못하는 가난한 농부에게 세금으로 낼 쌀이 있을 리 없다. 그런데도 탐욕스러운 신임 고을 원님은 황제의 명령과 다르게 세금을 가혹하게 거두어들인다. '노란 문서[黃紙]'는 황제의 조칙으로 노란 종이에 썼으며, '흰 문서(白紙)'는 지방 관아에서 내린 세금 독촉장으로 흰 종이에 썼다. "노란 문서는 다 탕감해줘도 흰 문서는 독촉한다[黃紙放盡白紙催]"는 말은 당시의 부패한 실상을 적나라하게 보여준다. 힘없는 농부는 할 수 없이 옷을 팔아 세금을 낸다. 그러고는 "병든 몸이 옷이 없어 비록 추워도 애오라지 구속은 면하였다[病骨雖寒聊免縛]"며 씁쓸하게 자위한다. 그런데 세금 독촉은 여기에서 그치지 않는다. 그래서 작년에는 큰딸을 팔아 갈림길에서 울면서 헤어졌고, 올해는 말이 중매지 둘째 딸을 곡식 몇 되에 팔았다고 한다. 이처럼 갈수록 비참함을 더해가며 소위 '구조 만들기[set up]'를 하다가 마지막 2구는 '급소 문구[punch line]'처럼 실소를 자아내게 만든다. "집안에 아직도 셋째 딸이 남았으니, 내년에도 세금 독촉에 고생할 걱정이 없네.[室中更有第三女, 明年不怕催租苦.]"라며 마치 다행인 듯 말하고 있다. 웃어야 될지 울어야 될지 모르게 만드는 이러한 해학적 반전이 더욱 씁쓸함을 자아내게 한다.

역시 세금 문제를 다룬 것으로 「겨울에 전원에서 이런저런 흥이 일어 지은 12절구[冬日田園雜興十二絶]」의 제10수를 보자.

黃紙蠲租白紙催,　　황지견조백지최

皂衣旁午下鄕來.　　조의방오하향래

長官頭腦冬烘甚,　　장관두뇌동홍심

乞汝靑錢買酒回.　　기여청전매주회

노란 종이가 세금을 감면해도 흰 종이가 재촉하여

검은 옷 입은 관리가 뻔질나게 시골로 내려온다.

"우리 원님은 물정을 몰라 머리가 심히 안 돌아갑니다.

당신에게 푸른 동전이나 한 푼 드릴 테니 술이나 사서 돌아가시구려."

　이 시도 부정부패로 가혹하게 세금을 걷는 것을 해학적으로 풍자하고 있다. 황제가 '노란 문서[黃紙]'의 조칙으로 세금을 감면해 주어도, 지방 관아에서 '흰 문서[白紙]'의 세금 독촉장이 내려오니, '검은 옷 입은 관리[皂衣]'가 뻔질나게 시골을 찾아온다. 황제는 백성들을 생각하여 성은을 베푸는 듯하지만 부패한 관리들은 가렴주구에 여념이 없다. 가렴주구도 백성들이 뺏길 게 있어야 하지, 지금 백성들은 더 이상 세금으로 바칠 것이 아무것도 없다. 이런 상황에서도 세금을 거두려고 온 관리에게 시인은 따끔하게 한마디 한다. "우리 원님은 백성들의 실상을 너무 모르는군요. 꽉 막힌 듯 머리가 안 돌아갑니다. 없는데 짜낸다고 나옵니까? 괜히 백성들의 원성만 삽니다. 대신에 내가 '푸른 동전[靑錢]'으로 푼돈이나 드릴 테니, 그저 술이나 사서 돌아가마십시오." '노란' 조칙, '흰' 독촉장, '검은' 관리옷에 '푸른' 동전을 한 푼 던졌다. 형형색색의 가렴주구에 또 다른 색채로 한 방 먹인 것이다.

　범성대의 「밤에 앉아 느낌이 있어[夜坐有感]」도 비슷한 경향을 보인다.

靜夜家家閉戶眠,　　정야가가폐호면

滿城風雨驟寒天.　　만성풍우취한천

號呼賣卜誰家子,　　호호매복수가자

想欠明朝糴米錢.　　상흠명조적미**전**

고요한 밤 집집마다 문을 닫고 자는데

성안 가득 비바람이 찬 하늘에 몰아친다.

점을 판다고 외치는 이는 누구네 아들일까?

생각건대 내일 아침 쌀 살 돈이 모자라는 모양이구나!

이 시는 범성대가 고향 소주(蘇州)에 돌아가 은거하던 겨울밤에 지은 것이다. 모두 문을 닫고 자는 고요한 겨울밤에 시인은 잠을 못 이루고 앉아 있다. 잠 못 이루는 밤이면 소리에 민감하기 마련이다. 이때 몰아치는 차가운 비바람 속에 "점을 판다[賣卜]"고 외치는 소리가 크게 들려온다. "메밀묵 사~려, 찹쌀떡!"도 아니고, 비바람 치는 추운 밤에 돌아다니며 '점'을 판다는 것이 다소 이채롭다. 다른 사람의 사주팔자를 걱정하고 점쳐주기 전에 자신의 처지부터 걱정해야 될 판이다. 그 소리에 시인은 웃을 수 없다. "생각건대 저 젊은이는 내일 아침 쌀을 살 돈이 없나 보다[想欠明朝糴米錢]"라며 도리어 걱정해주고 있다. 그 걱정이 매우 구체적이고 자상하여 새롭게 느껴지는데, 어쩌면 범성대가 그 젊은이의 점괘를 봐주었다고나 할까. 이 시도 은근한 해학 속에 더욱 깊은 범성대의 애민정신이 느껴진다.

이들 외에도 송대에 해학적인 시를 쓴 시인과 그 작품은 많지만 차후의 기회에 논하고자 한다.

제5장

맺으며: 해학시의 효용과 의의

해학적인 시는 그 자체로 일상생활의 즐거운 오락이자 유희의 기능을 하였다. 이러한 즐거운 오락의 면모 외에도 정치적, 사회적, 개인적으로 다음과 같이 그 효용과 의의를 정리해볼 수 있겠다.

첫째, 풍유(諷喩)로 대변되는 정치적 효용이다. 유머와 해학의 방법으로 사회의 병폐나 다른 사람의 결점을 풍자하면 그 뜻은 전달하면서 듣는 사람의 기분을 상하게 하지 않는다. 이는 "말하는 사람은 죄가 없고, 듣는 사람은 족히 경계할 수 있다.[言之者無罪, 聞之者足戒.]"라는, 전통적인 시교(詩敎)를 실현하는 하나의 유효한 방법이기도 하다.

둘째, 창화(唱和)가 일반화됨에 따라 교제상의 윤활유 역할을 한다. 적절한 유머의 구사는 대인관계의 긴장을 풀어주고 분위기를 부드럽게 만든다. 그래서 이러한 시를 주고받는 이들은 상호 간의 거리가 급속도로 가까워지고 친밀해졌다.

셋째, 삶에 있어 근심과 고난을 의연하게 대처하게 한다. 여러 시인들이 해학성이 두드러지는 시를 쓰는 것은 그들이 어려운 상황에 처해 수심에 젖어 있을 때가 많다. 이때 해학적인 시는 고난 상황에서 자기 조절 기제로 작용하여 고난을 극복하고 다시 일어서는 힘을 북돋아 주었다.

현대인에게 있어 좀 더 의미가 있는 것은 해학적인 시기 시사하는 개인적인 효용이 아닐까 생각한다. 현대인은 내외적으로 스트레스가 많기에 웃음이 더욱 필요한데 실상 웃기는 쉽지 않다. 그래서 인간에게 있어 웃음의 의미에 대해 생각해볼 필요가 있다. 사람이 웃을 수 있는 것은 대상에 대한 일종의 심리적 거리(psychical distance), 미적 거리(aesthetic distance)의 확보를 전제로 한 것이다. 미적 거리는 영국의 블로흐(E. Bullough, 1880-1934)가 1912년에 처음으로 사용한 용어이다. 원래는 예술작품과 감상자의 입장에서의 거리개념이 먼저 제시되었다. 블로흐는 "심리적 거리란 미적 관조의 대상과 이 대상의 미적 호소로부터 감상자 자신을 분리시킴으로써, 즉 실제적 욕구나 목적으로부터 그 대상을 분리시킴으로써 획득된다."고 하였다. 또한 그는 바다의 안개 비유를 들고 있는데, 바다의 안개에 대한 경험으로부터 그것이 가져다주는 실제적 위험이나 불쾌함을 제거하면 농축된 격렬함이나 유쾌한 맛을 느낄 수 있다고 하였다. 시에서의 웃음과 해학도 이처럼 시인이나 독자가 적절한 거리를 두고 작품을 대하는 데에서 나온다. 유머의 능력이란 농담하는 재능이 아니라 주어진 상황에서 한발 거리를 두고 바라볼 수 있는 거리화 능력에서 나온다.[2] 이러한 심리적 거리에 의해 자기 자신을 유머와 해학의 대상으로 삼을 수도 있고, 시라는 미적 형식과 결합되면 불우하고 슬픈 일도 미소짓게 하고 웃음을 줄 수 있다.

중국 고대 시인들의 해학적인 시에서 볼 수 있는 가장 두드러지는 특징은 무엇보다 자기 자신을 해학의 대상으로 삼고 있다는 것이다. 이는 자신을

---

1   Edward Bullough, *Psychical Distance as a Factor in Art and Aesthetic Principle*, p.94.(金埈五, 『詩論』 第4版, 328쪽에서 재인용.)

2   이진경, 『삶을 위한 철학 수업』, 65쪽.

비하하는 자조(自嘲)가 아니며, 자신을 망가뜨리는 자해(自害)도 아니다. 서툴고 흔들리며 나약한 자신을 그대로 내보이면서 웃을 수 있고 독자도 웃게 만드니, 이는 더한층 자신감의 표현이며 자아(自我)와 적절한 미적 거리가 형성된 것이다. 인간에게 있어 웃음은 쉬운 일인 듯하지만 실제로 쉽지 않으며, 인간이 살면서 웃고 즐거워하는 시간도 무척 적다. 인간은 본래 기쁜 일보다 슬프고 불행한 일에 더욱 민감하도록 진화되어 왔기 때문이다. 이는 두뇌를 생존의 수단이자 무기로 선택한 인간의 숙명에 가깝다. 육체적으로 별다른 무기가 없는 인간은 원시시대부터 맹수들로부터 당한 위험한 경험이나 슬픈 기억을 잘 간직해서 대비하지 않으면 생존을 도모하기 어려웠다. 즉, 기뻤던 기억은 잊어버려도 무방하지만 슬프고 아픈 기억은 잊지 않는 것이 생존에 유리했다. 이런 경향은 문명이 발달한 이후에도 여전하며 경쟁이 치열해진 산업사회에서 더욱 심화되었다. 그래서 인간은 기쁨보다 슬픔에 더욱 민감하고 슬픔이 더욱 오래 기억에 남게 되었다. 슬픔이 가장 보편적인 감정이며 슬픔은 영원하다는 말도 있다.

인간의 마음은 과거를 후회하고, 현재를 타인과 비교하며, 미래를 걱정하게끔 설계되어 있다. 그래서 늘 회한, 불만, 걱정에 휩싸여 산다. 이것이 꼭 나쁜 것은 아니다. 오히려 이러한 감정이 없다면 과거에 대한 반성도, 현재에 대한 분발도, 미래에 대한 대비도 제대로 될 수 없기 때문에 생존에서 도태되기 쉽다. 하지만 이런 감정이 늘 마음속에 가득 차 있으니 행복하지 않다. 인간의 마음은 고도로 진화한 생화학적 기제인데, 생존과 번식을 위해 적응하고 진화해왔지 행복을 위해 진화해오지 않았다.[3] 그러니 행복의 감정은 추구하기도 쉽지 않고 지속되지도 않는다. 그래서 늘 회한과 슬픔에 젖어 살게 마련이다. 그런데 인간은, 생물은 왜 그렇게 생존과 번식에 집착하는

---

3 유발 하라리 저, 김명주 옮김, 『호모데우스』, 61쪽.

가? 리처드 도킨스(Richard Dawkins, 1941~)가 『이기적 유전자』에서 말한 것처럼, 인간은 자기 복제를 속성으로 하는 DNA의 생존 기계일 뿐이라는 설명이 의미심장하다. 그렇다면 DNA는 왜 자기를 끊임없이 복제하며 증식하려고 하는가? 본래 속성이 그러한 것에 대해 그 이유를 묻는 것은 의미가 없을 수도 있다. 어쨌든 이 기막힌 생화학적 결합물인 DNA는 그 이전의 단순한 상태보다 뭔가가 더 좋기 때문일 것이다. 그래서 엔트로피의 법칙까지 거스르며 자신을 유지하고 그 질서를 고도화하고자 하며, 그것에 위해가 될 것 같으면 각종 부정적인 신호[슬픔, 후회, 불만, 걱정 등]를 보낸다. 결국 생명[인간]의 각종 부정적인 감정들은 지극히 신비롭고 황홀한 생화학적 결합물을 유지하기 위한 수단이다. 그런데 인간은 도리어 이 수단에 종속되어 본래의 황홀함과 행복을 느끼지 못하니 얼마나 모순적이고 우스운 존재인가? 자아(自我)에 대한 웃음은 근본적으로 인간의 이 모순에서 발생하며, 이 모순 때문에 유머가 필요하다. 그래서 이러한 인간과 자신을 두고 웃을 수 있는 능력은 시에서뿐만 아니라 삶에 있어서도 의미가 적지 않다. 기분이 쾌하고 만족감이 와서 웃는 것은 다른 동물에게도 흔하다. 하지만 그다지 쾌하지 않은 상황임에도 유머를 발휘하여 웃을 줄 아는 것은 거의 인간만이 가능하다. 인간은 유머를 발휘하여 웃을 수 있기에 "유전자의 독재에 반기를 든 최초의 생명체"이자 "자연계를 배반한 위대한 혁명가, 물질이지만 물질을 인식하며 물질을 뛰어넘는 위대한 철학자"[4]라는 평가도 있다.

이처럼 유전자에 부림을 당하기도 하고 초극하기도 하는 이 '자아(自我)'는 무엇이며, 과연 자아가 있는가? 이러한 자아가 진정한 자아인가에 대해 역대로 많은 종교적, 철학적 성찰이 있었다. 불교에서는 무아(無我)를 말하며, 이러한 아상(我相)에 빠진 자아를 버려야 모든 것이 다 자아가 되는 열반에

---

4 이윤석, 『웃음의 과학』: 이윤석의 웃기지 않는 과학책, 208쪽.

이르게 된다고 한다. 하지만 인간은 현실적으로 이러한 자아를 버릴 수도 없고 버려서도 안 된다. 생존을 위해서 꼭 필요한 자아의 역할이 있으니 버리는 것이 좋은 것만도 아니다. 이런 자아는 자기(自己)이기도 하고 아니기도 하다. 유아(有我)도 아니지만 그렇다고 무아(無我)도 아니다. 그래서 자아와의 적절한 거리, 미적 거리가 필요하다. 이러한 미적 거리를 두고 자아를 대하면 자아 속에 파도치는 온갖 감정들에 휘둘리지 않고 웃을 수 있다. 또한 특정한 감정[행복, 깨달음 등]을 의식적으로 추구하는 것도 멈춰야 한다. 오히려 이런 추구 때문에 좌절하고 불행해진다. 진정한 행복은 이러한 자아의 감정과 무관하다. 그렇다고 감정을 무시해도 안 된다. 특히 부정적인 감정이 그러하다. 화나면 적절히 화를 내야하고, 슬프면 울어야 한다. 억지로 화나 슬픔을 참는 것도 좋은 일이 아니며, 실제로 그렇게 잘 되지도 않는다. 왜냐하면 이런 분노, 슬픔, 후회 등의 부정적인 감정은 나의 감정이 아니라 DNA의 훌륭한 생존 도구이자 수십억 년 진화의 합리적 결과물이기 때문이다. 그렇다고 훌륭한 도구인 부정적 감정의 폭정에 휘둘리면 삶이 괴롭다. 지능이 발달한, 지능이 발달했기에 인간은 어느새 이런 도구에 종속되어 삶의 본질을 잊어버린 노예가 되기 쉽다. DNA의 노예는 괴롭고, 주인은 웃는다. 바꾸어 말하면 괴로워하면 노예이고, 웃으면 주인인 것이다. 하지만 노예가 되기는 쉬워도 주인이 되기는 어렵다. 그래서 이러한 자신에 대해 웃으려는 노력이 필요한 것이다.

생존을 위한 최선의 방어기제로 진화한 감정들은 인류 역사에서 장구한 수렵 채집시대에 형성된 것이기에 빠르게 변화한 역사시대, 특히 더더욱 빠르게 변하는 현대에는 맞지 않는 측면이 많다. 사회의 변화상이 그 유전자에 각인되기에는 그 속도가 너무 빠른 것이다. 그래서 원시시대에 가장 빠르고 합리적인 계산 방식이었던 인간의 감정이 거대한 집단을 이룬 역사시대 이후에 사회의 유지와 충돌하는 측면이 많아졌다. 그래서 감정을 억제하고

때로는 부정하기도 하는 다양한 종교, 교육, 예술, 문화가 형성되게 되었다. 이처럼 인간사회에서 감정의 의미와 역할은 복잡하다. 감정이 생존을 위한 진화적 합리성이 없는 것도 아니지만 이를 무조건 따르는 것도 타당하지 않은 경우가 많다. 그렇다고 감정을 완전히 억제할 수도 없고 억제하기만 해서도 안 된다. 그래서 인간이 취할 수 있는 현실적 방법 중의 하나는 내 것이 아닌, 내 것이 아닌 것도 아닌, 이 감정들의 '귀여운 출몰'을 넌지시 관조하는 것이다. 그러한 관조의 한 방편이 시(詩)를 쓰고 읽는 것이다. 그러면 가장 합리적인 듯하면서 어리석은 감정의 변화와 폭정이 얼마나 우스운지 알게 된다. 시(詩)에서 웃음의 미학은 바로 이런 것이다.

우리는 여러 감정의 실체보다 그 계기나 대상에만 집중하는 경향이 있다. 그래서 그 감정에 휘둘린다. 그 감정을 시화(詩化)하여 적절한 거리를 두고 바라보면 거의 대부분 웃을 수 있다. 이는 꼭 해학적인 시에만 해당되는 것이 아니다. 시인들은 슬픈 시를 기막히게 쓰고 나면 내심 웃는다고 한다. 이처럼 표면적으로 해학적이지 않은, 슬픈 시가 도리어 웃음을 자아내기도 한다. 하지만 이는 객관적으로 설명하기 어려워 일단 문명상으로 해학적인 시를 중심으로 논하였다. 주광잠(朱光潛)이 『시론(詩論)』에서 "시인의 재간은 해학에 있다. 해학을 잘하면 추함 속에서 미를, 실의 속에서 위안을, 슬픔과 원망 속에서도 즐거움과 기쁨을 본다. 해학은 긴장을 풀게 하고 비애와 곤란으로부터 일탈(逸脫)하게 하는 일종의 청량제이다."[5]라고 한 것도 비슷한 관점에서 이해할 수 있겠다. 중국 주요 시인들의 시에서 구현된 해학성도 이와 유사하다.

5   朱光潛 지음, 정상홍 옮김, 『詩論』, 44쪽.

참고문헌

1. 주요 원전 및 역서, 단행본

김학주 역저, 『새로옮긴 시경』, 명문당, 2010.

성백효 譯註, 『詩經集傳』, 전통문화연구회, 1993.

龔斌 校箋, 『陶淵明集校箋』, 上海古籍出版社, 1999.

이치수 역주, 『도연명전집』, 문학과지성사, 2007.

팽철호 역해, 『도연명 시선』, 계명대출판부, 2002.

王琦 注, 『李太白全集』, 華正書局, 1991.

이영주 등 역주, 『이태백시집』, 학고방, 2015.

仇兆鰲 注, 『杜詩詳註』, 中華書局, 1995.

浦起龍 著, 『讀杜心解』, 中華書局, 2000.

이영주 등 역해, 『두보 초기시 역해』, 솔, 1999.

김만원 등 역해, 『두보 위관시기시 역해』, 서울대출판문화원, 2004.

김만원 등 역해, 『두보 성도시기시역해』, 서울대출판문화원, 2008.

朱金城 箋校, 『白居易集箋校』, 上海古籍出版社, 2003.

謝思煒 撰, 『白居易詩集校注』, 中華書局, 2009.

이영주·임도현 역해, 『완역 한유시전집』, 역락, 2019.

錢仲聯 集釋, 『韓昌黎詩繫年集釋』, 上海古籍出版社, 1998.

王文誥 輯註, 『蘇軾詩集』, 中華書局, 1999.

류종목 역주, 『(정본완역)소동파시집』1,2, 서울대출판문화원, 2012.

류종목 역주, 『(정본완역)소동파시집』3, 서울대출판문화원, 2016.

이치수, 『양만리 시선』, 지식을만드는지식, 2017.

임어당 저, 진영희 역, 『쾌활한 천재』, 지식산업사, 2018.

劉尙榮 點校, 『黃庭堅詩集注』, 中華書局, 2003.

錢仲聯 校注,『劍南詩稿校注』, 上海古籍出版社, 2005.

『全唐詩』, 中華書局, 1992.

『全宋詩』, 北京大學出版社, 1998.

魏裕銘,『中國古代幽默文學史論(先秦至宋)』, 南京大學出版社, 2010.

홍상훈 지음,『漢詩 읽기의 즐거움』, 솔, 2007.

정민 지음,『한시 미학 산책』, 솔, 1997.

최일의 지음,『중국시의 세계』, 신아사, 2012.

오태석,『황정견시연구』, 경북대출판부, 1991.

오태석,『중국시의 문예심미적 지형』, 글누림, 2014.

강민호,『두보 배율 연구』, 서울대출판문화원, 2014.

강민호,『두보 오칠언절구』, 문학과지성사, 2018.

류종영 지음,『웃음의 미학』, 유로, 2005.

앙리 베르그송 저, 정연복 옮김,『웃음』, 문학과지성사, 2021.

이윤석,『웃음의 과학』: 이윤석의 웃기지 않는 과학책, 사이언스북스, 2011.

이주열,『한국현대시에 나타난 해학성과 정신』, 푸른사상, 2005.

胡適 著,『白話文學史』, 安徽敎育出版社, 1999.

朱光潛 著,『詩論』, 上海世紀出版集團, 2005.

朱光潛 지음, 정상홍 옮김,『詩論』, 동문선, 1991.

周振甫 著,『文心雕龍 今譯』, 中華書局, 1998.

王國維 著, 譚汝爲 校注,『人間詞話 人間詞』, 群言出版社, 1995.

蕭滌非 等,『唐詩鑑賞辭典』, 上海辭書出版社, 1983.

兪陛雲,『詩境淺說續篇』, 上海書店影印出版, 1984.

이상섭,『문학비평용어사전』, 민음사, 2020.

이진경,『삶을 위한 철학수업』, 문학동네, 2013.

金埈五,『詩論』第4版, 三知院, 1997.

유발 하라리 저, 김명주 옮김,『호모데우스』, 김영사, 2019.

리처드 도킨스 지음, 홍영남·이상임 옮김,『이기적 유전자』, 을유문화사, 2019.

2. 주요 연구 논문

徐可超, 「漢魏六朝俳諧文學研究」, 復旦大學, 박사논문, 2003.

李錦, 「唐代幽默文學研究」, 陝西師範大學, 박사논문, 2006.

周斌, 「宋代俳諧詩研究」, 浙江大學, 박사논문, 2016.

노은정, 「楊萬里 詩文學 硏究」, 고려대학교, 박사논문, 2005.

肖瑩瑩, 「唐代諧謔詩研究」, 河北大學, 석사논문, 2012.

阮璐, 「唐人戲作詩研究」, 廣西師范大學, 석사논문, 2005.

林槇, 「杜甫戲謔詩論」, 喀什大學, 석사논문, 2015.

董建國, 「論韓愈的俳諧詩」, 山東大學, 석사논문, 2011.

劉佳寧, 「北宋中期俳諧詩研究」, 吉林大學, 석사논문, 2015.

楊卓年, 「論蘇軾創作中的諧謔色彩」, 中國石油大學, 석사논문, 2010.

陳性前, 「蘇軾詠諧詩風研究」, 安徽大學, 석사논문, 2010.

徐煜輝, 「黃庭堅的戲題詩研究」, 安徽大學, 석사논문, 2012.

林鶯, 「『世說新語』對黃庭堅詩文創作及人格的影響」, 寧波大學, 석사논문, 2011.

노우정, 「도연명의 시화(詩化)된 철학과 유머 미학」, 『중국문학』 제97집, 2018.

신희영, 「杜甫 戲題詩 研究」, 국민대, 석사논문, 2013.

이영주 · 강민호, 「杜詩에 나타난 비애 속의 유머에 대한 고찰」, 『중국문학』 제37집, 2002.

강민호, 「蘇軾 詩의 諧謔과 웃음」, 『중국문학』 제96집, 2018.

韓經太, 「論宋詩諧趣」, 『中國社會科學』, 1993年 第5期.

雄海英, 「"遊戲于斯文"－論北宋集會詩歌的競技與諧謔性質」, 『文學遺産』, 1987年 第3期.

陳詳謙, 「南朝俳諧文學興盛成因論略」, 『文史哲』, 2009年 第4期.

譚家健, 「六朝俳諧文述略」, 『中國文學研究』, 2001年 第3期.

鄭凱, 「幽默大師陶淵明」, 『華南師范大學學報』, 1998-06-15 期刊.

焦燕, 「陶淵明的幽默風格」, 『延安大學學報』, 2006-04-30 期刊.

范子燁, 「瀟灑的莊嚴與幽默的崇高－論陶淵明的 "『止酒』體"及其思想意旨」, 『中山大學學報』, 2014-07-15 期刊.

潘知常,「杜詩中的幽默－中國古代美學札記」,『江蘇社會科學』, 1994-12-15 期刊.

賀嚴,「論杜甫性格與其詩歌創作」,『杜甫研究學刊』, 2007-03-30 期刊.

吳晟,「幽默: 韓愈詩文另一種美學風格」,『江西師范大學學報』, 1988-07-01 期刊.

楊生順,「幽默・情趣・自然人生－蘇軾、林語堂之比較」,『青海師范大學學報』, 2003-07-15 期刊.

周文,「蘇詩的諷刺與幽默－紀念蘇軾誕生九百五十周年」,『南都學壇』, 1987-06-30 期刊.

周曉音,「蘇軾諧趣詩詞探微」,『南京廣播電視大學學報』, 2003-08-15 期刊.

和談,「蘇軾諧謔詩探源」,『新疆教育學院學報』, 2006-03-30 期刊.

楊秋,「試論禪對黃庭堅詩幽默風格的影響」,『暨南學報』, 2001-05-22 期刊.

林中明,「陸游詩文的多樣性及其幽默感」,『中國韻文學刊』, 2008-12-15 期刊.

商宇琦,「陸游"戲作"詩的獨創性」,『中國韻文學刊』, 2016-04-15 期刊.

吳晟,「黃庭堅"以劇喻詩"辨析」,『文學遺產』, 2005年 第3期.

王德明,「從陸游的"戲作"看其詩歌創作的幽默調侃風格」,『中國文學研究』, 2008年 第2期.

常玲,「論誠齋諧趣詩的三昧」,『文學遺產』, 2000年 第5期.

강민호(姜旼昊)

경남 진주에서 태어나 서울대학교 중어중문학과를 졸업하였고 같은 학교 대학원에서 석사와 박사 학위를 받았다. 중국 고전시가를 주로 연구하며 가르치고 있다. 서울대학교 기초교육원과 서강대학교 중국문화학과에서 근무하였고, 현재 서울대학교 중어중문학과에서 부교수로 재직하고 있다. 『정본완역 두보전집』 시리즈 역해 작업에 참여하고 있으며, 『두보 배율 연구』(서울대출판문화원), 『두보 오칠언절구』(문학과지성사), 『유장경 시선』(지식을만드는지식) 등의 저역서가 있다.

중국 고전시의 해학과 웃음

초판 1쇄 인쇄 2022년 9월 19일
초판 1쇄 발행 2022년 9월 29일

지은이 강민호
펴낸이 이대현
편집 이태곤 권분옥 임애정 강윤경
디자인 안혜진 최선주 이경진 | 마케팅 박태훈 안현진
펴낸곳 도서출판 역락 | 등록 1999년 4월 19일 제303-2002-000014호
주소 서울시 서초구 동광로46길 6-6 문창빌딩 2층(우06589)
전화 02-3409-2060(편집부), 2058(영업부) | 팩스 02-3409-2059
전자우편 youkrack@hanmail.net | 홈페이지 www.youkrackbooks.com

ISBN 979-11-6742-393-1 93820